Las claves de *El símb*

Pouvet

607 544 300

Furosemier
Kalipoz
Encortan
Azycyna

Zela Frewers
September, 2011

Pedro Pablo G. May

LAS CLAVES DE *EL SÍMBOLO PERDIDO*

Planeta

Obra editada en colaboración con Editorial Planeta - España

Avenida Presidente Masarik núm. 111, 2o. piso
Colonia Chapultepec Morales
C.P. 11570 México, D.F.
www.editorialplaneta.com.mx

Primera edición impresa en España: noviembre de 2009
ISBN: 978-84-08-09005-2

Primera edición impresa en México: noviembre de 2009
ISBN: 978-607-07-0300-3

Impreso en los talleres de Litográfica Ingramex, S.A. de C.V.
Centeno núm. 162, colonia Granjas Esmeralda, México, D.F.
Impreso en México - *Printed in Mexico*

Índice

Todo aquel que no está iniciado en vano pretende comprender las cosas secretas.

EL LIBRO EGIPCIO DE LOS MUERTOS

En la cámara de reflexión

Los que saben dicen que el rey Salomón fue el más sabio de cuantos se sentaron en el trono de Jerusalén. Los que saben más que los que saben afirman que su sabiduría se la debía en realidad al maestro Hiram Abiff de Tiro, en verdad el autor de cada una de las prudentes sentencias que el monarca dio por buenas al impartir justicia.

Experimentado arquitecto de lugares sacrosantos en honor a la gran diosa Astarté, la Reina de los Cielos, por su entendimiento de las cosas a Hiram se le encargó la construcción del Templo de Jerusalén.

Para levantarlo, organizó a sus numerosos obreros en tres grados a fin de que cada cual trabajara de forma ordenada donde se le necesitara y recibiera a cambio el salario del que se hiciera merecedor: aprendices, compañeros y maestros.

Para ascender de grado y recibir mayor salario, cada obrero precisaba conocer la palabra secreta, además del signo y el toque que correspondían a ese nivel.

Estando el templo próximo a ser finalizado, tres compañeros que ansiaban ser maestros mas no lograban su promoción, se pusieron de acuerdo para emboscar a Hiram y obli-

garle a que les revelara los privilegios del ascenso de grado. Le atacaron aprovechando su diaria visita a las obras, cuando los demás descansaban.

El primero le amenazó en la puerta del sur con una regla plomada, pero como Hiram no le reveló los secretos, le golpeó salvajemente con ella. El Maestro huyó a la puerta del norte, donde le esperaba el segundo, armado con un nivel de obra. Tras recibir la misma respuesta ante sus exigencias, también le hirió con su herramienta. Desfallecido, Hiram se arrastró a la puerta del este, donde esperaba el tercero con un pesado mazo. Por tercera vez fue inquirido y por tercera vez él se mantuvo firme y leal al secreto.

Y por ello recibió el golpe que le mató definitivamente.

Al día siguiente y ante la notable ausencia del maestro y de los tres compañeros, el rey Salomón mandó a varios oficiales de obra en su busca y un grupo de ellos encontró el cadáver del venerado Hiram enterrado junto a una acacia. comprendieron lo ocurrido pero entonces aún no sabían si la víctima había llegado a revelar la palabra del grado de Maestro y, temiendo que los asesinos pudieran usurpar el grado, decidieron sustituirla por la primera que se emitió al exhumar el cuerpo.

Y esta palabra es Macbenac.

Introducción

A mediados de septiembre de 2009, la prensa internacional reprodujo una instantánea de la agencia norteamericana de noticias Associated Press que, con el pie de foto «Un soldado estadounidense descansa en Afganistán», mostraba al militar sentado en el suelo y tomándose un respiro antes de proseguir las operaciones de su unidad, destacada en la provincia afgana de Paktika, al este del país. La imagen resumía bastante bien el cansancio de la opinión pública ante el alargamiento de un conflicto sucio y sangriento cuyos verdaderos intereses de fondo nunca han sido bien explicados por los dirigentes mundiales, que los han ocultado bajo esa expresión que, en nuestros días, sirve para justificar casi cualquier cosa: «la lucha contra el terrorismo internacional».

El militar estaba sentado entre los escombros con sus gafas de sol, su fusil de asalto descansando en el regazo y su casco entre las piernas. Una imagen más de la guerra en la que, sin embargo, sobresalía un curioso detalle: las botas reglamentarias que aparecían en un primer plano ante el lector del periódico. Para ser más precisos, las suelas de las botas. Gracias a esa imagen, los ciudadanos más atentos descubrieron la huella que dejan sus tropas cuando se pasean por el mundo, especialmente en los complicados escenarios de Oriente Medio y más allá. Y es que cada suela se divide en dos partes bien diferenciadas: en la de la puntera, se podían contar perfectamente ordenados en forma de rombo trece triángulos equiláteros y, en la del talón, otros siete triángulos en una disposición idéntica a la que ocupan las estrellas ubicadas encima del águila calva que aparecen en el Gran Sello de los Estados Unidos; esto es, una figura que hoy conocemos como la Estrella de David.

¿Una casualidad? Tómese su tiempo para mirar qué dibujos dejan sobre la tierra sus propias botas o las de sus conocidos. Comprobará que hay cientos, quizá miles de diseños diferentes, la inmensa mayoría de los cuales no tienen sentido alguno aparte del de conservar cierta armonía estética o simplemente regular. ¿Cuántas posibilidades hay, desde el punto de vista estadístico, de que sean precisamente las botas oficiales del ejército norteamericano, el más poderoso del mundo, las que dejen esas huellas tan características?

Tanto los números siete y trece como las figuras del triángulo, el rombo y la Estrella de David poseen unos significados profundos y característicos en los planos cultural, mágico y simbólico, en la masonería y en otras organizaciones que poseen cierto conocimiento oculto a la mayoría de la sociedad contemporánea. Contra lo que pudiera pensar un neófito, la magia y el simbolismo poseen hoy, como ayer, mayor influencia que la cultura sobre el común de los mortales, incluyendo los de nuestro, en teoría, laico y agnóstico mundo occidental.

Vivimos asfixiados por una sociedad que desdeña y descarta las creencias religiosas y espirituales tachándolas de «inútiles», que nos obliga a emplear la mayor parte de nuestro tiempo en un trabajo mayoritariamente tan sedentario como mecánico y en consecuencia aburrido, y que nos empuja hacia un día a día en el que cada vez pesa más el desarrollo de las nuevas tecnologías que las relaciones personales. El resultado de todo eso es una combinación de amargos elementos como la soledad, la depresión y el temor, además del autoconvencimiento de que lo único que merece la pena de la vida son los escasos instantes de diversión y entretenimiento que nos sirven de momentáneo desahogo.

No obstante, buscamos desesperadamente, y en muchas ocasiones sin ser conscientes de ello, devolver a nuestra existencia cierto sentido de profundidad y trascendencia similar al que nuestros antepasados, en especial aquellos que vivieron antes de la revolución industrial, disfrutaron con naturalidad e incluso con gozo en sus épocas respectivas. Ellos se sentían integrados en el mundo que les rodeaba por peligrosas o inciertas que fueran sus circunstancias vitales, mientras que para nosotros cualquier lugar ubicado más allá de nuestros mullidos edredones o nuestro confortable salón con pantalla plana es sospechoso de constituir una trampa mortal. Lamentablemente, no estamos dispuestos a renunciar a nuestra grosera pereza ni a nuestra melancólica inercia para satisfacer esa sed interna.

Tanto los escritores como los cineastas más populares de nuestros días son perfectamente conscientes de ello y por eso no tienen ningún problema en introducir símbolos, colores y figuras de resonancia universal que, acompañando a la trama, la refuerzan y, a menudo, la dotan de un sentido cierto a la vez que nos atraen por el reconocimiento («re-conocimiento») de antiguos saberes que llaman a nuestro inconsciente, cuando a primera vista no nos hemos fijado en ellos.

Un ejemplo reciente lo tenemos en la exposición «El esplendor de Alejandría» en el Museo del Traje de Madrid, organizada como parte de la promoción de la película de Alejandro Amenábar *Ágora*, que relata los últimos días de la astrónoma, matemática y filósofa Hipatia de Alejandría en el Egipto del siglo IV d. J.C. bajo la ocupación romana. La muestra ofrecía una selección del vestuario documentado y diseñado por Gabriella Pescucci para el rodaje, incluyendo los ocho vestidos que emplea sucesivamente la protagonista y que no han sido teñidos de manera aleatoria. Como reconoce su autora, se parte de los colores claros que aparecen en las primeras escenas de la película para, a medida que avanza la historia, evolucionar de forma progresiva hacia unos tonos oscuros, los más fuertes de los cuales se dejan para el final. De esta forma se simboliza cómo Hipatia va «tomando cuerpo», fortaleciéndose internamente desde su primitiva ingenuidad hasta constituir una voluntad férrea con la que afrontar su dramático destino.

Como muy bien explica J. C. Cooper en el arranque de su *Diccionario de símbolos*, el estudio del simbolismo no es, entonces, «una simple cuestión de erudición, sino que tiene que ver con el conocimiento que los hombres tienen de sí mismos». Estamos rodeados de símbolos, aunque no los veamos como tales, y podemos explicarnos el mundo de una manera concreta y saber que pertenecemos a una comunidad y no a otra porque compartimos el significado de sus símbolos y les damos el mismo valor que el resto de sus miembros.

Nuestra vida está entonces dirigida de acuerdo con los símbolos (algo tan sencillo como conducir un vehículo requiere conocer un código simbólico internacional que incluye desde las luces de los semáforos hasta las señales de tráfico), luchamos por ellos (el dinero no es la riqueza, sino un símbolo de la misma; pese a lo cual, seguimos soñando con acumular billetes como sea, incluso robándolos, en lugar de descubrir la verdadera riqueza que ya somos capaces de generar a partir de nuestras propias virtudes y capacidades), ¡somos capaces de matarnos entre nosotros por símbolos (todos los días mueren en el mundo miles de personas en nombre de distintas banderas religiosas o políticas)!

Incluso en el ocio y el entretenimiento nos entregamos a los símbolos. Un hincha aficionado del Real Madrid C. F. se identifica con una bandera blanca de la misma forma que uno del F. C. Barcelona lo hace con una azulgrana, y ninguno de ellos comparte ni acaso comprende cómo es posible que el otro sienta por esa tela simbólica una pasión similar a la suya (de hecho, la misma que la suya, pero enfocada en otra dirección). Eso no impide que ambos aficionados puedan identificarse entre sí en otro nivel y compartir su pasión a la hora de enarbolar una bandera española al jugar la selección nacional, en la que participan jugadores de ambos equipos.

A menudo pensamos en un símbolo como un arcano indescifrable, propio de organizaciones siniestras y que esconde un terrible significado. Sin embargo, los símbolos nos rodean por todas partes: en las banderas, en las monedas, en las estatuas públicas de los grandes personajes, en las iglesias, en las películas, en los logos de las organizaciones no gubernamentales, en los productos del supermercado, en los museos, en los himnos nacionales, en las fórmulas matemáticas, en los pósters que adornan las habitaciones de los adolescentes, en los edificios bancarios, en la publicidad, en la imagen de los partidos políticos, en la música..., incluso en las mismas letras del libro que está usted leyendo en este momento, puesto que el alfabeto no es más que un sistema de símbolos aceptado y compartido por un numeroso grupo de personas. En todos estos casos, se cumple el axioma de que una imagen vale por mil palabras, de forma que basta con echar un vistazo para abrir las puertas de la comprensión a un torrente de conocimientos.

El símbolo puede ser realista y copiado del entorno (una águila nos habla de un imperio, una calavera nos indica la muerte) o inventado por completo (un triángulo con un ojo en su interior es un signo de la divinidad..., y de otras cosas). Puede utilizarse en un sentido o en otro según se nos muestre (la herradura con los extremos apuntando hacia arriba en forma de *U* indica buena suerte, pero si apuntan hacia abajo se trata de mala suerte). Puede ser de diseño sencillo y fácil de reconocer (la *M* amarilla sobre fondo rojo de McDonald's) o complicado y reservado a iniciados (algunas grafías del alfabeto maya, aún hoy indescifrables y de extravagante diseño). Puede tener un significado diferente según la época en la que se emplee (la esvástica siempre fue en Occidente un símbolo de prosperidad y buena suerte pero desde mediados del siglo XX se identifica con el Mal, con mayúsculas, debido al uso que de ella hizo el nacionalsocialismo) o quién lo interprete (este mismo signo sigue siendo hoy día positivo e incluso bendito en la mayor parte de Asia). Puede ser útil (la estrella del *sheriff,* para indicar su autoridad policial) o superfluo (las «brujitas de la suerte» que se venden en los mercadillos).

Su representación es, como vemos, casi infinita y su eficacia depende del número de personas que lo empleen, y del poder que tengan esas personas para actuar sobre el mundo a partir de lo que extraigan de él.

La palabra *símbolo* la hemos heredado del mundo mediterráneo, del latín *symbolum,* derivado a su vez del griego *symbolon,* que en su origen se refiere a un pacto o signo de reconocimiento entre huésped y anfitrión: ambos comparten las dos mitades de una misma cosa que, al unirse de nuevo, sirve de legitimación y adquiere fuerza de prueba, como esas joyas especialmente diseñadas para enamorados en las que cada miembro de la pareja posee la mitad de un corazón y sólo cuando están juntos pueden colocar ambas mitades de forma que completen el símbolo del amor.

Por tanto, la comprensión de un símbolo implica la pertenencia a un grupo. O, como afirmara el escritor, sacerdote y profesor de Cambridge, William Ralph Inge, «la indiferencia ante los símbolos no es, como tantos creen, una señal de iluminación y espiritualidad, sino que más bien constituye un síntoma de enfermedad», en el sentido de enfermedad interior, de falta de comprensión y de aislamiento respecto a la realidad del mundo. Los símbolos más importantes tienen un carácter universal y, aunque nuestra educación o nuestro conocimiento consciente de lo que sucede sean limitados, casi todos los seres humanos reaccionamos de forma parecida a los signos básicos: por ejemplo, tememos a la serpiente de la misma forma que nos gusta calentarnos al sol. No ser capaz de llegar ni siquiera a este nivel, no poder comprender un símbolo, es como haberlo perdido, de la misma forma que no encontrar una herramienta en nuestra casa, aunque sepamos que la tenemos guardada en alguna parte, es como si en realidad nunca la hubiéramos tenido.

Por eso Robert Langdon sufre durante toda la novela de Dan Brown en busca de *El símbolo perdido*, empleando el fondo común de sus creencias e interpretaciones del mundo (que en el fondo son las del resto de la humanidad) para explicar y razonar las pistas en apariencia más extravagantes.

Determinadas organizaciones religiosas y/o políticas empezaron a diseñar y utilizar ciertos símbolos característicos como señas secretas de reconocimiento entre sí, para guardar y transmitir unos saberes concretos. O acaso tomaron los símbolos que ya existían y los dotaron de otro significado. En el caso de nuestros aficionados al fútbol, la bandera blanca se puede interpretar de modo muy diferente si cambiamos el marco de aplicación y nos centramos en los conflictos militares, pues entonces no estaremos hablando ya de un equipo de fútbol sino de un anuncio de rendición. Así se cumple la sentencia neotestamentaria de «el que tenga ojos para ver, que vea, y el que tenga oídos para escuchar, que escuche».

Un símbolo es, además y ante todo, un elemento básico de comunicación, pues no tiene ningún sentido si no sirve para transmitir una idea. Para estudiarlo desde ese punto de vista nació la semiología o semiótica, la ciencia que, según el padre de la lingüística moderna, Ferdinand de Saussure, «estudia la vida de los signos en el seno de la vida social» (la semiología se denomina semántica cuando se limita a estudiar los signos de las comunicaciones escritas). Esto es: cómo son, cómo se estructuran y cómo se relacionan entre sí el significante y el significado o, lo que es lo mismo, cómo funciona el pensamiento de forma que el ser humano pueda reconocer, interpretar e interactuar con los seres que le rodean.

Históricamente, y a tenor de lo que sabemos de manera formal, el primer pueblo que empleó los símbolos conscientemente y en todos los órdenes de su desarrollo social, religioso, político, económico y militar fue el Antiguo Egipto. Allí encontramos una escritura jeroglífica de una complejidad extraordinaria cuyo significado, una vez perdido por los avatares de los tiempos, sólo pudo empezar a ser recuperado muchos siglos después. Y eso gracias al esfuerzo denodado de un puñado de eruditos fascinados por el redescubrimiento de la época de los faraones a raíz de las expediciones francesas y británicas del siglo XIX. También hallamos en el país del Nilo un panteón de numerosos dioses que usan y abusan de todo tipo de imágenes y signos, muchos de los cuales seguimos utilizando en la actualidad sin conocer que allí está su primer origen. Otros poseen una potencia que hoy apenas sabemos vislumbrar.

De ahí que el gran filósofo, mitólogo e historiador de

las religiones, el rumano Mircea Eliade pudiera afirmar que el estudio de los símbolos es casi la última «oportunidad de rescatar al hombre moderno de su provincianismo cultural y sobre todo de su relativismo histórico y existencial», que tanto daño ha hecho y sigue haciendo en la actualidad. Sobre todo, a las generaciones más jóvenes, convencidas de que la historia ya se terminó y de que ellas son más sabias que todos sus antecesores juntos simplemente porque disponen de más medios de comunicación, y más rápidos..., cuando la realidad es que se están ahogando en un océano de información basura, lastradas por la indiferencia y la banalidad, así como por la ausencia de claros referentes de crecimiento interior.

Es en el Antiguo Egipto donde encontraremos, en efecto, la primera masonería, la masonería mítica, aunque entonces no se la conocía por este nombre. De ella y del resto de claves y secretos acerca de *El símbolo perdido* trata este libro, aunque antes de seguir adelante es preciso hacer una advertencia: muchos se han sentido atraídos por el misterio y el poder que rodea a las sociedades secretas, no ya para practicarlos o sumarse a ellos, sino por simple entretenimiento.

Aquellos curiosos que se acercaron demasiado sin estar preparados se encontraron con la Esfinge y fueron devorados por ella. Así que si usted, amigo lector, quiere seguir adelante, sepa que lo hace bajo su única responsabilidad personal.

Aprendiz

Juro... si revelo alguno de los secretos de mi grado de Aprendiz... que me corten la garganta y la lengua de raíz...

Qué es la masonería

En 1986, el director de cine Francis Ford Coppola no atravesaba un gran momento, ni personal ni profesional. Agobiado por las deudas e intentando sacudirse cierta fama de director maldito tras el fracaso en taquilla de sus últimos largometrajes, y soportando además la muerte de su primogénito Gio en un accidente con una moto acuática, rodó una comedia considerada menor por la crítica con el título de *Peggy Sue Got Married* (*Peggy Sue se casó*). La cinta estaba protagonizada por una sorprendente Kathleen Turner alejada de los papeles de tórrido mito erótico o aventurera despreocupada que le habían convertido en una cotizada actriz durante los años anteriores.

La actriz interpreta el papel de una cuarentona cuya vida personal está a punto de hundirse definitivamente tras el proceso de divorcio con su infiel marido, cuyo papel interpreta Nicolas Cage, a quien conoce desde que eran novios en el instituto. Invitada a la fiesta de los veinticinco años de su promoción, se reencuentra allí con viejos compañeros que le traen buenos recuerdos y que al final la eligen Reina de la Noche. Muy alterada emocionalmente, Peggy Sue sufre un ataque al corazón y se desploma, pero cuando despierta no se encuentra al otro lado de la muerte sino que su conciencia ha retrocedido en el tiempo hasta los años sesenta, al interior del cuerpo que tenía a los diecisiete años. En esa época vive en casa de sus padres y sigue yendo aún al instituto, su entonces novio la adora, y tiene ante sí la posibilidad de imprimir un nuevo rumbo a su vida para evitar el fracaso de su existencia. Cumple así ese sueño que todos hemos tenido alguna vez de volver a nacer pero conservando en la cabeza la experiencia acumulada durante nuestra vida, y por tanto con una gran ventaja a la hora de actuar para arreglar las cosas que deberíamos haber arreglado en su momento... Sin embargo, pronto descubre que eso no es tan fácil, al menos para la gente común que está sometida a un destino que le fuerza a repetir una y otra vez los mismos aciertos y los mismos errores hasta conducirle siempre al mismo punto. Tras diversas peripecias, comprende que ella no tiene el poder necesario para cambiar ese destino y empieza a buscar la manera de regresar al futuro, es decir: a su presente.

Finalmente encuentra la fórmula de regresar en el tiempo a través de un antiguo ritual místico operado por los masones de su ciudad, que son los únicos que entienden lo que le ocurre y se movilizan en su ayuda. Cuando uno de ellos se despide de su esposa anunciando que llegará tarde porque su hermandad tiene «un trabajo especial» que hacer, una amiga que se encuentra con ella y que desconoce lo que es la masonería (prohibida a las mujeres) le pregunta: «¿Pero qué diablos hacen en esa condenada logia?» Y la mujer le contesta: «Creo que todo es una excusa para reunirse a jugar a las cartas y comer sándwiches.»

Los masones realizan la ceremonia con éxito y la conciencia de Peggy Sue vuelve a su época. Tras felicitarse por la eficacia de su magia, los masones se ponen a jugar a las cartas y comen sándwiches en la logia.

Curiosamente, el cartel promocional de esta película incluía algunos símbolos masónicos. Peggy Sue aparece en primer plano con una llave en la mano y mirando a través de una inmensa cerradura que recuerda a un compás, mientras a su derecha contemplamos tres cuadrados uno encima de otro con otros tres protagonistas de la trama.

Historia de una venganza

Los masones que aparecen en la película de Francis Ford Coppola, un hombre relacionado como más tarde veremos con alguna *sociedad discreta*, son en su mayoría simpáticos y filantrópicos viejecitos dispuestos siempre a echar una mano, más parecidos a la bondadosa figura de *Merlín el Encantador* retratada por Walt Disney que a la idea que nos legó la Revolución francesa de peligrosos conspiradores e ideólogos políticos radicales dispuestos a cortar el cuello de papas, reyes y nobles para hacerse con el poder. Existen otras formas de verlos: hay quien vincula su organización con los selectos y arrogantes clubes de la Inglaterra victoriana integrados por intelectuales librepensadores y ateos a los que les gustaba *jugar* a ser magos. Y quien cree que sus ritos son realmente operaciones mágicas de índole satanista. Y quien piensa que después de todo no son más que un grupo de acomplejados que no tienen otra forma de divertirse y darse importancia que vestirse de manera peculiar.

¿Cuál de estas imágenes se aproxima más a la realidad? ¿Qué hacen, exactamente, los masones? ¿Y por qué lo mantienen en secreto?

Se han escrito multitud de libros sobre la masonería, apoyándola o denigrándola según las circunstancias, y achacándole multitud de sucesos y conductas a veces contradictorios entre sí. La propia organización no ha facilitado mucho las cosas, fiel casi siempre al secreto que sus miembros juran guardar en las sucesivas ceremonias de ascenso en la jerarquía, so pena de una terrible muerte a manos de la propia orden (aunque los masones de hoy insisten en que estas amenazas son mero simbolismo). Sólo en los últimos años algunos autores de reconocida trayectoria masónica han iniciado una labor de divulgación de su hermandad aun sin profundizar en exceso y, en general, limitándose a explicar conceptos, palabras y objetos sobre los que ya existía abundante información previa, facilitada por los pocos masones que abandonaron la organización y revelaron parte de sus secretos o por algunos investigadores particulares (antimasónicos o no) que tuvieron acceso a sus documentos.

Esta reserva sobre sus intenciones y su modus operandi, además de su carácter internacionalista que les lleva a expandirse por el mundo entero, constituye un marco sumamente atractivo para las obras de ficción. *El símbolo perdido* de Dan Brown aprovecha las informaciones públicas que existen acerca de esta sociedad, sus símbolos y sus signos para, mezclándolas con los de otras tradiciones y con aportes de su propia cosecha, componer el relato de aventuras protagonizado por el profesor Robert Langdon, centrado en la poderosa y comprobada presencia masónica en Estados Unidos en general y en su capital federal, Washington, en particular. Es la tercera incursión de Langdon en el nebuloso mundo de las sociedades secretas tras toparse con el Opus Dei en *Ángeles y demonios* y con el Priorato de Sión en *El código Da Vinci.*

La masonería, como otras sociedades dedicadas originalmente al estudio profundo del interior del ser humano, justifica su secretismo tanto en la necesidad de proteger sus conocimientos (que, en las manos equivocadas, podrían provocar consecuencias desastrosas) como en la de proteger a sus miembros (muchas veces importantes y populares personajes de la comunidad en la que residen —políticos, banqueros, artistas, etc.—, cuyas credibilidad o situación personal y profesional podrían sufrir los prejuicios de los profanos). El mejor ejemplo de hasta dónde está dispuesta a llegar la fraternidad se encuentra en la leyenda del constructor Hiram Abiff, que sacrificó su vida por no revelar lo que no debía ser revelado.

Hiram es el prototipo de sabio humilde, trabajador y honesto, cuyo poder se basa en su virtud. Y su historia está saturada de símbolos. Es asesinado empleando las mismas herramientas con las que construye la que será su gran obra maestra, lo que nos indica la dualidad del conocimiento. Nada es malo ni es bueno en sí mismo, sino que depende del uso que se le dé: el mismo mazo imprescindible para el trabajo de edificación del templo es el que se emplea para propinar el golpe definitivo que acaba con su vida. Los tres traidores que le atacan representan al fanatismo, la ambición y la ignorancia, sin duda tres de las más importantes lacras de la humanidad que, hoy como ayer, siguen frenando nuestro progreso real (que no es en absoluto el tecnológico, el económico o el político, sino el espiritual, en la búsqueda de la trascendencia más allá de las apariencias del mundo material). El propio Hiram es la encarnación de las tres virtudes contrarias a las de sus asesinos: la tolerancia, la generosidad y la educación. No obstante, él tampoco es perfecto, lo que se simboliza en algunas versiones de su leyenda al presentarle como el hijo de una viuda de la tribu de Neftalí; esa orfandad significa que su linaje original es deficiente e incompleto y en consecuencia debe luchar para trabajarlo y mejorarlo. Así que el templo que está construyendo en Jerusalén es doble: el físico, para el rey Salomón, y el interno, para sí mismo. Es de tal importancia su labor y es tan consciente de ella, que prefiere morir como un ser libre y coherente consigo mismo, perdiendo en el trance tan sólo el cuerpo físico, a conservar la vida pero manchada ya para siempre por el deshonor y la traición.

En otras descripciones de su historia, cuando Hiram se dirige a las obras donde será asesinado, el lugar ha sido tomado por las sombras (entre las que se ocultan los traidores) puesto que ya se ha hecho de noche y la única guía con la que cuenta son tres frágiles candelas que iluminan apenas lo suficiente como para no perderse dentro del templo. Esos tres pequeños faroles simbolizan las tres luces del trabajo masónico: la luz personal que posee en su interior y le impulsa a ser mejor persona, la luz personal externa que irradia hacia los demás y hacia la sociedad y gracias a la cual ayuda a hacer del mundo un lugar mejor, y la luz superior de la divinidad que le ayuda a enfrentarse con los problemas y dificultades que se presentan a lo largo de su existencia.

En cuanto a *Macbenac*, la palabra que los maestros que encuentran el cadáver de Hiram deciden emplear a partir de ese momento como nuevo signo de reconocimiento entre ellos, se interpreta como «la carne deja los huesos» o «putrefacción» según las propias fuentes masónicas, que no aclaran su origen etimológico. En la leyenda, es lo primero que dicen al desenterrar el cuerpo porque ven que la carne se está desprendiendo ya de los huesos; pero también aquí estamos ante un símbolo pues, en este planeta, la vida material nace de la muerte material y un cadáver es buen abono para el crecimiento de otros seres vivos. En realidad, el término podría ser de origen escocés (no deberíamos perder de vista el calificativo *escocés*, pues en Escocia se guarda uno de los principales ritos masónicos practicados en la actualidad y en cuya fundación se dice que tuvieron bastante que ver los templarios huidos de Francia), ya que *Mac* significa «hijo de». Sin embargo, no existe ningún apellido escocés que sea Benac o Benach. Sí que existe, sin embargo, en Francia, en la comarca de Limoges y en algunos pueblos pirenaicos, desde donde pasó a España, e incluso posee escudo heráldico. Conocemos, por cierto, a un importante político español con este apellido: Ernest Benach, miembro de la Ejecutiva Nacional de Esquerra Republicana de Catalunya (como veremos más tarde, es uno de los partidos políticos españoles más influidos por la masonería), quien accedió a la presidencia del Parlamento autonómico de Cataluña en 2003, cargo para el que fue reelegido en 2006.

Volviendo a Hiram Abiff, parte de las ceremonias utilizadas por la masonería moderna, incluyendo la denominación de varios de sus grados superiores en ciertos ritos así como su función simbólica, se basa en la necesidad de vengar su asesinato. ¿Cómo? Dado que los tres traidores que acabaron con su vida, si es que en verdad existieron, murieron hace ya milenios, la lucha debe ser contra todos aquellos que poseen sus mismos defectos o, mejor, contra los defectos mismos cuando amenazan con aparecer dentro de uno. Ambos caminos no son incompatibles, aunque sea preferible el segundo. Sin embargo, muchos de los masones más famosos de la historia se decantaron por el primero al implicarse en revoluciones y cambios sociales de gran calado.

La importancia de un prefijo

El 1 de febrero de 1996 falleció Luis Salat Gusils, entonces Gran Maestro de la Gran Logia de España y una de las personas que más trabajó para reintroducir en nuestro país esta organización después de su persecución durante la época franquista. En la presentación incluida en *Filosofía de la masonería*, de Giuliano di Bernardo, Salat trataba de definir a la orden asegurando que «tiene como finalidad primordial establecer vínculos fraternales entre seres humanos esparcidos por la tierra, unidos por ideales y finalidades comunes», lo que tampoco se puede decir que aclarara demasiado más allá del carácter universal y de protección mutua entre sus miembros.

Varios autores masones han insistido en el tema para explicar en la medida de lo posible en qué consisten esos ideales y finalidades, tratando de alejar la imagen de oscura secta de conspiradores. Resumiendo las aportaciones de unos y de otros, se podrían subrayar como los puntos más importantes de su orden:

a) la fraternidad entre los propios masones (de donde deriva el tratamiento de *hermano* entre ellos que, por lo demás, es corriente en todas las Escuelas de Misterios más o menos conocidas) sin importar el lugar en el que hayan nacido, su condición social o económica, o su posición en el mundo profano;

b) el afán de perfeccionamiento ético y moral como seres humanos, aprendiendo las enseñanzas de la filosofía y desarrollando cualidades como la tolerancia y el respeto a los demás, apoyándose unos a otros mutuamente en caso de necesidad;

c) la creencia en el GAU o GADU, siglas del Gran Arquitecto del Universo (de forma que cada cual pueda proyectar en este concepto sus creencias personales, sean éstas cristianas, judías, musulmanas, panteístas o cualesquiera otras);

d) la existencia de un sistema de iniciaciones progresivas hacia los niveles superiores de la jerarquía basado en el simbolismo (empleando ropas, signos y emblemas especiales, cada cual con su significado) que se desarrolla en ceremonias específicas en sus lugares de asamblea o logias; y

e) el desarrollo de todas estas actividades en el máximo secreto posible, fundamentalmente como medio de autoprotección.

Tradicionalmente, suele fijarse el origen de la masonería en las hermandades de constructores medievales, sobre todo en aquellas empeñadas en obras tan significativas como las catedrales. Una catedral no es sólo una iglesia grande. Posee un significado simbólico capital para la Iglesia, puesto que, como su nombre indica, es donde tiene su *cátedra* o asiento principal el obispo (al principio, en el interior de las catedrales también se impartían cátedras, especialmente a seminaristas, en teología, latín y gramática, aunque con el tiempo esta función educativa fue desapareciendo), y éste no es otro que «el sucesor de los Apóstoles» y por tanto maestro de la doctrina católica, principal sacerdote del culto sagrado en la comunidad y ministro del gobierno religioso. Los obispos forman parte, junto con el papa, del colegio episcopal: la suprema autoridad de la Iglesia de Roma.

La catedral, que guarda en su interior (pero también en las esculturas, los signos y los vitrales de sus fachadas) un rico mensaje escondido en una pléyade de símbolos, es la *ecclesia mater* o *major*, es decir, la «iglesia madre» o «mayor», de la que surgen y dependen el resto de edificios religiosos de la comunidad: desde la ermita más pobre y diminuta hasta el templo mejor decorado y con una parroquia más adinerada. Es la *Domus Dei* o «Casa de Dios». No cualquier persona estaba autorizada para trabajar en su edificación.

Historiadores franceses plantean que la masonería nace en este contexto a partir de la *Compagnonnage* o «Camaradería», sociedad impulsada por los maestros constructores que se agrupaban laboralmente como una especie de sindicato para, por un lado, garantizar a las autoridades religiosas y civiles que su encargo se finalizaría bien, a tiempo y de acuerdo con lo solicitado empleando para ello a sus mejores profesionales y, por otro lado, proteger a éstos de la tentación de abusos o malos pagos por parte de las mismas autoridades o de quienes tomaran su relevo a medida que se desarrollaran las obras. Y es cierto que Francia posee algunos de los más hermosos e impresionantes ejemplos de arquitectura catedralicia de la cristiandad, como los de Chartres, Reims o Bayeux.

Por lo que nos cuentan estos mismos historiadores, la camaradería disponía de rígidos códigos internos de comportamiento y se distribuía en cuatro oficios especializados: los carpinteros, los ebanistas, los cerrajeros y, los más importantes de todos, los albañiles o *maçons*. Eran estos últimos los encargados de desbastar y tallar los bloques de piedra que después se encajaban siguiendo planos minuciosos y técnicas especializadas para levantar poco a poco los mayores templos de homenaje a Dios. Según el grado de experiencia, los obreros se dividían en tres tipos: los aprendices (que podían permanecer años encuadrados en este grupo hasta que dominaran perfectamente los secretos de su arte), los compañeros (trabajadores no sólo formados sino expertos en su trabajo) y los maestros (o compañeros más veteranos que acumulaban experiencia laboral pero también aptitud personal en la organización de los demás trabajadores, el trato con las autoridades y, naturalmente, el diseño de la obra).

El anhelo de perfección que encontramos en este tipo de organizaciones medievales se extendía al ámbito físico hasta el punto de que estaba prohibido el acceso a las personas que presentaban uno de los tres defectos de la letra *B*: *bègue*, *borgne* y *boiteux*; es decir, «tartamudo», «tuerto» y «cojo». Las tres características se relacionan en multitud de cuentos con el demonio, y por eso se consideraba que si una persona padecía uno de estos defectos físicos no era por casualidad sino como un indicativo divino de que no estaba preparada para acceder a conocimientos superiores.

La edad de las catedrales, como todas las edades, acabó pasando a la historia, en este caso a finales del siglo XVII; pero la masonería no murió allí, sino que se transformó en otra cosa distinta: la francmasonería o masonería moderna. La principal diferencia entre ambas nos la señala el prefijo *franc*: «libre». Los masones eran constructores reales, trabajaban con sus manos sobre la piedra física (y acaso también consigo mismos, lo que no está claro), mientras que los francmasones eran constructores de la *catedral interior* y la piedra que tallaban no era otra que su propia mente. Para su trabajo, adoptaron los códigos, los nombres y los símbolos de la masonería original u operativa, aunque lo que hoy conocemos con ese nombre es en realidad la francmasonería o masonería especulativa.

Obrar o especular

Gremios de constructores los ha habido en todas las civilizaciones. Incluso el *Código de Hammurabi*, que se remonta mil setecientos años antes de Cristo, los menciona ya entonces. Se sabe que existieron en el Antiguo Egipto, en la Grecia clásica y en Roma. Algunos autores —por cierto, un poco visionarios— han querido retrotraer la institución masónica a los tiempos de Noé e incluso a los de Adán..., pero es cierto que el código propiamente masónico más antiguo que conocemos es, a despecho de los historiadores franceses, el redactado en el año 926 d. J.C. en la corte de Athelstan de Inglaterra, el nieto del popular Alfredo el Grande, quien fijó diversas leyes de importancia que repercutieron en la sociedad de su época. Este reglamento recibió el nombre de *Constituciones de York*, ya que se firmó en esta ciudad, una de las principales ciudades británicas, con al menos dos mil años de antigüedad, y desde donde, entre otras cosas, Septimio Severo rigió el Imperio romano durante dos años. No deja de llamar la atención que hoy sea su sucesora, la York americana o Nueva York, una de las principales ciudades del mundo, y con un mayor número de masones en ejercicio. Este importante manuscrito desapareció en el siglo XV. Algunos masones de alto grado que lo conocían lo reescribieron de memoria, pero se ignora el alcance de la pérdida.

De todas formas, para entonces ya se habían redactado más reglamentos masónicos como los *Estatutos de*

Bolonia o el *Manuscrito Halliwell*, a los que seguirían otros. Todos ellos estipulaban las normas de la masonería operativa aunque no recogían rituales específicos. Para encontrar este otro tipo de textos hemos de esperar hasta 1630, cuando se publican por escrito algunas ceremonias de los masones escoceses.

En un intento por mantener abiertas sus logias, agonizantes por falta de encargos para levantar grandes monumentos, los últimos años de la masonería operativa se distinguieron por la aceptación de nuevos miembros que no necesariamente debían dedicarse al oficio de la construcción y que por tanto recibieron el sobrenombre de *aceptados*. Así se abrieron las puertas a nobles o burgueses que, a cambio de un estipendio económico, podían satisfacer su curiosidad acerca de los secretos masónicos, además de integrarse en un club elitista que aprovechaba símbolos y códigos conocidos por unos pocos para estudiar y debatir sobre cualquier cosa al margen de las rígidas normas sociales y religiosas imperantes en la época.

La fecha generalmente aceptada como de nacimiento oficial de la masonería especulativa o francmasonería es el 24 de junio de 1717 (las tradiciones masónicas consideran los solsticios como dos hitos básicos en su calendario festivo, dedicándolos de puertas para afuera a san Juan Bautista en verano y a san Juan Evangelista en invierno; de ahí que este santo aparezca en repetidas ocasiones en sus manuscritos), cuando cuatro logias de Londres, conscientes de la muerte de la masonería operativa, decidieron unirse para formar una nueva organización que renovara toda la institución. Cada una de las logias llevaba el nombre de la taberna en cuyos salones se reunían y lo cierto es que todas podían presumir de una denominación con gran tradición simbólica: *La Corona*, *El Manzano*, *La Oca y la Parrilla*, y *La Copa y las Uvas*. En la asamblea que celebraron a finales de aquel mes de junio decidieron adoptar el nombre conjunto de *Gran Logia de Londres y de Westminster*, también conocida como *Gran Logia Unida de Inglaterra*. Anthony Sayer fue su primer Gran Maestro y algunos de sus miembros formaban parte de la *Royal Society* o Real Sociedad presidida entonces por el gran físico y matemático Isaac Newton. En capítulos posteriores contaremos algo más acerca de esta sociedad y de su presidente.

Una de las características fundamentales de la nueva organización y que ayudó en gran medida a garantizar su éxito es que a partir de ese momento sólo ella estaría en disposición de otorgar la *Patente de Constitución* para formar una nueva logia, por supuesto sometida a la Gran Logia Unida, y no como había sucedido hasta entonces, cuando bastaba la intención de un mínimo de siete masones para crear una nueva logia. A fin de reforzar su autoridad y potenciar su crecimiento engullendo sucesivamente al resto de asambleas masónicas británicas, dos pastores protestantes e importantísimos masones, Jean Théophile Désaguliers y James Anderson, se encargaron de redactar un reglamento interno que fue conocido a partir de entonces como *Constituciones de Anderson* y que fijaba las nuevas reglas de juego de la organización, entre las que se incluía la desaparición de algunas características específicamente cristianas establecidas por los masones antiguos.

Désaguliers había nacido en el puerto francés de La

Rochelle, un antiguo emplazamiento templario, pero había huido a Inglaterra junto a su familia tras las persecuciones religiosas impulsadas por Luis XIV contra aquellos que no respetaran las normas impuestas por la Iglesia de Roma. Apasionado por la ciencia además de por la religión, enseñó en la Universidad de Oxford y luego pasó a Westminster, donde entabló amistad personal con Newton e ingresó en la Royal Society además de convertirse en el capellán del príncipe de Gales, al que inició personalmente en la masonería en 1719. Más tarde intercambiaría conocimientos con el astrónomo, físico y matemático holandés Christiaan Huygens e incluso publicaría un sorprendente libro contra la contaminación medioambiental provocada en las ciudades por los humos de las chimeneas.

Anderson era escocés, se cree que de Aberdeen, y fue allí donde se doctoró en teología antes de ordenarse en Londres como ministro de la Iglesia presbiteriana. Decidido defensor de la reforma de la masonería operativa para garantizar su continuidad en el tiempo, fue el encargado de compilar la mayor parte del material que acabaría dando como resultado el manuscrito bautizado con su nombre. El texto *Constituciones de Anderson* fue editado por vez primera en 1723 en la imprenta de William Hunter y tenía menos de un centenar de páginas divididas en cuatro partes: la historia de la organización, las obligaciones de un masón, los reglamentos generales y los cantos masónicos, partituras incluidas.

No todas las logias, ni siquiera todas las especulativas, aceptaron de buen grado el nuevo reglamento, pues consideraban que Désaguliers y Anderson lo habían adaptado a sus intereses particulares, reinterpretando a su gusto las viejas enseñanzas y doctrinas e introduciendo algunas ideas propias. Esto obligó a la publicación de sucesivas ediciones del libro que, a pesar de conservar el mismo título, fue variando gradualmente de contenido hasta satisfacer a la mayoría de las logias en funcionamiento.

La constitución de la Gran Logia de Londres animó a las hermandades similares de otros países a seguir su ejemplo y durante los años siguientes se constituyeron en Europa la Gran Logia de Irlanda, la Gran Logia de Francia y la Gran Logia de Escocia; mientras en Estados Unidos nacían: la Gran Logia de Pensilvania y la Gran Logia Provincial de Massachusetts.

La herencia de los ancestros

Existe otro argumento para diferenciar la masonería operativa de la especulativa. *Especular* viene del latín *speculor* que significa «acechar» o «vislumbrar» e implica un análisis de la situación, pero no una acción sobre la misma, mientras que *operar* viene de *opus* que significa «obra», con lo que se está dando a entender que el operativo consigue cosas concretas frente al especulativo, que se limita a rumiar mentalmente. A partir de aquí, diversos expertos de la literatura ocultista como el simbolista, orientalista, hermetista, masón y martinista René Guénon defienden que los símbolos y códigos que los constructores conservaban todavía en la Edad Media se remontaban en el tiempo hasta la época del Antiguo Egipto, donde habría nacido realmente esta fraternidad en el seno de cierta escuela de misterios. El adjetivo *operativa* lo habrían obtenido no por el trabajo físico con la piedra sino por la acción consciente de sus miembros consigo mismo que les había llevado a trascender su humanidad mortal para elevarles a través de la espiritualidad en la escala evolutiva de la naturaleza.

Desde ese punto de vista, la masonería especulativa o francmasonería suponía una desviación e incluso un paso atrás producido por la ausencia del significado original del trabajo y las normas establecidas para llevarlo a cabo. El ritual masónico perdía su eficacia en otros planos y quedaba reducido a una especie de teatro psicológico cuyo único fruto era intelectual y tal vez social. Todo se reducía a una serie de debates y reflexiones que podían ser muy profundos, pero que resultaban estériles desde el punto de vista espiritual. Esta pérdida de significado habría empujado a algunas ramas masónicas a perseguir uno nuevo en la aplicación política y social de sus ideas, buscando transformar el mundo exterior antes que el interior (lo que desde el punto de vista místico nunca conduce al éxito).

Al hilo de esto, otros autores señalan una nueva posible diferencia entre la masonería operativa y la especulativa: mientras la simbología empleada en la primera emanaba sobre todo del Hermetismo desarrollado en el Antiguo Egipto, en la segunda se incluye una fuerte influencia de la Cábala expuesta por el judaísmo, que adquiere mayor importancia en los ornamentos y signos de la fraternidad. Quizá la misma leyenda de Hiram y el Templo de Salomón, netamente judía, se incorporara (o adquiriera la importancia que hoy tiene) al conjunto de simbolismos masónicos en esta segunda etapa. Por la magnitud y trascendencia de ambos aportes les dedicaremos los dos siguientes capítulos.

No son éstas las únicas grandes influencias de la masonería. Hay que hablar, aunque sea unas líneas de la Rosacruz, el Temple y los Illuminati.

El origen de la orden Rosacruz es brumoso y no son pocos los autores que lo sitúan también en el Antiguo Egipto, emparentándolo así con el Hermetismo. Algunos, como Ángel Luis Encinas, incluso concretan su nacimiento bajo el reinado del faraón Tutmosis III y aseguran que una de las características de esta sociedad secreta es su intermitencia histórica, ya que aparece y desaparece a lo largo de los siglos de acuerdo con un patrón no revelado. No obstante, al igual que los primeros documentos escritos que poseemos de la masonería datan de la Edad Media, los primeros manifiestos que conservamos de los rosacruces aparecen en el siglo XVII, si bien ya desde el siglo XV habían ido ganando fama en los círculos ocultistas y alquímicos. Así, la Fama Fraternitatis que apareció en torno a 1615 causó una gran sensación, entre otras cosas porque sugería que el mismo Jesús había pertenecido a su orden, y que la Iglesia de Roma no hacía honor a Su legado: «... para que todo cristiano sepa qué religión y creencias profesamos, declaramos tener conocimiento de Jesucristo como ahora y en los últimos tiempos se profesa su doctrina más nítida y puramente, en particular en Alemania, donde actualmente está limpia y libre de gente desviada, de herejes y de falsos profetas...».

Este libro contaba la historia mítica del fundador de la orden, al que se calificaba con el simbólico nombre de Christian Rosenkreutz (en alemán, *Cristiano Rosacruz*), haciendo referencia a uno de los signos ocultistas más conocidos: la combinación de la rosa roja sobre la cruz como representación del triunfo de la conciencia espiritual sobre los cuatro elementos del universo. Posteriores publicaciones rosacruces así como carteles anunciando los ideales de la organización y criticando a los poderes establecidos aumentaron la expectación. Todo el mundo quería encontrar a sus autores y acceder a sus conocimientos secretos. Sin embargo, igual que aparecieron de pronto, de pronto desaparecieron. Sin dar explicaciones, sin aclarar qué querían exactamente, sin presentarse formalmente en sociedad. Varias organizaciones han intentado proclamarse como sus herederos desde entonces y en el caso de la masonería se puede detectar la influencia del pensamiento rosacruz en algunos de sus símbolos y en los nombres de los grados.

Respecto a los templarios y los Illuminati (viejos conocidos estos últimos de Robert Langdon), hay abundancia de literatura explicativa en el mercado. Como sucediera con los rosacruces, son muchos los que hoy se declaran continuadores de estas organizaciones que surgieron, se desarrollaron y desaparecieron en un momento determinado y de acuerdo con unas circunstancias concretas.

La Orden de los Pobres Caballeros de Cristo o del Temple se llamaba así por el Templo de Jerusalén, en donde los primeros nueve caballeros franceses liderados por Hugo de Payens (según algunos autores, el primer comandante de los templarios no fue francés sino español: se trataría del caballero Hugo Galcerán de Pinós, del que hoy se conserva su casa solariega y una estatua en su memoria en la localidad barcelonesa de Bagá) excavaron en 1119 en busca de un tesoro que nunca quedó claro en qué consistía ni si lo encontraron finalmente. Lo que se sabe es que los caballeros de hábito blanco y gran cruz roja se hicieron enseguida muy populares y que su poder se extendió de tal manera por el Mediterráneo que el ambicioso (y sumamente endeudado con ellos) rey francés Felipe IV les traicionó impulsando, junto al influenciable papa Clemente V, un gigantesco proceso contra ellos basado en calumnias y afirmaciones sin pruebas. La orden fue disuelta y perseguida (en Francia, sobre todo; en el resto de países fueron «reciclados» en otras órdenes de caballería como en los reinos españoles, o en la masonería como en Escocia), sus caballeros, torturados y asesinados, y su último Gran Maestre, Jacques de Molay, ejecutado en 1312 en la hoguera.

Los Illuminati u Orden de los Perfectibilistas o de los Iluminados de Baviera fueron fundados el 1 de mayo de 1776 (menos de dos meses después se proclamó la Declaración de Independencia de Estados Unidos) por el catedrático de Derecho Canónico de la Universidad de Ingolstadt, Adam Weishaupt, con el fin de impulsar una gran revolución política, religiosa y social que diera al traste con el Antiguo Régimen y promoviera la constitución de un gobierno mundial en manos de un puñado de elegidos. Su arma principal fue la infiltración, no sólo en la nobleza y el Estado, sino en la misma masonería, la cual infectaron con el objeto de ponerla a su servicio habida cuenta de que numerosos masones ya disponían de cargos importantes en sus respectivos países. Weishaupt diseñó un rito paramasónico de trece grados que utilizó para difundir sus ideas radicales y promover la insurrección general de las gentes en Europa en contra de los reyes y el papado. Según varios autores, la Revolución francesa de 1789 fue en parte pergeñada por su organización. Sin embargo, en 1785 sus planes quedaron al descubierto, sus líderes huyeron y su organización fue formalmente disuelta.

El Hermetismo

Napoleón Bonaparte, ya masón, pasó una noche en el interior de la gran pirámide de Keops a mediados de agosto de 1799. Por la mañana, el Pequeño Corso abandonó el interior de la monumental construcción sano y salvo para alivio de sus subordinados, aunque mostraba un aspecto pálido y temeroso, como si hubiera conversado con un fantasma. Al ser preguntado por lo que había ocurrido dentro de la poderosa construcción de piedra durante aquellas horas, Napoleón, que no les había explicado por qué había decidido recluirse allí, se limitó a contestar: «¿Para qué queréis saberlo? Aunque os lo contara, jamás lo creeríais...»

La extraña experiencia de Napoleón es similar a las que relatan las leyendas locales acerca de otros grandes guerreros de la Antigüedad como Alejandro Magno y Julio César, que también pasaron una noche en la Gran Pirámide. Y se enmarca en una expedición no menos extraña: la que el Directorio le encargó en mayo de 1798, cuando partió al frente de una flota de más de trescientos barcos y treinta mil hombres para conquistar Egipto, entonces bajo el control de los mamelucos, aliados de Inglaterra, la archienemiga de Francia. Uno de los objetivos formales de la misión era amenazar el imperio inglés, pero ¿no hubiera sido más rentable invadir Gran Bretaña con aquel formidable ejército?

Parece obvio que había otros intereses ocultos, sobre todo cuando sabemos que entre los militares franceses figuraba un equipo de poco más de ciento cincuenta sabios y eruditos de las más variadas disciplinas. A ellos debemos la primera exhaustiva descripción gráfica moderna de los antiguos templos y ciudades de la cultura faraónica, así como el descubrimiento de la piedra Rossetta y, con ella, de la clave para descifrar la antigua lengua jeroglífica. Estos expertos también hicieron despejar la plataforma sobre la que se levanta la Gran Pirámide para luego escalar el monumento y medirlo con precisión. Así descubrieron algunos de los misterios matemáticos que encierra este edificio único.

Uno de los mandos de la expedición francesa era el general Jean Baptiste Auguste Kléber, quien, según algunas fuentes, se encargó de iniciar a Napoleón en los secretos masónicos. También dirigió en El Cairo la inauguración de la logia Isis, bajo el control del Gran Oriente de Francia. Otro de sus colaboradores masones en Egipto, viejo conocido de los españoles durante la guerra de la Independencia, fue el general Joachim Murat.

Cuando Bonaparte regresó a Francia y se hizo con todo el poder, decidió convertir París en una especie de nueva capital egipcia. La vieja denominación de la capital francesa había sido Lutecia, romanización del nombre original que la tribu celta de los *parisii* o «parisios» habían dedicado probablemente al dios solar Lug. Pero él cambió sutilmente su designación oficial por la de *Parisis* en honor a la diosa Isis. También introdujo cambios en el escudo de la ciudad: una barca sobre el río guiada por una estrella de cinco puntas, en la que veía una representación de la estrella Sirio, sagrada para la cultura de los faraones, a la que añadió una estatua de la misma divinidad en su proa y tres abejas (símbolo de la realeza egipcia) por encima. Además, nombró ministro de Bellas Artes a uno de los expertos que habían viajado con él en su famosa expedición, Vivant Denon, quien implantó una auténtica «egiptitis» en la sociedad de la época, expresada en múltiples relieves, adornos y objetos con una clara influencia del país del Nilo. Casi la mitad de las nuevas fuentes públicas construidas en París durante aquellos años mostraban también la huella del país de los faraones.

La revolución de Akhenatón

¿Cuál es el origen de la fascinación por el Antiguo Egipto, que sigue irradiando hoy día una magnética atracción para innumerables personas de todas partes del mundo? Algunos autores lo atribuyen a la presencia de una de las principales organizaciones secretas de iniciados de la Antigüedad, responsable última del espectacular desarrollo y estabilidad de la cultura egipcia a lo largo de miles de años, gracias a un control estricto ejercido desde el anonimato y proyectado a través de la clase sacerdotal al frente de la cual se encontraba el faraón. Un cargo éste que, al menos en las primeras dinastías, habría sido simplemente el equivalente al de un *primus inter pares*, como el de los reyes medievales que carecían de un poder personal propio ya que basaban su autoridad en la delegación de un fragmento de la de cada uno de los nobles que le sostenían, por reconocerle éstos como el más capacitado para liderar los destinos del reino.

La degeneración de esta organización secreta de carácter luminoso, a medida que algunos de sus miembros se corrompían con el paso del tiempo, derivó en una clase sacerdotal impía y dictatorial que, olvidado su principal y personal interés de crecimiento espiritual propio para luego derramar sus beneficios sobre el resto de la sociedad egipcia, se dedicó a mantener su dominio formal sobre los demás egipcios a través de los rituales externos mientras acrecentaba sus riquezas personales.

Contra esta decadencia se alzarían el misterioso Akhenatón (Ajenatón, según la grafía española) y su esposa y confidente Nefertiti (cuyo nombre significa «La belleza ha llegado»). El nombre original de este faraón, aquel con el que fue investido como tal, era Amenofis IV, que significa «Amón está satisfecho». Amón o Amén (y sí: éste es el origen real de la expresión que aún a día de hoy se utiliza para finalizar las oraciones cristianas) era la máxima divinidad de la teogonía egipcia, pero el respeto hacia él había ido decayendo en paralelo a la corrupción sacerdotal.

En su calidad de miembro de la casa real y por sus anhelos espirituales personales (y también porque pertenecía a cierto grupo premasónico comprometido con la Luz), este hombre concienciado y valiente concibió un audaz plan para depurar la clase dominante del país y, a los cuatro años de su reinado, cuando creía tener todas las riendas en su mano, dictó una serie de leyes por las cuales cerró numerosos templos y privó a sus sacerdotes del poder que habían ejercido hasta el momento. Entonces, estableció el culto a Atón, el espíritu del Sol en su expresión del alba, al que a partir de ese momento se representó como un disco del que en lugar de rayos salían brazos que ofrecían el *Ankh* o «Cruz Anxata» o «Ansada», el símbolo de la vida. Él mismo cambió su nombre y pasó a llamarse Akhenatón, o quizá Ankhenatón, aunque hoy le conozcamos por el primero de estos nombres, para subrayar su decidida intención de sustituir a Amón por Atón. Incluso fundó una nueva capital con el nombre de Aketaton o «El horizonte de Atón», en lo que hoy conocemos como Tell el-Amarna.

En realidad, Amón y Atón representaban a la misma divinidad, por lo que no hubo una «revolución hereje» como suele comentarse al tratar este período; aun así, Akhenatón cambió formalmente el nombre del principio divino adorado para poder sustituir a los sacerdotes y sus rituales purificando el conjunto e intentando volver a los principios luminosos originales. Para entenderlo mejor, y salvando las distancias con un ejemplo un tanto grueso, es como si el actual papa abandonara el Vaticano construyendo una nueva sede en Sicilia desde la cual ordenara cerrar todos los templos modernos, suspendiendo a la mayoría de los cardenales, obispos y sacerdotes menos a los elegidos directamente por él o sus colaboradores de confianza, e impusiera un retorno al ritual empleado en los primeros tiempos del cristianismo que debería impartirse sólo en las catedrales, buscando con todo ello limpiar los defectos de la Iglesia como institución y regresar al mensaje original de Jesucristo.

Akhenatón murió en circunstancias desconocidas. De hecho, la mayor parte de su vida nos es desconocida, porque su revolución fracasó y la casta sacerdotal jamás se lo perdonó. Aunque sus intenciones fueran nobles, arriesgó demasiado al proponer un cambio tan radical de las instituciones egipcias sin contar con los suficientes apoyos. Los sacerdotes no sólo eran los encargados de cuidar bien o mal la salud espiritual de los ciudadanos, sino de la economía de todo el país en su calidad oficiosa de funcionarios y administradores. Al desposeerles de su poder y no contar todavía con suficientes partidarios tan formados como para poder sustituirles, el caos se apoderó de todo Egipto y el poder real se derrumbó.

Desaparecido el faraón, ascendió al trono un niño: el hijo que tuvo con Kiya, una de sus esposas secundarias, y que respondió al nombre de Tutankhamon. Éste es el famoso faraón cuya tumba fue descubierta intacta por la expedición de Howard Carter y lord Carnavon. Tutankhamon, quien por cierto murió joven, se cree que a causa de un accidente, fue fácilmente manipulado en su infancia para restaurar el culto en las condiciones en las que se encontraba antes del reinado de su padre. La venganza de los sacerdotes fue, entonces, dura y amplia: los templos a Atón no sólo fueron cerrados sino demolidos; sus colaboradores y simpatizantes, perseguidos y asesinados; la tumba del faraón, saqueada al poco de su entierro; su nombre, borrado de todas las inscripciones reales que fue posible localizar; sus estatuas, mutiladas o destruidas.

Su nombre fue injuriado, apaleado, arrastrado por el fango y finalmente olvidado y enterrado bajo el peso de los milenios.

Los principios herméticos

Akhenatón estaba probablemente más que iniciado en los misterios del Hermetismo. Conocemos bajo este nombre el conjunto de conocimientos compilados y utilizados por sociedades secretas de iniciados luminosos, que decidieron agruparlo bajo el nombre de su presunto fundador: Hermes Trismegisto, o el «Tres Veces Grande», en griego. Éste es su nombre más popular desde la Edad Media, pero en el Antiguo Egipto debió de ser asimilado al dios de cabeza de ibis Djehuty o Thoth, el escriba de las divinidades y patrón él mismo de la magia, la escritura y la sabiduría.

A Hermes se le han atribuido diversos textos fundamentales en la historia del ocultismo y de la alquimia: cuarenta y dos, en concreto, de los que sólo algunos han llegado íntegros a nosotros. De ellos, los más famosos son la *Tabula Smaragdina* o «Tabla de Esmeralda», que fue traducida por Isaac Newton del latín al inglés, y el *Corpus Hermeticum*. El conocimiento contenido en ellos es oro puro para los estudiosos (existe actualmente dentro de la Gran Logia de España y ubicada en Madrid una logia masónica que lleva la denominación de Hermes número trece) y no ya por su antigüedad (según Platón, el templo de Net —vieja deidad egipcia de la sabiduría asimilada posteriormente por los griegos a Atenea— en

Sais conservaba registros con una antigüedad, ya en su época, de nueve mil años), sino por su contenido.

El estudio del Hermetismo en tiempos antiguos fue un privilegio exclusivo de sacerdotes y faraones. Sólo tras pasar ciertas pruebas, y si los miembros de la organización de iniciados así lo estimaban oportuno, se abrían las puertas a personas pertenecientes a otras clases sociales o incluso a extranjeros.

En los primeros años del siglo XX se publicó con el llamativo título de *Kybalion*, equivalente a «Tradición» con mayúscula, una revisión moderna de algunos textos herméticos que sintetizaba de manera magistral su sabiduría. Lo firmaban, anónimos, «Tres Iniciados» cuya identidad han intentado desvelar distintos investigadores durante los últimos años.

De las múltiples teorías al respecto, la más verosímil, aunque aún no comprobada, es la que apunta al trío de norteamericanos: William Walker Atkinson (escritor, abogado y ocultista que durante su carrera utilizó diversos seudónimos como Theodore Sheldon, Magus Incognito o Yogi Ramacharaka), Paul Foster Case (francmasón y especialista en el tarot y la Cábala) y Michael Whitty (editor de la revista *Azoth* y también masón, que introdujo a Foster Case en la logia Thoth-Hermes, fundada por Samuel Liddell MacGregor Mathers, uno de los principales nombres del esoterismo británico durante el siglo XIX como cofundador de la famosa Golden Dawn u Orden Hermética de la Aurora Dorada).

Sea como fuere, los Tres Iniciados escribieron uno de los libros fundamentales del Hermetismo contemporáneo, capaz de fascinar a cualquier investigador de los te sólido, fijo e inmutable por más que nos lo parezca por culpa de las limitaciones de nuestros sentidos. Todo vibra permanentemente aunque sólo podemos apreciarlo si reducimos nuestra visión a niveles microscópicos; desde una piedra (cuya vibración es más lenta y por eso parece más sólida desde el punto de vista físico) hasta un gas (de vibración mucho más rápida y por tanto difícil de aprehender). Una puerta blindada, en apariencia infranqueable, no es más que un conjunto de electrones que vibran en el espacio, así que si fuéramos capaces de hacer vibrar nuestro cuerpo a la misma velocidad, podríamos atravesarla sin resistencia, como quien se zambulle en el agua y luego sale de ella. ¿Será eso lo que hacen los fantasmas?

4. Polaridad: «Todo es doble, todo tiene su par de opuestos, los extremos se tocan.» Cada fuerza o circunstancia que encontramos en el universo se mueve entre dos polos, aunque este principio encierra en sí una paradoja porque en realidad viene a decirnos que esa dualidad no existe, ya que se trata de una simple gradación. El ejemplo más corriente es el de la temperatura. Sí, sabemos que existen el calor y el frío, pero ¿dónde empieza uno y termina el otro? La temperatura de una playa de Asturias en verano puede ser excesivamente calurosa para un esquimal acostumbrado a los fríos de Groenlandia pero demasiado fresca para un argelino de Tamanghasset, en la zona del Sahara. Sucede lo mismo con cualquier cosa que se nos ocurra. Un español que mida un metro noventa es alto..., hasta que le comparamos con un equipo de baloncesto donde los jugadores superan los dos metros. Ese mismo español en su puesto de trabajo puede desarrollar una la-

misterios, incluso a aquellos que, como Robe don, son personajes de ficción, ya que ofrece cor lidad «la clave mágica ante la cual todas las pu Templo se abrirán de par en par».

La clave se resume en las conocidas como S yes Herméticas:

1. Mente: «Todo es mente, el universo es r La palabra *mente* significa aquí «la energía primor está en la base de todo cuanto existe, en cualquie que exista». Da igual que hablemos de un elefante lámpago, un portaaviones o un agujero negro: son manifestaciones de la mente, estados diferentes de mo. Lo podemos entender mejor cuando nos perc de que el hielo, el agua y el vapor, pese a que parece distintas, no son sino el mismo elemento en estado líquido y gaseoso. En la tradición oriental, y especi te en la tradición china, existe el mismo concepto a en lugar de *mente* se le conoce como *chi* o *ki*.

2. Correspondencia: «Como es arriba es abajo es abajo es arriba.» Éste, muy antiguo y conocido a hermético, nos recuerda la existencia de una cier rrespondencia entre las leyes y los fenómenos de l riados estados del ser y de la vida. Es una ley unive aplicación en todos los planos: mental, material o tual. Y de ella derivan otros conceptos como la com ción del macrocosmos (el universo, con sus sistema netarios) y el microcosmos (el hombre, cuyos át funcionan a otro nivel como esos sistemas).

3. Vibración: «Nada está inmóvil, todo se mu vibra.» Éste es un principio hoy aceptado por la ci sin ningún tipo de ambages: no existe nada completa

bor muy productiva según sus propios estándares mientras que según los de su jefe en realidad está muy por debajo de lo que debería dar de sí.

5. Ritmo: «Todo existe en un flujo y un reflujo, a cada acción le sucede una reacción, todos los avances tienen un retroceso.» Esta ley suele representarse con ayuda de un péndulo oscilando entre los dos polos de la vida y nos enseña que cuanto conocemos tiene un comienzo y un final o, como dice el refrán, «no hay mal que cien años dure» pues tras él vendrá un bien equivalente, y luego otro mal, y luego otro bien... El ritmo marca la existencia y de hecho es el creador del tiempo. Todos los seres vivos tienen sus propios ritmos, desde el microbio hasta el universo, y el hermetista puede ganar un gran poder si estudia y aprende cuáles son los que más le afectan a él. Cuando hemos naufragado en alta mar y vemos la costa en la distancia, la diferencia que puede marcar nuestra vida o nuestra muerte radica en que sepamos interpretar en qué momento podemos aprovechar la corriente para nadar hacia la playa y en qué momento debemos limitarnos a esperar porque no nos es favorable.

6. Causa y efecto: «Nada ocurre por casualidad, todo sucede de acuerdo con una ley; todo efecto tiene su causa y toda causa genera su efecto.» Se trata de uno de los principios más importantes del Hermetismo, popularizado con la denominación de Ley del Karma, pues enseña que, en el fondo, somos responsables de nuestro propio destino: lo que nos ocurre no es más que la consecuencia lógica de nuestros actos pasados. Lo cual es una gran noticia porque significa que, si sembramos en este momento los actos adecuados, en el futuro podremos recoger los

frutos que deseamos. Sólo podremos aprobar un examen mañana si hoy estudiamos a fondo. Sólo tendremos un entorno amable si nosotros somos amables primero. De esta forma, el concepto de buena o mala fortuna pierde todo el sentido, puesto que la suerte «no es más que el nombre que se da a una ley que no se conoce».

7. Generación: «La generación se manifiesta en todo, todo tiene un masculino y un femenino.» Enlazando con la polaridad, esta ley se refiere a la necesaria interacción entre esas dos pulsiones y afirma que actúan no sólo en el plano físico sino también en el mental y en el espiritual. En el físico se manifiesta como sexo y en los planos superiores toma formas más elevadas. Otra clave que facilita es que cada ser tiene en sí mismo los dos elementos de estos principios y es por eso por lo que el hombre puede fecundar a la mujer para que ésta alumbre un hijo físico mientras la mujer puede fecundar al hombre para que éste alumbre un hijo mental. De aquí la idea de la mujer como musa, así como la razón del refrán «tras todo gran hombre se encuentra una gran mujer» y la explicación ocultista de por qué la inmensa mayoría de escritores, inventores, científicos y fundadores (incluso en los tiempos y culturas en los que la mujer poseía iguales o mayores derechos que el hombre) son masculinos.

Un final feliz para el cuento

Gran parte del trabajo hermético emplea la mente, lo que demuestra que todo está inventado ya desde tiempo inmemorial, porque la influencia de las leyes anteriores se extiende a lo largo de los tiempos no sólo en las sociedades de iniciados sino en diversas organizaciones públicas como el Instituto de Ciencias Noéticas mencionado en *El símbolo perdido*.

Este instituto fue fundado en 1973 por un grupo de personas, entre las que destacan el astronauta Edgar Mitchell, que participó en la misión del *Apolo XIV*, y el industrial petrolero de curioso apellido Paul N. Temple, con el objetivo de estudiar el potencial humano a través de todo tipo de técnicas, desde meditación hasta habilidades psíquicas. Con su cuartel general instalado en la localidad californiana de Petaluma, esta organización publica un magazín titulado *El cambio: en las fronteras de la conciencia*, que según sus impulsores se distribuye a unas treinta y cinco mil personas. El nombre de la institución no deriva del famoso personaje veterotestamentario, sino de la palabra griega *nous*, que significa «mente».

De hecho, el término *noética* se emplea regularmente en la filosofía, al menos desde la época del griego Aristóteles, para referirse a todo aquello que tiene que ver con el pensamiento, en su sentido de intelecto y entendimiento. Los antiguos griegos empleaban el verbo *noeu*, de donde deriva el sustantivo, con el significado de «intuir» la verdadera realidad de las cosas.

Volviendo al *Kybalion*, el texto dice claramente que «el sabio sirve en lo superior pero rige en lo inferior. Obedece a las leyes que están por encima de él pero en su propio plano y en los que están por debajo de él rige y ordena. Al hacerlo, forma parte del principio en vez de oponerse al mismo. El sabio se sumerge en la ley y, comprendiendo sus movimientos, opera en ella en vez de ser su ciego esclavo». A partir de las siete leyes antes referidas, los iniciados desarrollaban una serie de trabajos destinados a su crecimiento interno con los que obtenían beneficios y mejoras personales que luego volcaban en la sociedad que les acogía. Por eso los sacerdotes egipcios de la primera época eran venerados casi como semidioses cuando abandonaban la protección de sus templos de piedra para recorrer el país y administrarlo con ayuda de las virtudes en las que se habían ejercitado durante largos años y con las que habían construido su propio templo interior.

El filósofo y científico Darío Salas Sommer ha mostrado la validez de este antiguo conocimiento al compararlo con las más modernas teorías científicas. En su *¿Cuánto vale una persona?* revela cómo la física cuántica se ha convertido en una auténtica demostración práctica de lo adelantado hace ya miles de años por los seguidores de Hermes Trismegisto. Éstos siempre defendieron que Dios creaba la vida por medio de su pensamiento y que los seres humanos vivían dentro de su emanación mental, lo que «concuerda perfectamente con los postulados de la física cuántica cuando sostiene que existe una energía única en constante transformación, pasando de materia a energía y de energía a materia». El físico italiano Carlo Rubbia, premio Nobel en 1984, ya apuntó que la materia visible constituye tan sólo la milmillonésima parte del universo realmente existente, lo que significa que todo lo que nos rodea, por muy importante que nos parezca o mucho que afecte a nuestro estado de ánimo, en realidad es nada, el famoso mundo de ilusión de la diosa Maya o una simple interfaz sobre la que operamos pero sin ninguna consistencia real, igual que la Matrix tan bien dibujada en las películas de los hermanos Wachowski.

Salas Sommer compara las leyes herméticas con nuestros conocimientos de vanguardia y encuentra similitudes harto interesantes. Así, la cuarta ley, la de polaridad, se ha demostrado cierta en la actualidad, ya que «la misma física cuántica demuestra que la polaridad se manifiesta desde el átomo —que es un dipolo—, al igual que la célula del cuerpo humano, el planeta Tierra y el Sistema Solar [...]. A partir de un fotón se origina un electrón y un positrón, dos partículas polarizadas que al juntarse vuelven a desaparecer liberando un fotón».

Otro ejemplo claro es la sexta ley, la de causa y efecto, que en Oriente se interpretó de acuerdo a los conceptos de *karma* y *dharma*, pero que en nuestros días también encuentra explicación en la ciencia pues ésta «nos muestra muchos ejemplos obvios de esta ley tales como la fuerza de gravedad, la entropía, el principio de la inercia y muchos otros [...]. La interacción constante entre el hombre y la naturaleza en sus acciones, pensamientos y sentimientos genera pulsos de fotones que modifican la materia universal, que modula esta vibración de acuerdo con su frecuencia básica. De este modo, las causas generadas por las acciones humanas generan efectos concretos en la naturaleza humana y terrestre», lo que convierte el destino de cada individuo en «un encadenamiento de efectos emanados de causas generadas por él mismo».

La arcana ciencia oculta de las leyes herméticas se perpetuó más allá de su escuela de misterios original y afectó a muchas otras organizaciones como la masonería, que heredó algunos de estos conocimientos. Por ejemplo, el carácter triple del ser humano, que se divide según este razonamiento en espíritu, alma y cuerpo, puesto que «espíritu se es, alma se tiene».

La enseñanza de Hermes Trismegisto afirma que el verdadero ser del hombre es el espiritual: una gota de agua emanada del océano que es Dios, que para crecer y desarrollarse precisa descender al mundo material y habitar en el interior de un cuerpo material sometido a condicionamientos materiales. Dentro de ese cuerpo, dispone de una parte animal inteligente, también conocida como personalidad. Ésta es el alma y, al igual que el cuerpo, posee carácter perecedero. El gran error del hombre común es el de creer que él es esa alma y centrar en ella su identidad y su esperanza de futuro, olvidando por completo al espíritu, que queda entonces «crucificado» por los cuatro elementos filosóficos: fuego, tierra, agua y aire.

En cierto modo, es como si una persona entrara en su coche para ir a trabajar, se sentara al volante y, en ese mismo instante, se olvidara de quién es y de adónde iba, perdiera el recuerdo de su familia, sus amigos y sus intereses..., para pensar hipnotizado que su vida se reduce a su identidad circunstancial de chófer, conduciendo el vehículo de un punto a otro de la ciudad sin detenerse en ninguno. En ese caso su existencia realmente no tendría ningún sentido ni aliciente y sólo recordaría quién es y adónde quería ir cuando, próximo el momento de la muerte y sintiéndose débil, aparcara el coche en cualquier lado y saliera de él, amargado por haber malgastado su tiempo que, por largo que parezca en nuestra existencia, siempre acaba haciéndosenos muy breve.

De esta forma, según los hermetistas, «la meta máxima consiste en realizar el maridaje entre alma y espíritu» cultivando el alma y enseñándole como «a un niño pequeño al cual debemos imponer nuestra voluntad para enseñarle a obedecernos en todo momento y no ser nosotros los que obedezcamos a la parte animal». Una alma con conciencia permitirá que el espíritu actúe a voluntad con las fuerzas de la naturaleza.

Estas mismas enseñanzas fueron transmitidas ocultas en juegos y cuentos a lo largo de la historia y hoy las podemos encontrar en algunos relatos en apariencia infantiles, pero que irradian una poderosísima carga simbólica que los hace imborrables una vez fecundan la mente humana. Son historias como *Blancanieves y los siete enanitos*, *Pinocho* o *La Bella y la Bestia*, en las que el hombre común es incapaz de leer más allá de la mera historieta de entretenimiento pero que, para el iniciado, despliegan una asombrosa panoplia de sabiduría camuflada bajo símbolos más o menos explícitos.

Un ejemplo claro es ese final feliz clásico en la mayor parte de estas narraciones, en el que el príncipe azul, tras rescatar a la heroína, termina casándose con ella. Un final que ha hecho mucho daño en la psicología de tantas mujeres, que lo tomaron al pie de la letra y aún hoy siguen buscando a «su» príncipe sin encontrarlo jamás, y que en verdad no es sino un símbolo de ese necesario «casamiento» del espíritu con el alma en un matrimonio sagrado para la realización espiritual. Es el mismo concepto que encontramos en otras tradiciones como la alquimia y sus enigmáticos grabados en los que se alaba «la boda de los esposos» o, ya aplicada a un nivel físico, la Prostitución

Sagrada de Babilonia en la que la sacerdotisa encarna a la «diosa» y su cliente/adorador al «dios», o la institución pagana de origen celta del Hieros Gamos o Hierogamia, que materializa el acoplamiento masculino/femenino y que Dan Brown cita en *El código Da Vinci*.

Para acceder a estos y a otros conocimientos del Hermetismo, el aspirante a la Escuela de Misterios debía superar una serie de pruebas exigentes destinadas a proteger no sólo a los ya iniciados sino, sobre todo, al que deseaba unirse a su grupo. «La verdad es como una hoguera —advertían los hermetistas—; sólo los que han depurado su alma del egoísmo y de las demás pasiones saben cómo acercarse a ella para calentarse, pero el que no ha obrado en consecuencia, acaba por quemarse.»

De esta forma, los templos físicos donde se impartían estas enseñanzas (aún podemos ver soberbios ejemplos egipcios como los de Esna) eran verdaderas fortalezas, casi impenetrables. Todo aquel que se presentaba ante sus puertas debía poseer una fuerte convicción y confianza en sí mismo, pues antes de enfrentarse a las pruebas en las que debería demostrar que era digno de tal conocimiento se le recordaba que, si no las superaba, jamás volvería a ver la luz del sol, ya que quedaría sirviendo en su interior en calidad de esclavo. Y si triunfaba, también debía saber que, una vez instruido, debería comprometerse solemnemente a emplear las instrucciones y poderes recibidos en bien de la humanidad, trabajando en silencio y sin esperar nunca la aprobación o el aplauso de las masas. Como recuerda Salas Sommer, los iniciados eran conscientes, por las leyes herméticas, de que «toda acción trae su reacción y la Bestia ataca furiosamente a quien inicia abiertamente una obra de verdadera recuperación humana», y cita como ejemplos «el martirio de Jesús, al gran maestro Jacques de Molay, quemado por el papa Clemente V y Felipe el Hermoso, las torturas de la Inquisición...», y finalmente apostilla que «saben que es necesario callar y obrar en silencio».

Finalmente, el recién iniciado recibía entonces, igual que hoy día, una última advertencia: si para doctorarse en cualquier carrera es preciso estudiar durante algo más de veinte años, ¿por qué el hombre común suele pensar que el misterio de la vida se puede revelar no ya en un par de años sino con la lectura de los párrafos de un libro?

La Cábala

La mujer llegó a Israel a mediados de septiembre de 2004 junto con otros dos mil aspirantes a la práctica de la Cábala para celebrar el *Rosh Hashaná* o «Año Nuevo Judío». Muchos de sus compañeros tenían ya un nivel elevado de trabajo con esta tradición y muchos otros llegaban, como ella, para confirmar su iniciación. Fue en este lugar donde decidió adoptar el nombre iniciático cabalístico de Esther (una práctica muy común en las escuelas de misterios es la de renombrarse a sí mismo, en el momento de la iniciación, como símbolo de la nueva vida que se adopta en ese momento) y donde renunció a volver a trabajar durante las noches de los viernes y sábados para respetar el *Sabbath* o festividad semanal judía. ¿Qué buscaba ella en la Cábala? Después de todo, Madonna era una mujer triunfadora, popular y millonaria, además de conservarse atractiva a sus cuarenta y tantos años...

La cantante estadounidense Louise Veronica Ciccone Fortin, conocida artísticamente como Madonna, trataba de apagar en este viaje la misma sed que antes que ella habían padecido tantos seres humanos: la del conocimiento de quiénes somos y qué estamos haciendo exactamente en este mundo aparte de sobrevivir al día a día. Con una condición especial, y es que, como artista y empresaria exitosa, no estaba dispuesta a renunciar a sus logros materiales. Por eso buscaba una filosofía que le permitiera conservar éstos sin sentirse culpable, además de resolver sus inquietudes internas. Después de todo, y como ella misma reconoció en una entrevista, «mi cuerpo es mi templo». Encontró la inspiración que buscaba en los libros de Nilton Bonder, un rabino del Jewish Theological Seminary of America o Seminario Teológico Judío de América, cuyo mayor éxito se titula precisamente *La Kabbalah del dinero* y que defiende las actividades económicas como «vía hacia la santificación, puesto que se pueden emplear para elevar e instruir nuestra dimensión física». Bonder también se refiere a la ley hermética de la polaridad cuando afirma que «una antiquísima teoría dice que el mundo del sustento, como la vida misma, está oscilando constantemente entre los opuestos», aunque a continuación interpreta la ley a su manera y añade, como si fuera un *broker* financiero, que «la riqueza no es el resultado del incremento constante, sino más bien de prudentes abstenciones de ganancia que son menores que la ganancia misma en su conjunto. De este equilibrio surge el todo. En consecuencia, el sustento es un resultado del mercado y no del trabajo».

Las ideas de Bonder no sólo satisfacen a Madonna. Otras caras famosas del *show business* como las actrices Demi Moore y Gwyneth Paltrow o la diseñadora Donatella Versace han hecho pública en los últimos años su adhesión a esta forma externa de la Cábala, aunque la tradición judaica más ortodoxa nunca ha visto con buenos ojos semejante publicidad. Para los principales rabinos, se trata de una ciencia oculta que más allá de un estrecho círculo de iniciados no debería salir a la luz ni divulgarse entre los judíos comunes y mucho menos entre los gentiles. Los cabalistas más ortodoxos deploran además que hayan sido mujeres famosas las que hayan puesto de moda el objeto de su estudio, pues los reglamentos más antiguos prohíben expresamente al sexo femenino el acceso a este conocimiento.

Muchos números

La interpretación más popular de la palabra *Cábala* la asocia, según recoge el Diccionario de la Real Academia de la Lengua Española, a un «cálculo supersticioso para adivinar algo» o a una «intriga o maquinación». Sin embargo, el mismo diccionario reconoce que lo *cabal* es lo «ajustado a peso o medida» y lo «excelente en su clase, completo, exacto y perfecto». La conciliación en la aparente contradicción entre dos términos asociados, para ser justos con la recopilación oficial del vocabulario español, la encontramos en su primera definición, que reconoce el origen hebreo del término *qabbalah* como: «En la tradición judía, sistema de interpretación mística y alegórica del Antiguo Testamento.»

Cábala significa «tradición en el sentido de transmisión de un antiguo saber de gran valor», mientras que su raíz verbal *qbl* implica *recepción* y, en árabe (lengua también semita), *qiblah* define una *orientación ritual.* En resumen, cuando hablamos del cabalista nos referimos a la persona que aprende o enseña —o, de forma más habitual, ambas cosas a la vez— la sabiduría arcana revelada por la divinidad, a través de un ceremonial concreto.

El *Zohar* o *Libro del Esplendor* está considerado como el tratado más importante de la Cábala hebrea, junto con el *Séfer Ietzirá* o *Libro de la Formación*. Ambos contienen los principios fundamentales de la tradición judaica, algunos de los cuales son similares a los del Hermetismo, motivo por el cual algunos autores de siglos pasados acusaron a los cabalistas de haber robado la parte más importante de sus conocimientos a los iniciados egipcios, cuyos textos son anteriores en el tiempo, para adaptarlos a las necesidades específicas de su pueblo. Algunos de esos principios comunes hacen referencia a la creencia en una deidad única y suprema que se manifiesta de distintas formas, a la posibilidad de salvarse o evolucionar a través de una sabiduría secreta y por fuerza reservada a unos pocos y a la advertencia de que nadie puede hacer el trabajo de otro, ya que el único que puede salvarle a uno es uno mismo y siempre a través del trabajo operativo que emplea reglas concretas e inviolables.

En los dos principales libros cabalísticos encontramos los fundamentos de la *Gematría*, el *Notarikon* y la *Temurah*, los tres complejos mecanismos que explican las correspondencias de cada letra hebrea con un número y en consecuencia las equivalencias que existen entre palabras en apariencia no relacionadas entre sí pero que, al sumar lo mismo, expresan ideas que van en la misma dirección y permiten el acceso a progresivos niveles de comprensión. El mejor ejemplo de cómo funcionan es el pasaje apocalíptico en el que se define «el nombre de la

Bestia» con la cifra *666*: lo que se está indicando no es el número en sí, sino un nombre oculto tras esa suma, motivo por el cual los diferentes intérpretes de la famosa cita lo han traducido según las circunstancias de su época. Así, han querido encontrar al Anticristo en múltiples personajes, desde Nerón hasta la triple *W* (*W* = *VI* = 6) de las direcciones empleadas en Internet, pasando por Napoleón o Stalin y muchos otros.

También hallamos en estos libros el conocido *Árbol Sefirótico* o *De la Vida*, donde se recogen los diez *Sefirots* o «Caminos»: las diez emanaciones (la Corona, la Sabiduría, la Inteligencia, la Misericordia, la Severidad, la Belleza, el Triunfo, la Gloria, la Causa y la Dignidad) con las que se supone que la divinidad se manifestó para crear el mundo a partir de tres entes superiores. Este árbol metafísico es una especie de espejo de otras realidades fuera del alcance y entendimiento del hombre común y explica, según la tradición cabalística, no sólo la constitución del universo y la armonía de sus partes, sino las relaciones que existen entre los distintos planos que lo integran, incluyendo al propio ser humano.

En la parte superior del Árbol se encuentra el *Olam Ha Atsiluth* o «Mundo de las Emanaciones», integrado por los tres primeros *Sefirots*: *Kether Elion* o «Corona Suprema», *Hokhmah* o «Sabiduría», principio activo del cosmos, y *Binah* o «Inteligencia», principio receptivo. Según el antiguo conocimiento, el Uno se parte en Dos para manifestarse y entre ambos engendran el Tres, a partir del cual nacen todas las demás cosas.

En el examen de los distintos caminos cabalísticos, merece una mención especial el número seis, ya que una de sus aplicaciones más conocidas (en rigor se trata de un símbolo anterior a la tradición judía, si bien ésta se apropió de él y lo personalizó mucho tiempo atrás) son los dos triángulos cruzados e invertidos uno respecto al otro, formando lo que conocemos como Estrella de David o Sello de Salomón. Hay numerosos ejemplos de la trascendencia de este número para el pueblo judío, en relación con una inmensa variedad de hechos históricos, políticos, económicos, religiosos y de todo tipo.

Así, en el Antiguo Testamento, Dios crea el mundo en seis días (al séptimo descansa) y es precisamente el sexto cuando crea al hombre; la Biblia contiene 66 libros, si se suman los dos Testamentos; la *Mishná* o conjunto de leyes judías compiladas durante siglos se divide también en seis libros; la *Keará* o fuente pascual ritual que se consume durante la fiesta de la Pascua Judía debe contener seis platos en uno (huevo, pasta de manzana con nueces, patata o apio, pollo, hierbas amargas, y rábano o lechuga); las direcciones del espacio en las ceremonias son seis (norte, sur, este, oeste, arriba y abajo); los polémicos *Protocolos de los Sabios de Sión*, que resumen muchas de las conspiraciones atribuidas a los judíos, suman 24 (cuatro veces seis) actas; las organizaciones judías del mundo entero declararon la guerra económica y comercial a Alemania a raíz de la subida de Hitler al poder justo seis años antes de que comenzara oficialmente la segunda guerra mundial con la invasión de Polonia; el número simbólico de judíos muertos por el régimen nazi (los propios historiadores judíos han reducido la cifra en todas sus publicaciones técnicas de los últimos años, pero se sigue empleando como «número redondo» para resumir la tragedia de su pueblo) es de seis millones; el conflicto bélico más importante y exitoso que ha enfrentado el Estado de Israel hasta el momento y en el curso del cual conquistó entre otras cosas la totalidad de Jerusalén, Cisjordania y los Altos del Golán fue bautizado como la guerra de los Seis Días; en Israel tiene su sede central la Fe Bahai, una religión multicultural y globalizadora que se mantiene estable desde hace años en los seis millones de seguidores; la bandera de Israel muestra la misma estrella de seis puntas..., y así podríamos seguir indefinidamente.

Por último, los dos principales libros conocidos de la Cábala facilitan instrucciones para los interesados en emular al doctor Víctor von Frankenstein, ya que se detallan los procedimientos concretos para construir y dar vida a un *Golem* de barro como el que el rabino Judá Löw creó en la Praga del siglo XVI. La forma más sencilla de activarlo tras cumplir con los requerimientos mágicos previos, y que nos demuestra el poder del alfabeto numerado del hebreo, es grabar la palabra *Emet*, «Verdad», en su frente, mientras que para desactivarlo basta con borrar la *E* y dejar *Met*, «Muerte».

Sobre la conspiración judeomasónica

A lo largo de sus casi cuarenta años de duración y prácticamente hasta el fin de sus días, el régimen franquista popularizó una expresión característica para explicar el porqué del retraso o el fracaso de España en cualquier proyecto nacional o internacional: todo era «culpa de la conspiración judeomasónica» que saboteaba desde las sombras cualquier iniciativa del gobierno en beneficio de los ciudadanos. Este concepto servía para alimentar los temores y rencores de la población contra los enemigos políticos de Franco (muchos de los dirigentes de la República habían sido francmasones) y para mantener a la población fiel a la ideología del nacionalcatolicismo (los sectores más ortodoxos de la Iglesia católica, no sólo en España, nunca han dejado de anatematizar al judaísmo por la implicación de sus principales líderes de la época en la crucifixión de Jesucristo).

Sin embargo, Franco no inventó nada. Este concepto, como muchos otros que adaptó para España, se empleaba en el resto de Europa desde mucho tiempo atrás, sobre todo en Rusia, Francia y Polonia (y en Alemania, pero a raíz del ascenso del nacionalsocialismo: el gran número de judíos que existía hasta entonces en este país se debería precisamente a que muchos de ellos habían huido de otros como los antes citados), donde se creía que la masonería era un simple instrumento en manos del judaísmo para sus planes de dominación mundial; ergo todos los masones debían ser judíos o estar a sus órdenes, lo supieran o no.

Ya hemos visto que la masonería recibe influencias de diversas corrientes místicas y de pensamiento a lo largo de su historia, pero la identificación de la orden con las tradiciones judías surge en el momento de la desaparición de la operativa y su transformación en especulativa. Es, pues, la francmasonería la que incorpora diversas tradiciones judías, incluyendo las ideas contenidas en la Cábala. Uno de los textos más clarificadores de esta poderosa influencia es *El libro de los esplendores* de Éliphas Lévi, quien resumió y comentó el *Zohar* adaptándolo a los lectores de su tiempo y explicando punto por punto lo que los francmasones habían tomado de la tradición cabalista.

Investigadores modernos creen que el verdadero autor de el *Zohar* fue el rabino sefardí Mosé ben Sem Tob de León o, simplemente, Moisés de León, que vivió en esta ciudad castellana (aunque según otras versiones no abandonó Guadalajara, su localidad natal) en el siglo XIII y adquirió bastante fama en su época por sus estudios cabalísticos. Sin embargo, la tradición adjudica su redacción al rabino Simeón Bar Iochai, contemporáneo de la destrucción del Templo de Jerusalén a manos de los legionarios de Tito, que luego sería emperador de Roma.

El verdadero nombre de Éliphas Lévi era Alphonse Louis Constant y hoy está considerado como uno de los más importantes ocultistas modernos y, más concretamente, de la Francia del siglo XIX. Su vida es digna de un folletín de los que tanto éxito cosecharon en su época. Resumiéndola mucho podemos decir que desde su juventud estuvo muy interesado por la religión y el misticismo, lo que le llevó a ingresar en un seminario, aunque no prosperó en la carrera religiosa debido a la publicación de su *Biblia de la Libertad*, que constituyó un auténtico escándalo para su época (publicada el *13* de febrero de 1841, fue secuestrada apenas una hora después de ser puesta a la venta) y le llevó a la cárcel.

Su carrera política, impulsada con la revolución de 1848, tampoco prosperó, y se quedó a las puertas de la Asamblea Nacional, donde pretendía ingresar como diputado. Dedicado a la pintura y la escritura de libros y artículos, empleó por primera vez el seudónimo de Éliphas Lévi, traducción al hebreo de su nombre francés, para firmar una de las consideradas como obras cumbre del ocultismo francés: *Dogma y ritual de la alta magia*, cuya primera edición se publicó en varios fragmentos entre 1854 y 1856. Introducido en los círculos rosacruces por el gran iniciado británico sir Edward Bulwer Lytton (cuya novela *Zanoni* es de lectura obligada para cualquier interesado en el tema), escribió muchos artículos sobre la Cábala en la *Revista Filosófica y Religiosa* y en 1861 fue iniciado como francmasón en la logia Rosa del Perfecto Silencio.

En su discurso de recepción, anunció sin complejos cuáles eran sus intenciones al ingresar en la fraternidad: «Vengo a aportaros las tradiciones perdidas, el conocimiento exacto de vuestras señales y emblemas; vengo por lo tanto a mostraros la razón por la que fue constituida vuestra hermandad.» Aunque alcanzó el grado de maestro en pocos meses, no tuvo gran éxito al intentar explicar al resto de la asamblea masónica el fruto de sus investigaciones, que tantos años le había costado madurar. Herido en su orgullo por un enfrentamiento personal con otro masón, abandonó la logia y, según sus propias palabras, la misma francmasonería, a la que acusó de haber «caído en el mismo defecto que el papa: la intolerancia».

Durante los últimos años de su vida se volcó en su obra literaria, incluyendo *El libro de los esplendores*, que no fue publicado hasta después de su muerte, acaecida el 31 de mayo de 1875.

Las revelaciones masónicas del rabino

La obra de Lévi comienza en el momento de la destrucción de Jerusalén por Tito, que pone fin a la conocida como primera guerra judeo-romana. Es una época en la que «la auténtica Cábala había cedido su lugar a sutilidades pueriles y supersticiosas». En medio de la tribulación y para evitar que se perdiera el antiguo conocimiento, el más sabio de los rabinos, Simeón Bar Iochai, reúne al *Idra Suta* o «Gran Sínodo», en el que figuran los últimos grandes cabalistas, para explicarles el contenido oculto del *Libro del Misterio*, que todos han leído, pero del que sólo él conoce los secretos principales. En total, son nueve rabinos: el propio Bar Iochai, su hijo Eleazar, Abba, Jehuda, José, Isaac, Thiskia, Jesa y un segundo José.

El rabino jefe convoca a Eleazar y a Abba para formar «el triángulo, que constituye el tipo primordial de todo lo que existe; representamos la puerta del templo y sus dos columnas». En esta disposición, les revela todo lo secreto y por ello «la tierra tembló bajo sus pies y sus discípulos sintieron la conmoción de la misma».

El esquema simbólico es similar al de la historia de Hiram, donde también son nueve los maestros que parten en busca del arquitecto desaparecido y sus conocimientos, aquí representados por el Templo de Jerusalén destruido, y fundan sobre sus restos la jerarquía futura que permitirá la supervivencia de su organización. Cada uno de ellos parece simbolizar una de las nueve concepciones divinas, tres veces tres, que preceden a la idea de la creación y que Lévi resume como las Nueve Luces con sus respectivas Sombras:

1. La corona o poder supremo, cuya sombra es el despotismo y el absolutismo;
2. la sabiduría eterna, cuya sombra es la fe ciega;
3. la inteligencia activa, cuya sombra es el dogma que se pretende inmutable;
4. la belleza, cuya sombra es la fealdad del alma;
5. la justicia eterna, cuya sombra es la venganza divina;
6. la misericordia infinita, cuya sombra es el sacrificio;
7. la victoria eterna, cuya sombra es la abnegación y el desposeimiento;
8. la eternidad del bien, cuya sombra es el infierno eterno; y
9. la fecundidad, cuya sombra es el celibato y la esterilidad.

Encontramos de nuevo la cuarta ley hermética, la de polaridad, que Lévi resume afirmando que «la imagen divina es doble. Tiene la cabeza de luz y la cabeza de sombra, el ideal blanco y el ideal negro, la cabeza superior y la cabeza inferior..., toda luz supone en efecto una sombra y no se hace la claridad sino por la oposición de esta sombra». De aquí nace en su opinión el nombre de francmasones o masones libres: están libres, asegura, del temor a Dios que atenaza a las personas comunes. Éstas temen a la divinidad porque «le miran por detrás y ven al dios negro y formidable, el diablo» mientras que los francmasones conocen, contemplan y adoran «por delante, al Dios de la Luz».

También imita la segunda ley, la de correspondencia, al hacer pronunciar al rabino Bar Iochai una frase calcada a la de la formulación egipcia: «El rabino Simeón dijo: mirando abajo vemos las cosas de arriba y observando las cosas de arriba vemos las que están abajo.»

El texto explica la leyenda masónica facilitando los nombres de los tres asesinos de Hiram: Sébal, Oterlut y Stokin, de la tribu de Judá. En la versión de Lévi, todos ellos son encontrados y castigados. El primero, que golpeó al maestro arquitecto con una regla «igual que tantos justos fueron inmolados en nombre de la ley», es asesinado con el puñal. El segundo, que golpeó con el nivel demostrando que «la reacción contra la tiranía suele degenerar en otra tiranía», muere por el hacha. El tercero, que lo remató con el mazo «como los que aplastan la inteligencia para asegurar su autoridad», muere estrangulado y víctima de la misma fuerza de la cual abusó.

Pero el mismo Hiram es un metasímbolo pues «ha sido asesinado muchas veces y siempre resucita: es Adonis muerto por el jabalí, Osiris asesinado por Seth, [...] Moisés tal vez enterrado vivo en las cavernas del monte Nebo, es Jesús asesinado por tres traidores como Caifás, Judas Iscariote y Pilatos, es Jacques de Molay condenado por un papa, denunciado por un falso hermano y quemado por orden de un rey...».

El libro de los esplendores es un libro imprescindible para un masón ya que la erudición de Éliphas Lévi le permite explicar un símbolo tras otro. Así, revela el significado de la escuadra y el compás (la precisión unida a la justicia) o el porqué de la trascendencia del número trece (ya quc trece son los rayos de la imagen divina y deben dibujarse cuatro en cada lado del triángulo con el que se representa y uno en la punta superior del mismo). Concluye insistiendo en que la filosofía masónica no es otra que la de la antigua Cábala y la califica de protesta contra «los cultos que ultrajan la naturaleza» porque su base es el orden eterno y su principio es la justicia inmutable que preside las leyes del universo.

Una opinión femenina y una leyenda negra

Con todo, el manuscrito de Lévi no escapa a una de las principales críticas lanzadas contra la tradición judaica y también contra la masónica: su desprecio del papel de la mujer (si bien en los últimos años se han abierto algunas logias exclusivamente femeninas), contrariamente al importante sitial que siempre les ha reservado el ocultismo de raíz europea occidental y que socialmente se refleja en los matriarcados. Un párrafo es suficiente para indicar su ideología: «La mujer no tiene la misma fuerza y justicia, debe recibirlas del hombre [...], pero no puede recibirlas más que cuando está sometida. Cuando ella domina no da a luz más que la sublevación y la violencia...»

Las relaciones del judaísmo con la masonería se ponen también de manifiesto en un documento harto curioso del siglo XVIII que ha llegado hasta nosotros gracias a la pericia del historiador masón Henry Sadler. Se trata de una larga carta firmada de manera anónima por una presunta Gran Maestra de una logia femenina y remitida al impresor y también masón George Faulkner, editor del diario *Faulkner's Dublin Journal*.

Se cree que el verdadero autor del manuscrito fue Jonathan Swift, el escritor angloirlandés que saltó a la fama por sus *Viajes de Gulliver* y que por supuesto estaba iniciado en la por entonces recién nacida masonería especulativa de Inglaterra. Swift lo habría redactado en torno a 1727, aunque otro conocido miembro de la hermandad también escritor, el escocés sir Walter Scott, que publicó las obras completas de su colega en diecinueve volúmenes y le conocía bien, no lo incluyó en ellas.

Lo más llamativo de la carta son las referencias al empleo de un Antiguo Testamento (que contenía los textos exclusivamente judíos) para jurar por él durante la asamblea masónica, desechando la Biblia que se iba a utilizar porque contenía también el Nuevo Testamento (con los textos cristianos), además de diversas informaciones relativas al alfabeto hebreo. Así, la misiva asegura que «existen cuatro pares de letras de los cuales cada par es de tal forma que a primera vista ambas parecen iguales [...], y de éstas se han tomado todos sus signos y toques (masónicos)». Explica también que dos de esas letras, Bet y Kaf, son «cada una como un patíbulo asentado sobre uno de los postes laterales y cuando son utilizadas como se dice arriba implican esta plegaria piadosa: que todos los que revelen el secreto cuelguen sobre el patíbulo hasta que éste se caiga. Éste es su secreto del (grado de) Maestro, generalmente llamado la Gran Palabra».

La misteriosa Gran Maestra afirma que este uso del alfabeto hebreo en la masonería se conocía con el nombre de *Manaboleth* y que cuando los miembros de la orden estaban acompañados por profanos y no podían hablar con seguridad lo hacían estrechándose las manos.

Mientras las sacudían, dibujaban con los dedos las letras correspondientes uno sobre la mano de otro.

También explica que la abeja «ha sido en todas las edades y naciones el gran jeroglífico de la masonería porque excede a todas las otras criaturas vivientes en el diseño y la comodidad de su habitación o nido (las celdas son hexagonales y contienen por tanto el símbolo de la Estrella de David)», con lo que «la masonería o Construcción parecería ser la verdadera esencia o naturaleza de la abeja». Por este motivo, «los reyes de Francia, tanto paganos como cristianos siempre eminentes francmasones, llevaban en sus armas tres abejas que el rey Clodoveo, para evitar la imputación de idolatría egipcia, transformó en lirios o flores de luz». Por ello también el antiguo nombre de la logia era *colmena*.

Además del trato a la mujer, la leyenda negra de la masonería se ha centrado durante mucho tiempo en su presunto uso por parte del judaísmo como un medio para la destrucción del cristianismo y el control del mundo. Autores como el jesuita Léon Meurin, arzobispo francés de Port-Louis en Isla Mauricio, revelaba en su *Simbolismo de la masonería* que el Primer Consejo Supremo de la francmasonería internacional se había fundado en el siglo XIX en la localidad americana de Charleston (a 33 grados de latitud norte) bajo presidencia de un judío llamado Isaac Long, quien había recibido su misión de otro judío llamado Moisés Cohen.

Albert Pike, uno de los personajes más poderosos de la francmasonería (y de alguna organización secreta más: véase *Illuminati*, de Paul H. Koch), era su jefe en aquella época y había redactado una carta en la que ya entonces enumeraba a los veintitrés Consejeros Supremos engendrados por la institución de Charleston, antes de nombrar a los cien Grandes Orientes y Grandes Logias de todos los Ritos en comunicación con el Supremo Consejo de la ciudad norteamericana que figuraba como «Soberana Potencia Masónica». Aunque los masones actuales afirman que cada organización nacional es libre de funcionar y tomar sus decisiones de manera independiente, Meurin concluía que «la masonería es una sobre todo el globo, con formas innumerables, pero bajo una dirección suprema». Esta ambigüedad es característica del tema que nos ocupa y lo cierto es que los propios dirigentes masones no ayudan mucho a disiparla. El propio Pike escribió que «la masonería oculta sus secretos a todos excepto a los Adeptos y los Sabios, a los Elegidos, y usa falsas explicaciones y tergiversaciones de sus símbolos para engañar a quienes sólo merecen ser engañados [...]. La verdad no es para los indignos o para los incapaces de recibirla, pues la pervertirían. Así que la masonería oculta celosamente sus secretos y desorienta intencionadamente a los intérpretes engreídos».

Otros investigadores antimasónicos en la Francia de la época como Drumont, Deschamps o Eckert recordaban la existencia de la llamada Carta de Colonia, fechada el 24 de junio de 1535, en la que se cita a un único director de la masonería bajo el título de Gran Maestre Patriarca. Según el periodista y escritor Gougenot des Mousseaux, «estos jefes activos que muy pocos iniciados conocen funcionan en la provechosa y secreta dependencia de los cabalistas israelitas» pues los verdaderos jefes de la organización son según él «los vasallos del judío, al que acatan como señor soberano».

Diversos expertos consideran que hoy existen dos ramas principales de la francmasonería: las Grandes Logias de origen inglés, religión protestante, carácter conservador y actuaciones de índole moderada, y los Grandes Orientes de origen francés, ateos, de izquierdas y anticlericales. Las logias del resto del mundo dependerían de una u otra orientación.

Durante todo el siglo XX se acusó a judíos y masones de estar detrás de la creación de distintas organizaciones internacionales diseñadas para el gobierno global del mundo como la Sociedad de Naciones o la Organización de las Naciones Unidas y todas sus agencias. Ya en 1926 la *Revista Internacional de las Sociedades Secretas* anunciaba que la Liga Internacional permanente por la paz, dirigida por el judío francés Frederic Passy, «esboza la idea de un tribunal para zanjar sin apelación todos los conflictos entre las naciones», lo que se aproxima al actual concepto de justicia supranacional aplicada desde La Haya para conflictos contemporáneos como el de la antigua Yugoslavia o el de Ruanda.

Por último, una acusación reiterada a la masonería, común a toda sociedad secreta, es la de que sus miembros la aprovechan no para crecer espiritualmente sino para medrar y/o actuar al margen de la ley. Un caso muy citado es el de «los Seis de Birmingham». En 1975 y después de dos sangrientos atentados, un grupo de ciudadanos de esta ciudad británica fueron acusados de ser miembros del Ejército Republicano Irlandés, el IRA, y condenados a cadena perpetua. Ellos no sólo defendieron su inocencia sino que denunciaron malos tratos y torturas de los policías británicos. Tuvieron que esperar hasta 1991 para que la Corte de Apelaciones anulara sus condenas por injustas y por falta de pruebas en la revisión del caso. Seis años más tarde, en 1997, se descubrió que altos mandos de Scotland Yard conocían la inocencia de los acusados desde el principio, igual que los policías, abogados y personal judicial (incluido el propio juez) que habían intervenido en el desarrollo del caso. Pero todos ellos estaban en la misma logia de francmasones y decidieron ocultar el error de las detenciones, y de paso tranquilizar a la sociedad con el arresto de los «culpables». A día de hoy no está todavía clara la responsabilidad de los atentados de Birmingham.

Rumbo a América

A propósito de la masonería se han escrito las más bizarras teorías, tanto a favor como en contra, pero hay un concepto que casi nadie discute y es la fortísima influencia que esta sociedad secreta posee en Estados Unidos desde antes de su fundación. En 1730 existían ya logias en pleno funcionamiento en Boston y Filadelfia y no sólo porque los colonos importaran rápidamente las modas de la metrópoli, sino porque el espíritu de aquellos que se lanzaron a la conquista de un Nuevo Mundo en busca de libertades políticas y de pensamiento necesitaban un lugar donde expresarse dado que pronto las colonias quedaron contaminadas por el fanatismo religioso que creían haber dejado atrás en el Reino Unido. En el caso de los norteamericanos, no se enfrentaban precisamente a la intolerancia de los católicos, sino a la de los protestantes, como los presbiterianos, que desde el primer momento se declararon antimasónicos y se dedicaron a ridiculizar sus rituales y revelar sus secretos.

En los próximos capítulos veremos hasta qué punto los Estados Unidos de hoy pueden considerarse una creación masónica, pese a lo cual algunos investigadores, como

W. Kirk Mac Nulty en su *Masonería, símbolos, secretos y significados*, continúan empeñados en negar la evidencia con tanto esfuerzo que lo único que hacen es alimentar las sospechas sobre si su papel no fue aún mayor de lo que en estos momentos conocemos. Para este autor, existen siete grandes mitos alrededor de la masonería, y todos ellos son falsos:

1. «Washington no es una capital masónica.» El hecho de que el primer presidente de Estados Unidos fuera masón y de que algunos de sus colaboradores más próximos, con los cuales planeó el trazado y la construcción de la ciudad, también frecuentaran las logias es la razón principal por la que subsiste lo que para Mac Nulty no es más que «una leyenda urbana», una simple ficción alimentada por novelas como *El fuego* de Catherine Neville (y eso que cuando redactó su libro todavía no se había publicado *El símbolo perdido*). En su opinión, la capital estadounidense «no responde a trazados masónicos sino a simples principios geométricos aplicados a la topografía local». En un capítulo posterior tendremos ocasión de examinar de cerca algunos de los lugares más emblemáticos de la ciudad y recabaremos información suficiente como para opinar a favor o en contra.

2. «El Ojo que Todo lo Ve que aparece en el billete de dólar no es un símbolo masónico.» Este autor rechaza que la abundante simbología que encontramos en esta moneda sea una obvia demostración del poder adquirido por la masonería o por su parasitaria orden de los Illuminati y alega que la famosa pirámide truncada de trece niveles sobre la que aparece un triángulo con un ojo no es más que una alegoría de un país en construcción con las

trece primeras colonias, mientras que el ojo en el triángulo se puede interpretar como un simple detalle erudito: la representación mesopotámica del poder de la divinidad. En cuanto a la famosa leyenda «*Novus Ordo Seclorum*», que suele traducirse como «Nuevo Orden Mundial» según la definición recuperada para el mundo contemporáneo por el presidente George Bush padre, debe traducirse literalmente como «Un nuevo orden para los siglos», sin sacarse de contexto (da la impresión de que lo que hace Mac Nulty es precisamente descontextualizarlo) para adecuarlo a las teorías conspiranoicas. Más adelante examinaremos lo que oculta el billete del dólar, cuya importancia tanto simplifica.

3. «Los códigos y símbolos masónicos son una chapuza como método para guardar secretos importantes y en realidad no sirven para eso.» En su opinión, es posible que para un villano analfabeto de la Edad Media los famosos criptogramas masónicos tuvieran el carácter de irresoluble reto intelectual, pero hoy por hoy no se pueden considerar más que simples códigos de sustitución vinculados en general al idioma inglés o bien al alemán o el francés. En la era de Internet, además, todo lo que pudieran ocultar los miembros de la orden se puede encontrar en las páginas web adecuadas. Cita el Código Pigpen o Código de los Francmasones como el más famoso de los sistemas empleados para transmitir esos secretos que ya no lo son, y sentencia que ni siquiera es una fórmula útil para mantenerlos, sino que posee un mero valor simbólico y de pertenencia a la fraternidad.

4. «Los masones no son los herederos de los templarios.» En un capítulo anterior hemos rozado este

asunto. Cabría recordar el impulso que recibió la masonería en el antiguo reino de Escocia a raíz de la emigración masiva de templarios desde los puertos franceses huyendo de la sanguinaria persecución ordenada por el rey Felipe IV. Los caballeros llevaron con ellos sus ceremonias internas y sin duda tuvieron bastante que ver en la elaboración del conocido como Rito Escocés Antiguo y Aceptado. Por no mencionar su estrecha relación con el Templo de Jerusalén, lugar que les confirió su nombre y que al mismo tiempo es uno de los referentes míticos básicos en los rituales masónicos. Sin embargo, todo lo que sabemos al respecto es para Mac Nulty irrelevante o incorrecto. Según él estamos ante una confusión a menudo alimentada por la propia masonería, interesada en difuminar y ocultar los fines y mecanismos de funcionamiento de su organización.

5. «La conspiración judeomasónica no existe y es una mera elucubración de regímenes totalitarios.» Es cierto que la masonería estuvo prohibida y perseguida en los países que sufrieron dictaduras tanto de izquierdas (la estalinista en Rusia) como de derechas (la nacionalsocialista en Alemania). Existe una explicación lógica: desde el punto de vista de un régimen totalitario, cualquier reunión de un grupo organizado y fuera de control, aunque se proclame como no interesado en la política pero sí humanista y librepensador (o precisamente por ello, ya que lo que menos gracia les puede hacer a los dirigentes totalitarios es que alguien quiera ir por su cuenta en lugar de someterse), es un peligro quc hay que desactivar cuanto antes, so pena de que emplee sus recursos para conspirar contra el Estado. En el caso de los regímenes

citados se prohibió la existencia de todas las sociedades secretas..., menos de las que les sostenían a ellos y que actuaban también de acuerdo a un régimen oculto y organizado similar al masónico pero de distinta orientación. No es el tema de este libro, pero hoy sabemos que el Tercer Reich se hizo con el poder en Alemania gracias al intenso trabajo previo de la logia Thule y que la revolución soviética en Rusia fue inicialmente impulsada por un grupo secreto de inspiración jesuita. Por lo demás, la abundante simbología del judaísmo que encontramos en la masonería moderna y que hemos repasado en el capítulo anterior facilita munición ideológica a aquellos que consideran que ésta depende en el fondo de aquél, sea ello cierto o no. Además, algunos de los miembros más prominentes de la francmasonería fueron judíos, como Stephen Morin, miembro del llamado Consejo de Emperadores de Oriente y Occidente, que fue el encargado en 1761 de introducir el Rito Escocés en América: así lo hizo en primer lugar en Jamaica y Santo Domingo y, más tarde, en Nueva Orleans, Albany, Filadelfia y Charleston.

6. «La Revolución francesa no la organizó la masonería.» Éste es uno de los puntos más endebles de los argumentos empleados por Mac Nulty. Según él, la Revolución fue la simple consecuencia de unas circunstancias concretas que se dieron en ese tiempo y en ese lugar, pero no la organizaron los masones. Los revolucionarios se habrían limitado a copiar algunas de sus ideas porque les venían bien para movilizar a la sociedad y provocar la caída del Antiguo Régimen, e incluso mataron a muchos aristócratas que pertenecían a la orden... Es verdad que

la masonería nunca apareció en primera fila durante el convulso período histórico que produjo la caída de la monarquía francesa y desembocó en el terror, antes de que otro masón, Napoleón Bonaparte, reinstaurara el orden. No obstante, el autor obvia hechos tan evidentes como que los principales pensadores e impulsores de la Revolución sí fueron masones, de la misma manera que lo fueron la bandera tricolor, el gorro frigio, el himno de *La Marsellesa*, el eslogan revolucionario «Libertad, Igualdad y Fraternidad» e incluso la *Declaración de los Derechos del Hombre.*

7. «La masonería no sirve para escalar y promocionarse profesional o socialmente.» El fin teórico de la fraternidad pasa por la mejora interior del ser humano alcanzando cada vez mayores cotas de desarrollo de sus virtudes, incluyendo la humildad y la generosidad. Eso debería invalidar la vieja acusación de que, en el fondo, se trata de una especie de *lobby* cuyo máximo afán es poco menos que la conquista del mundo. Pero la carne es débil y muchos masones pueden sentir la tentación de emplear entre los profanos aquello que han aprendido en sus logias, incluyendo las relaciones personales que hayan podido establecer en su interior. Resulta contradictorio que se promocione un espíritu de renunciamiento hacia el materialismo cuando las listas de miembros están repletas de nombres famosos en la política, la economía, la educación o el negocio del entretenimiento. En España, hace algunos años, se produjo un auténtico escándalo cuando se descubrió que el responsable de una de las logias se enriquecía con la compraventa de armas en diversos países del mundo. Fue destituido de su car-

go, pero lo ocurrido sentó tan mal que muchos masones rompieron el secreto de sus reuniones para criticar, con sus amigos y familiares, la actuación de esta persona. Otro caso, éste más conocido porque trascendió a todos los niveles habida cuenta, la proyección pública del personaje, es el del ex director de Banesto, Mario Conde, que fue acusado de emplear la masonería como simple herramienta para la proyección de su propia carrera y pasó varios años en la cárcel por su gestión de las cuentas del banco.

El té de las cinco

El ejército británico fue, en América, el mayor semillero de francmasones, igual que el ejército francés lo había sido en Europa a medida que sus soldados se instalaban en los territorios conquistados por las armas. Muchos militares pertenecían a las logias itinerantes de sus regimientos, donde iniciaban a civiles locales que, cuando su unidad era relevada o destinada a otro lugar, quedaban a cargo de la institución. A falta de locales específicos donde mantener sus asambleas, los masones europeos se reunían en los salones de algunas tabernas concretas. Muy pronto estos lugares ejercieron idéntica función en el Nuevo Mundo atrayendo a intelectuales, educadores, periodistas, abogados..., todos preocupados por la marcha que tomaba la sociedad en la que vivían.

Y la marcha era complicada. La segunda mitad del siglo XVIII se vivió en Inglaterra en medio de una creciente inestabilidad burocrática y un progresivo incremento de impuestos ante las necesidades del Estado de hacer frente a sus costosas campañas militares internacionales. Una de ellas era la que le obligaba a mantener un importante ejército en activo para proteger la expansión de las Trece Colonias originales. En 1763 el monarca Jorge III impulsó una Proclamación Real que obligaba a los colonos a negociar con los indios nativos la compra legal de nuevas tierras, con el objetivo de eliminar los conflictos y permitirle de esa forma reducir sensiblemente las tropas desplegadas. La conocida desde entonces como «Línea de Proclamación» fue interpretada en América como una intolerable injerencia de la corona británica en el derecho inalienable de los colonos a crecer en la dirección que mejor les pareciera, aunque ello conllevara un enfrentamiento con las «tribus de salvajes» que ya habitaban allí y a las que en opinión de la mayoría sólo se les debería ofrecer la alternativa entre la expulsión o el exterminio.

Impuestos posteriores elevaron aún más el nivel de indignación, como sucedió cuando el primer ministro británico George Grenville introdujo la Ley del Timbre, que gravaba el papeleo de los trámites burocráticos y editoriales. No era nada nuevo, pues este impuesto existía desde hacía años tanto en el Reino Unido como en otros países europeos, pero nunca se había aplicado en América. Los colonos se organizaron con la decidida ayuda de los masones para protestar contra una medida que consideraban no sólo abusiva sino una especie de traición política porque nadie les había consultado para ponerla en práctica. Plantearon una reclamación formal para poder estar representados en el Parlamento de Londres y defender sus intereses, y organizaron como prueba de fuerza un boicot que paralizó el comercio con la metrópoli. Sorprendido por la oposición, Jorge III despidió a Grenville y le sustituyó por lord Rockingham, quien revocó la Ley del Timbre. Sin embargo, el Parlamento aprobó poco después la Ley Declaratoria, que imponía el legítimo derecho del poder legislativo a obligar a los colonos a aceptar sus leyes igual que las aceptaban el resto de sus ciudadanos. Es obvio que semejante norma tampoco sentó demasiado bien al otro lado del Atlántico, donde las ideas independentistas captaban cada vez más adeptos, sobre todo en las logias, después de comprobar el éxito de su boicot. El ambiente político era ciertamente inflamable y sólo faltaba la chispa que prendiera la hoguera...

Y esa chispa se produjo el 16 de diciembre de 1773, fecha hoy considerada como el inicio formal de la revolución americana. El gobierno británico acababa de aplicar un nuevo impuesto sobre el té importado por las colonias que comenzaría a cobrarse sobre las más de trescientas cajas de la popular infusión que acababan de llegar al puerto de Boston a bordo de tres barcos. Aquella noche, varias decenas de hombres se disfrazaron de indios en la taberna El Dragón Verde, cerca de los muelles, y desde allí partieron al asalto de los buques. Tras reducir la escasa resistencia, arrojaron todo el té por la borda entre gritos contra Inglaterra y contra el rey. Una muchedumbre se unió a la protesta jaleando y vitoreando a los falsos indios, y protegiéndoles después para que no fueran detenidos.

El Motín del Té de Boston (ciudad cuya primera denominación, por cierto, fue *Trimountaine* o «Las Tres

Montañas», antes de ser rebautizada con el nombre del pueblo inglés del cual eran originarios muchos de los primeros colonos que allí se establecieron) produjo una airada respuesta del gobierno británico que de inmediato redactó las conocidas como *Leyes Punitivas*. Entre otras cosas, ordenaban el cierre del puerto hasta que se pagara por los daños del asalto y permitieran a las tropas británicas encargadas del orden alojarse no sólo en edificios comerciales y vacíos sino en casas particulares. No sólo eso: la nueva legislación anulaba el gobierno representativo de los colonos y ponía de nuevo todos los cargos políticos a disposición de Londres. Además, el gobernador de Massachusetts podía transferir cualquier juicio a Gran Bretaña. Las colonias rebautizaron esta reglamentación con el nombre de *Actas Intolerables* y certificaron su rebelión con la convocatoria del primer Congreso Continental, en un proceso que acabó conduciendo a la Declaración de la Independencia y a la guerra.

Sobre la implicación de la masonería en el motín de Boston, es interesante recordar que El Dragón Verde era el lugar donde se reunía la logia de San Andrés (patrón de Escocia, que acababa de conmemorarse apenas hacía quince días). Según lo que hoy sabemos, aquella noche se había convocado una reunión masónica en la taberna que fue suspendida con la excusa de una reducida asistencia. De inmediato el salón fue aprovechado por la organización independentista denominada Hijos de la Libertad, sobre la que existe una fuerte sospecha de que estaba compuesta por miembros de la misma logia. Fue este grupo el que encabezó el asalto a los barcos que transportaban el té.

Masones y más masones

El segundo momento de gloria revolucionaria de la logia de San Andrés lo protagonizó Paul Revere, un comerciante de objetos de oro y plata que posiblemente estuvo entre los «indios» que asaltaron los barcos de Boston y que pertenecía a la rudimentaria red de espionaje y mensajería que montaron los colonos para estar informados de los movimientos de las tropas británicas en su zona.

Revere protagonizó una mítica cabalgada a las diez de la noche del 18 de abril de 1775 para alertar a las tropas rebeldes que se concentraban en Lexington de la proximidad del ejército británico, que se dirigía hacia allí para atacarles por sorpresa. Advertidos, los milicianos de Massachusetts consiguieron organizarse y dar el primer golpe a los ingleses empujándoles hacia Concord, donde se agrupaba una fuerza armada de colonos aún mayor. Los ingleses se encontraron entre dos fuegos y tras sufrir trescientas bajas se retiraron como pudieron hasta la ciudad de Boston. El resultado de la hoy conocida como batalla de Lexington fue un auténtico desastre para el mando británico, que consideraba a sus enemigos «una banda de zarrapastrosos y delincuentes, mal armados y peor uniformados» y presagiaba lo que habría de ocurrir tras un largo y duro conflicto bélico que duró ocho años y cuyo incierto resultado nunca estuvo demasiado claro hasta última hora, ya que ambas partes tuvieron sus oportunidades de conseguir la victoria.

En cuanto a Revere, sólo es el primero de una larga

lista de los masones que sabemos que tuvieron un papel relevante en esta guerra (además de aquellos que aún permanecen en el anonimato). Por lo menos ocho de los cincuenta y cinco firmantes de la Declaración de Independencia proclamada el 4 de julio de 1776 estaban reconocidos públicamente como tales, y hay serias sospechas acerca de la pertenencia de al menos otros diez, aunque no se han publicado documentos que lo demuestren de manera fehaciente. También trece de los treinta y nueve signatarios de la Constitución lo eran, y existen las mismas sospechas sobre otros representantes.

Por lo demás, resulta interesante constatar que el mes elegido para proclamar la independencia de Estados Unidos fuera precisamente julio, teniendo en cuenta que en la antigüedad grecolatina éste era el período del año dedicado a la diosa Palas Atenea/Minerva. Esta divinidad ha sido especialmente querida y respetada por el simbolismo masónico dado su patronazgo sobre la sabiduría y la fuerza de la razón, así como por su carácter de *glaukopis* (uno de sus apodos, que significa «ojos brillantes», porque ven bien en la oscuridad), que le permite orientarse en medio de la noche, sea ésta física o del alma. Suele representársela con una lechuza; a veces, un mochuelo o un búho. El gallo es otro de sus animales protegidos y aparece en la ceremonia de iniciación masónica. También el olivo y, en general, las actividades agrícolas son atributos suyos, así que no debería sorprendernos encontrarlos muy representados en numerosos sellos y escudos de la administración política estadounidense.

Pieza clave en el proceso de independencia norteamericano y en el desarrollo de su francmasonería fue

Benjamin Franklin. Nacido en Boston, uno de sus primeros trabajos fue en la imprenta de su hermano James, quien fundó el *New England Courant*, al que muchos historiadores consideran el primer diario independiente de las colonias. Allí publicó sus primeros artículos, crítico con las autoridades locales y defensor de las libertades individuales. Fue el primer paso de una actividad periodística que le proporcionó grandes éxitos, como su popular *Almanaque del Pobre Richard*, y que con el tiempo le llevaría a adquirir y editar durante casi dos decenios *La Gaceta de Pensilvania*. Hombre de muchas inquietudes, participó en la fundación de la primera biblioteca pública de Filadelfia y también en la de su Cuerpo de Bomberos, además de encargarse de la emisión de papel moneda en las colonias y desarrollar una actividad científica que le llevó a la invención del pararrayos, las lentes bifocales, las aletas de natación y el cuentakilómetros, entre otros muchos objetos.

Durante su primer viaje a Londres sus intereses científicos le impelieron a intentar conocer personalmente a Isaac Newton. Parece que no lo logró, pero con quien sí estableció contacto fue con la masonería, por la cual se interesó aunque no se iniciaría hasta 1731, tras regresar a Filadelfia. Ingresó en la logia de San Juan y en tres años obtuvo el grado de Maestro, desarrollando una activa labor que le permitió ocupar el cargo más importante del estado de Pensilvania como gran maestro provincial. Fue él quien publicó en América la primera edición de las *Constituciones de Anderson*. Cuando regresó a Europa como representante político de Pensilvania, su condición de alto cargo masón le permitió conocer a los intelectuales y políticos más importantes del momento y defender ante ellos la autodeterminación de las colonias americanas.

Conocemos muy bien su obra gracias a su vanidad, porque Franklin empezó a escribir su autobiografía a los cuarenta años y vivió otros cuarenta y tres, así que tuvo tiempo sobrado para hacer memoria. En ella relata las *trece* virtudes que a su juicio le adornaban, aunque también reconocía que nunca las practicaba todas a la vez sino una diferente cada semana. Aunque afirma haberlas desarrollado cuando sólo tenía veinte años, lo cierto es que la lista parece elaborada por una asamblea masónica: la templanza en el comer y el beber, el silencio y la parquedad de palabras, el orden estricto no sólo para los objetos personales sino para los asuntos de la vida, la decisión para ejecutar las ideas una vez estén claras, la frugalidad y el ahorro sin desperdiciar nada, la acción útil e industriosa sin perder el tiempo en tonterías, la sinceridad y coherencia entre palabras y acciones, la justicia para la persona y para cuantos le rodean, la moderación evitando todo tipo de extremismos, la limpieza física e interna, la tranquilidad de espíritu ante el devenir de la vida, el control sexual reduciendo los contactos placenteros a lo imprescindible, y la humildad según el modelo de grandes hombres como Jesús o Sócrates.

No sólo blancos

Una de las principales críticas contra la masonería deriva del hecho de que durante la mayor parte de su historia ha mantenido cerradas sus puertas tanto a las mujeres como a las minorías no blancas. En el primer caso, ellas aún tuvieron que esperar para incorporarse a las logias hasta hace muy poco tiempo. En el segundo, la guerra de Independencia facilitó el acceso a negros e indios. El primer masón americano de piel oscura luchó por los colonos y el primer masón americano de piel roja lo hizo por los británicos.

No tenemos muchos datos acerca de Prince Hall, nombre de evocadoras resonancias masónicas. Según algunas fuentes, había sido esclavo en las islas Bahamas antes de conseguir la libertad; según otras, era un activista por la abolición de la esclavitud en Boston. Se sabe que luchó al lado de George Washington contra los británicos, si bien había sido iniciado junto a otros catorce ciudadanos de su raza en la logia militar de uno de los regimientos ingleses acantonados en la misma ciudad. Posteriormente, él y sus compañeros fundaron en 1777 la África número 1, primera logia sólo para los suyos. En pocos años se convirtió en una Obediencia Negra, es decir, una federación de logias exclusivamente formadas por gentes de ese color.

En la actualidad se calcula que existen en torno a medio millón de negros masones entre los que figuran o han figurado el reverendo Jesse Jackson, el líder pacifista Martin Luther King, los ex alcaldes de Los Ángeles Thomas Bradley y de Washington Marion Barry, así como músicos como Count Basie, Nat King Cole o Lionel Hampton, boxeadores como Sugar Ray Robinson, o el promotor Ron King, y muchos otros.

Entre los indios, la historia más conocida es la de Joseph Brant, nombre cristiano de Thayendangea, hijo del jefe de los mohawk. Esta tribu ya había luchado del lado de los ingleses y contra los franceses en la guerra de los Siete Años gracias a la activa labor de un masón llamado William Johnson, que se hizo muy amigo de los indios además de amante de la hija de su jefe. Johnson adoptó a Brant, hermano pequeño de su novia, y con los años le bautizó y le convirtió en su secretario personal, además de introducirlo en los principios y símbolos de la masonería. A la muerte de Johnson, Brant se convirtió en la pieza imprescindible de la Corona británica para mantener las relaciones con las llamadas Seis Naciones Iroquesas: los mohawk, los senecas, los tuscaroras, los oneidas, los onondagas y los cayugas. Fue él quien, por encargo de Londres, consiguió atraer a la mayoría de los indios para que se aliaran con las tropas británicas contra los rebeldes americanos. Durante su viaje a la capital británica fue iniciado en la logia que se reunía en la taberna El Halcón y de regreso en América el coronel John Butler le encargó la formación y el mando de una unidad guerrillera integrada por indios y soldados británicos: los Rangers de Butler.

Los Rangers pronto se ganaron fama de sanguinarios por las brutales torturas que practicaban sobre los prisioneros del ejército continental para sonsacarles información antes de matarlos. Su ferocidad llevó a varios oficiales ingleses a protestar ante el coronel Butler. Sin embargo, Brant no olvidaba sus juramentos masónicos y siempre liberaba a los milicianos que revelaban su pertenencia a una logia. Así sucedió tras la batalla de los Cedros, junto al río Saint Lawrence, en lo que hoy es el estado de Nueva York, cuando el capitán del ejército rebelde John McKinstry, creyendo que estaba ante el final de sus días, se encomendó a la divinidad adoptando un signo masón. Brant lo reconoció y ordenó que le desataran de un poste donde se disponían a quemarlo vivo. Tras hablar con él y comprobar su filiación masónica, ordenó que le escoltaran hasta Canadá, donde fue liberado.

Se conocen varios casos más, aunque cuando Butler descubrió lo que estaba ocurriendo le ordenó que no volviera a liberar a ningún rebelde más, a pesar de que él también pertenecía a la masonería.

Guía rápida de términos masónicos

La masonería o Arte Real es rica en simbolismos, muchos de carácter universal. A continuación ofrecemos un breve diccionario de los más conocidos, al objeto de definir su significado.

Acacia. La acacia, sobre todo cuando se representa su flor, es un símbolo de la resurrección y la vida eterna. La madera de este árbol, de gran calidad, simboliza la inmortalidad, y sus espinas, los obstáculos que se nos presentan para lograr tan alta meta.

Según la leyenda, las espinas de la corona con la que fue martirizado Jesucristo durante su Pasión eran precisamente de acacia. Varios expertos creen que la misma palabra proviene de la raíz *ac*, que significa «puntiagudo».

La acacia es también uno de los elementos de la leyenda de Moisés, puesto que el Arca de la Alianza con la que se comunicaba con su dios fue construida por el misterioso cabalista Betsalel (cuyo nombre significa «A la sombra del Altísimo») con esta madera. Aparece en el relato de Hiram, puesto que es este árbol y no otro el que crece justo encima del lugar donde el venerable arquitecto fue enterrado por los traidores que le asesinaron.

Cámara de reflexión. La parte más conocida del ritual de iniciación masónico es la meditación previa que el candidato debe desarrollar antes del ritual, a solas, en la llamada Cámara de Reflexión o, en algunos casos, el Ataúd, donde permanecerá un espacio de tiempo indefinido que se puede convertir en una prueba insoportable para los que no han aprendido a desarrollar la virtud de la paciencia o son incapaces de tolerarse a sí mismos. Se conoce como la Prueba de la Tierra y es un elemento imprescindible para tomar conciencia del paso que la persona se dispone a dar.

La Cámara es un lugar pequeño, estrecho y oscuro, equivalente a las cavernas iniciáticas empleadas a lo largo de la Historia por todas las religiones mistéricas en cualquier lugar del mundo. Allí, el candidato deberá escribir su testamento masónico acompañado por una serie de símbolos característicos, el más llamativo de los cuales es una calavera que resume en sí misma el famoso aforismo latino: *sic transit gloria mundi*, o «así (de rápido) pasa la gloria del mundo». Ante la visión del cráneo, el aspirante al conocimiento reconoce su futuro y por tanto se reafirma en la necesidad de iniciarse para que su breve paso por esta vida no concluya de manera estéril y sin aprovechamiento. Es también un resumen de lo que le espera en la ceremonia: morirá al mundo corriente para renacer en el de los inmortales.

Por ello tiene ante sí otro símbolo del paso del tiempo (un reloj de arena) así como uno de la resurrección (la figura de un gallo, que canta al sol para anunciar el nuevo día). Además se encuentra con un trozo de pan y una jarra de agua, que se pueden interpretar de muchas formas, pero que le recuerdan que en el camino que va a comenzar debe portarse con humildad, sin aspirar a grandes beneficios materiales y personales.

Finalmente, encontrará tres pequeños receptáculos que incluyen sendas cantidades de mercurio, sal y azufre: los tres elementos alquímicos por excelencia, cada uno de los cuales representa ciertas características del trabajo interno y también determinados estados de la obra magna de la alquimia, que en el fondo no es sino la misma ciencia que aspira a desentrañar la masonería. Junto a ello, la expresión VITRIOL, denominación alquímica empleada para el ácido sulfúrico, de cualidades disolventes tan peligrosas como eficientes, y que no es sino un acróstico de la expresión latina *Visita Interiora Terras Rectificatur Invenies Ocultum Lapidum*, traducido como «Visita el interior de la tierra, rectificando hallarás la piedra oculta». Es decir: penetra en tu propio interior donde sólo por medio del trabajo lento y metódico encontrarás esa «piedra mágica», «polvo alquímico» o «fórmula secreta» gracias al cual adquirirás poder sobre ti y sobre el mundo.

Candidato. El candidato es el individuo que aspira a convertirse en masón y se dispone a ser iniciado como tal. Es la persona que va a dejar de ser profana (del latín *pro fanum* o «fuera del templo», esto es, la que no puede penetrar en el lugar sagrado y descubrir los misterios) para transformarse en un hermano (tratamiento habitual e igualitario entre los miembros de la orden) masón. Algunos autores relacionan etimológicamente este término con el vestido blanco o *candidus* que vestían los aspirantes a un cargo en la Antigua Roma antes de ser nombrados para el mismo. Otros lo retrotraen más en el tiempo, asimilándolo al griego *kandaros*, que de todas formas significa «blanquecino». En todo caso, hay una alusión directa, al igual que en otros rituales de iniciación en sociedades secretas de signo luminoso, a la necesidad de preparación de la persona que aspira a ingresar en la fraternidad y que debe haberse purificado, «blanqueado» de sus defectos y pecados más graves, si pretende completar con éxito el tránsito hacia un nuevo estado de conciencia. El candidato se asocia al blanco porque tal es el color asociado a la Luz, el Bien, la Nobleza, la Pureza, el Progreso Espiritual..., e incluso al mismo Dios como culminación de todas las virtudes.

El blanco está además relacionado con el número siete, número mágico por excelencia. De la misma forma que este color engloba a todos los demás y se descompone en los del arco iris según las circunstancias, el candidato a iniciado debe ser capaz de englobar en sí mismo todas las capacidades positivas, aunque sólo fuera en potencia, para luego poder desarrollarlas a lo largo de sus trabajos masónicos.

Para acceder a la logia, el candidato debe ser progresivamente despojado de sus vestiduras y sus objetos de metal en una manifestación física de lo que supone la liberación de las ataduras del mundo material. En los ritos de iniciación de la Antigüedad, los candidatos llegaban incluso a la desnudez total emulando el mito de la diosa mesopotámica Astarté que, al descender a los Infiernos, tuvo que pasar por sucesivas salas desprendiéndose progresivamente de sus adornos y vestidos hasta quedar completamente desnuda como símbolo de pureza e inocencia, aunque también de vulnerabilidad ante los poderes no humanos. En el Génesis bíblico se relata cómo Adán y Eva «cubren sus vergüenzas» después de desobedecer la orden de comer del Árbol del Bien y del Mal y empezar así a comprender el mundo y quedar atados a él, con lo que pierden su estado inicial de felicidad ignorante.

En el caso de la masonería, sólo es obligatorio descubrir el brazo y el seno izquierdos, por un lado, y la pierna y la rodilla derechas, por el otro, además de descalzar el pie izquierdo. Según varios autores, desnudar el área del corazón simboliza que el aspirante al saber está mostrando su disposición para recibirlo de manera honesta y sin subterfugios, mientras que la rodilla hace alusión a la humildad que también alberga y que le lleva incluso a humillarse para lograr sus propósitos. En cuanto a descalzarse, recordemos que en diversas religiones se exige a los fieles pisar la tierra santa con los pies desnudos. Además, el pie descalzo está en contacto directo con la tierra y sus energías. Caminar con un solo zapato, como es el caso, puede significar que el candidato está entre dos mundos, progresando desde su estado de hombre «corriente» al de hombre «sagrado» gracias a su iniciación. La idea central es que para acercarse a la Verdad uno debe presentarse desnudo como ella.

Otra muestra de que el candidato confía ciegamente en la institución que le va a acoger es la cuerda que se coloca alrededor de su cuello y que simboliza aquello que ata aún al profano con el mundo corriente, pero también su disposición a ser conducido por otros masones como si de una oveja se tratara, en este caso hacia la libertad. También se puede interpretar como el lazo que a partir de ese momento le ata con la organización.

Y una vez que el candidato ha logrado la iniciación ha dejado de ser uno más entre el rebaño de durmientes para convertirse en un egregor o ser despierto. La corriente iniciática islámica del sufismo, que posee una terminología parecida, explica que el hombre despierto no vive ya en el mundo normal sino en la tierra de Al Araf, a la que sólo acceden aquellos que alcanzan un nivel superior de conciencia. El ascenso a este nivel se simboliza en la venda que lleva el candidato cuando comienza la ceremonia y que le es arrebatada durante la misma: antes, como una persona más, tenía los ojos cerrados porque dormía; ahora, como un iniciado, ya puede ver, despierto, lo que sólo los hombres despiertos ven.

Código pigpen. El más famoso, y sencillo, de los códigos empleados por los francmasones. Se basa en distribuir las letras dentro de cuatro figuras y sustituir después cada letra por el fragmento de figura donde aparece, de manera que un profano no puede leer los mensajes, ya que no conoce las figuras.

Las dos primeras figuras son sendos enrejados similares a los que se utilizan para jugar al tres en raya. En la primera, se distribuyen las letras *A - B - C* en la fila de arriba, *D - E - F* en la de en medio y *G - H - I* en la de abajo. Cuando se utiliza cualquiera de estas letras, se la sustituye por el dibujo de la figura donde está. Por ejemplo, la letra *C* se representa como un ángulo recto y la *E* como un cuadrado.

En la segunda figura se incluye un punto dentro de cada espacio ocupado por las letras: *J - K - L* en la fila superior, *M - N - O* en la intermedia y *P - Q - R* en la inferior. Siguiendo con el ejemplo del párrafo anterior, la letra *L* se diferencia de la *C* porque se representa también como un ángulo recto más un punto.

Las otras dos figuras tienen forma de aspa y siguen el mismo sistema para distinguir las letras contenidas en su interior. En la primera encontramos *S - T - U - V*, donde la *S*, que se encuentra en la parte de arriba del aspa, se representa encriptada como un ángulo en forma de uve mayúscula. En la segunda, se incluye un punto junto a cada una de las letras de la secuencia *W - X - Y - Z*, con lo que la *W* es la misma figura que la de la *S* pero con un punto.

Columnas. Entre el mobiliario empleado por una logia destacan las dos Columnas llamadas Jakin y Boaz, que enmarcan su puerta de entrada y separan la sala de reunión de los masones del espacio conocido como Pasos Perdidos. Como curiosidad, en el Congreso de los Diputados de Madrid todavía existe una sala con este nombre que algunos visitantes piensan que se llama así porque los diputados se dedican a pasear meditabundos cuando no tienen otra cosa que hacer: en realidad hace referencia al uso que de ella han hecho los numerosos diputados que pertenecen o han pertenecido a la masonería.

Pasos Perdidos equivale al mundo profano, por lo que cuando un masón traspasa las Columnas es como si abandonara su vida corriente para ingresar en un lugar sagrado, con su propio tiempo y espacio. El origen de este símbolo se remonta muy probablemente al de las columnas de Herakles o Hércules, que marcaban la frontera entre el mundo conocido y la *Terra Incognita.*

La primera noticia que tenemos de su existencia es la que aparece en el Templo de Salomón, donde Hiram ordenó levantar dos pilares huecos, cuya parte externa era de latón, y encima de cada capitel colocó un lirio de metal fundido del que pendían ristras de granadas. Esta fruta aparece en la tradición judía y también en la cristiana como sinónimo de perfección divina, valentía espiritual o conocimiento santo. Desde el punto de vista masónico, la granada representa a la propia masonería, puesto que bajo su corteza contiene numerosos granos que son como los miembros de la logia unidos por el mismo ideal.

Jakin (cuyo significado según varios autores es «Dios será establecido») es la columna del sur y Boaz (equivalente a «En ti está la fuerza»), la del norte. La importancia que tienen se refleja en la expresión «levantamiento de columnas», que señala la apertura de una logia, y su antagonista «abatir columnas», que equivale al cierre de la misma.

Escuadra y compás. Son sin duda los dos símbolos más conocidos de la masonería. Su particular disposición uno encima de la otra nos sugiere de inmediato otra potente imagen: la Estrella de David. Este último símbolo con un triángulo descendente y otro ascendente que se cruzan entre sí representa entre otras cosas al ser humano, atrapado en el pentáculo intermedio entre las fuerzas cósmicas que nos llegan desde lo alto (el triángulo superior) y las fuerzas telúricas que nos afectan desde lo bajo (el triángulo inferior). En ocasiones, ese espacio incluye una estrella ardiente o flamígera que representa al iniciado en todo su esplendor, dueño de los poderes del Cielo y de la Tierra al mismo tiempo.

La escuadra y el compás juntos toman forma de rombo, por lo que esta figura está asociada a la orden de manera explícita. En el simbolismo masónico, la escuadra equivale a la rectitud y la virtud, mientras que el compás significa la generosidad y la luz que otorga la experiencia y el trabajo bien hecho o perfecto. El verdadero iniciado debe hacer gala de estas cualidades en su relación con el mundo que le rodea y, desde luego, consigo mismo. Según algunos autores, en la época medieval existía una masonería de la escuadra que se dedicaba sobre todo a muros y fachadas y se reconocía por el color azul y una masonería del arco o compás que elaboraba puertas y bóvedas y empleaba el rojo como color identificativo.

La escuadra y el compás, junto con la plomada, son conocidas como «las tres joyas móviles», mientras que la pizarra, la piedra bruta y la piedra cúbica son «las tres joyas inamovibles». En total, la masonería luce seis joyas.

En el escudo y en la bandera de la antigua República Democrática Alemana y, sobre los mismos colores negro, rojo y amarillo que ondeaban en la de su vecina República Federal Alemana, encontramos un rastro de la filiación masónica de algunos de los dirigentes de aquel régimen que duró poco más de cuarenta años tras la desmembración de Alemania al final de la segunda guerra mundial. Tratándose de un régimen comunista bajo estricto control de Moscú, lo lógico es que se hubiera incluido la hoz junto al martillo, pero lo que en realidad se colocó allí fue un compás junto al martillo, ambos laureados. El lema de la nueva república resultaba también sugerente: *Auferstanden aus Ruinen*, lo que significa «levantados de las ruinas», como aquellos que buscaban reconstruir el Templo de Salomón.

Espada. Esta arma es la representación habitual, en todos los sistemas iniciáticos, de la voluntad del hombre superior y, por ende, del iniciado. Todos los grandes héroes, reales o míticos, en la caballería, han usado una espada como arma para enfrentarse contra el Mal, ya sea éste interno (en forma de defectos o vicios) o externo (enemigos, bandidos, monstruos o seres infernales). Además, no se trata de cualquier espada sino de la suya, única y personal hasta el punto de poseer su propio nombre. Entre los prototipos más populares contamos con la Excalibur o Caldwch del rey Arturo o los sables láser de los caballeros Jedi en la saga cinematográfica de *Star Wars.*

En los rituales masónicos la espada es «flamígera» o de hoja ondulada porque se relaciona con los poderes divinos con los que el dios de la Biblia protege el Edén tras la expulsión de Adán y Eva, tal y como se relata en el Génesis cuando se habla de la «llama de la espada zigzagueante para custodiar el acceso al Árbol de la vida» que portaban los «querubines» apostados al «oriente del Jardín del Edén». La espada flamígera es, en esencia, el mismo símbolo que en los misterios egipcios se representaba como un rayo del espíritu solar, en los de la época grecorromana simbolizaba el rayo de Zeus/Júpiter o en los de la cultura hindú figura como Rayo de Indra.

Existe una figura ceremonial que se conoce como «bóveda de acero» que consiste en un arco formado por dos hileras de masones en pie, cada uno con su espada alzada en diagonal hacia el de enfrente, como muestra de respeto hacia un alto cargo que pasa por debajo. Esta figura traspasó las paredes de las logias para emplearse en ceremonias ajenas, como por ejemplo en las bodas de militares: cuando los recién casados abandonan la iglesia, pasan bajo la bóveda de acero levantada por sus compañeros de armas con sus sables reglamentarios para honrarles y, metafóricamente, protegerles.

Grados. La jerarquía es fundamental en la organización masónica. Tradicionalmente se reconocen tres grados básicos: Aprendiz, Compañero y Maestro. Muchos masones jamás traspasarán este tope e incluso desconocen la existencia de grados por encima de ellos o los consideran como simples adornos institucionales. Sin embargo, los rituales más elaborados y populares tienen bastantes más peldaños en la larga escala de la perfección masónica, a los que resulta progresivamente más difícil acceder a no ser que el candidato presente un profundo compromiso así como méritos suficientes que serán evaluados por los que ocupan los sitiales más elevados.

El ritual más conocido y practicado a nivel mundial es el Escocés Antiguo y Aceptado, que ofrece hasta 33 grados, número altamente simbólico relacionado entre otras cosas con la edad a la que se supone que fue crucificado Jesucristo, así como con el número exacto de milagros que consumó en público según el Nuevo Testamento. Se subdividen en cuatro grandes grupos, el primero de los cuales es conocido como el de los grados azules o de San Juan, que incluye los tres grados básicos ya mencionados.

El segundo grupo es el de los grados capitulares. Por este orden, y de menor a mayor: Maestro Secreto, Maestro Perfecto, Maestro por Curiosidad o Secretario Íntimo, Maestro irlandés o Preboste y Juez, Intendente de los Edificios, Maestro Elegido de los Nueve, Ilustre Elegido de los Quince, Sublime Caballero Elegido, Gran Maestro Arquitecto, Caballero del Real Arco, Gran Elegido Perfecto y Sublime Masón, Caballero de Oriente o de la Espada, Príncipe de Jerusalén, Caballero de Oriente y de Occidente y, finalmente, Caballero o Soberano Príncipe Rosa-Cruz.

El tercer grupo es el de los grados del areópago. Por este orden, y de menor a mayor: Sublime Escocés o Gran Pontífice, Soberano Príncipe de la masonería o Venerable Maestro de todas las Logias Regulares, Caballero Prusiano o Patriarca Noaquita, Príncipe del Líbano o Caballero de la Real Hacha, Jefe del Tabernáculo, Príncipe del Tabernáculo, Caballero de la Serpiente de Bronce, Príncipe de la Merced o Escocés Trinitario, Soberano Comendador del Templo de Jerusalén, Príncipe Adepto o Caballero del Sol, Gran Escocés de San Andrés y, por último, Caballero Kaddosh.

El último grupo es el de los tres grados superiores, reflejo en cierto modo de los tres primeros. El grado 31, el 32 y sobre todo el 33 están reservados a los dirigentes de la organización e implican responsabilidades importantes que suelen ser vitalicias. El grado 31 es el de Gran Inspector Inquisidor Comendador y su función es la de conservar el orden interno. La reunión de los miembros de esta jerarquía se conoce como el Tribunal de los Nueve y equivale en cierto sentido al poder judicial dentro de la masonería. El grado 32 es el de Sublime y Valiente Príncipe del Real Secreto y se le considera el poder ejecutivo de la organización. Finalmente, el grado 33 es el de Soberano Gran Inspector General. Ostentar este cargo es uno de los mayores honores en el currículum de un masón puesto que muy pocos lo alcanzan y quienes lo hacen forman parte del Supremo Consejo del Grado 33, que se encarga de establecer las directivas masónicas a nivel internacional.

Además de este ritual existen muchos otros como el Rito de Swedenborg, de ocho grados, el de York Americano, de trece, o el de Memfis-Misraim, que contiene hasta 99 grados. Sin embargo, el sistema de grados de la masonería operativa medieval sólo tenía siete escalones: Aprendiz, Compañero, Compañero de la Marca, Masón del Lugar del Templo, Superintendente de los Trabajos, Maestro y Maestro Masón.

En todos los casos, la llamada «petición de aumento de salario» equivale a la solicitud del masón para ascender de grado. La expresión está obviamente relacionada con la leyenda de Hiram, ya que al elevarse al siguiente escalón de la organización se recibía una paga superior que, en este caso, se supone es de carácter espiritual y se representa con el nuevo grado. El ascenso se concede por años trabajados, por servicios prestados a la organización y/o por interés de la fraternidad ante el talento concreto demostrado por el aspirante.

Hijos de la viuda. Los hijos de la viuda son los masones. Según algunos estudiosos, en recuerdo del propio Hiram, por ser él mismo el hijo de una viuda de la tribu de Neftalí. Sin embargo, la masonería actual afirma que la Viuda es la propia organización y que este calificativo hay que interpretarlo en el sentido de que ha perdido a diez de las doce tribus originales de Israel, excepto la de Judá y la de Benjamín. Con ambas estarían relacionados los nombres de las columnas de la logia: Jakin y Boaz, cuyas iniciales se corresponden con las de las dos tribus.

Los hijos de la viuda depositan sus óbolos o donativos para los distintos fines de la logia, en teoría siempre benéficos, en el llamado Tronco de la Viuda.

Algunos autores heterodoxos relacionan este concepto con otra viuda: María Magdalena, en su calidad de presunta viuda de Jesús, que habría pertenecido como Él a una sociedad masónica de orden egipcio, no judío. Según esta tesis, en parte novelada por Dan Brown en *El código Da Vinci*, tras la crucifixión, la Magdalena habría huido de Palestina al sur de Francia para mantener allí la tradición a través de sus descendientes, que darían lugar al peculiar linaje de los reyes merovingios y al catarismo. En este caso, los verdaderos hijos de la viuda serían los descendientes físicos y/o espirituales de la doctrina crística conservada a través de estas líneas de sangre.

Letra *G*. La letra *G* aparece en numerosos grabados a partir de comienzos del siglo XVIII, es decir, de la época especulativa, y posee diversos significados según los niveles de conocimiento de la doctrina masónica. El más evidente es que se trata de la séptima letra del alfabeto y la inicial de la palabra *God* («Dios», en inglés). Los masones suelen emplear eufemismos para referirse a la divinidad adorada, calificándola asépticamente como GAU o Gran Arquitecto del Universo, lo que nos remite de nuevo al significado medieval de la masonería.

Sin embargo, no deja de ser curiosa la relación fonética de *God* con la letra hebrea *iod*, la inicial del Nombre Sagrado de Jehová. Algunos autores también recuerdan que la *iod* se corresponde con el concepto cabalístico de las tres *middoth* o leyes tradicionales superiores en el judaísmo, representadas a menudo igual que los tres puntos en forma de triángulo que hallamos en los textos masónicos. Otra de las traducciones de *G* es precisamente el ternario Gloria-Grandeza-Geometría para resumir los trabajos de cada masón en distintos planos.

Por último, nos encontramos con que también es la inicial de *gnosis* («Conocimiento» —se entiende que secreto— en griego), término con el que se define toda una rama de escuelas ocultistas arcanas, por lo general consideradas como heréticas por los poderes políticos y religiosos oficialmente imperantes.

Logia. El lugar de reunión físico de los masones toma su nombre del italiano *loggia*, que suele traducirse como «galería», en referencia al edificio anexo al que estaban construyendo y en el que se reunían los maestros canteros medievales durante una obra. En este edificio encontramos columnas, arcadas e instrumentos simbólicos como compases, escuadras y plomadas, posteriormente utilizados con un nuevo sentido por los masones especulativos.

Otro origen para la palabra es el término griego *logos* que, literalmente, se traduce como «palabra», pero no cualquier palabra sino aquella meditada, argumentada y, sobre todo, nacida de la razón. Los antiguos griegos, al menos desde Heráclito, utilizaban esta expresión para referirse a la Inteligencia que ordena y dirige la existencia del universo y llamaban a los hombres sabios a vivir y comportarse de acuerdo con las normas dictadas por Ella. Posteriormente, el Evangelio de San Juan identifica al *logos* con la mismísima persona espiritual de Dios en el principio de la Creación y, aún más tarde, san Agustín se refiere a este concepto como la misma energía con la que está confeccionado el universo. *Logia*, por cierto, significa en griego «ciencia», lo que nos facilita otra pista acerca de la posible etimología del término.

En todo caso, la logia es ante todo un lugar donde se imparte conocimiento al más elevado nivel, un sitio sagrado, un santuario en el que los iniciados pueden recogerse y operar sus rituales a salvo de interrupciones profanas. Otros nombres para ella son los de Taller y Templo Masónico. Todos hacen referencia al lugar externo de culto, puesto que el verdadero templo es el interno, el que debe ser construido por cada uno de los masones en su propio corazón, como sugiere el hecho de que la mayoría de las medidas empleadas en la construcción en los tiempos antiguos sean de origen antropomorfo: pie, codo, pulgada... Este concepto tampoco es original de la masonería. El propio Pablo en su primera Epístola a los Corintios advierte de que «si alguno destruye el templo de Dios, Él lo aniquilará, porque el templo de Dios es santo, y ese templo sois vosotros».

Logia es también el nombre del mismo cónclave masónico, del conjunto de los masones, y se considera «justa y perfecta», es decir, constituible como tal, si está compuesta de al menos siete maestros masones. Una logia madre es aquella en la que ha sido iniciado un masón en concreto. Una gran Logia es la unión de varias asambleas masónicas, que constituyen de esta forma una Obediencia.

Número 3. El tres es uno de los principales números sagrados en todas las culturas humanas y también, por tanto, en la masonería. Las grandes religiones, de hecho, poseen una trinidad al frente, de la cual proviene el empleo del triángulo como símbolo de la divinidad. Además, las creencias más antiguas remiten a la división del ser humano en tres partes: el cuerpo, el alma y el espíritu. Sólo esta última parte es inmortal, aunque un iniciado que trabaje bien con las otras dos puede llegar a inmortalizarlas (en lugar de perder el alma, por ejemplo, «vendiéndola» al diablo, como relatan múltiples leyendas). En Egipto, la leyenda mítica más potente incluye a Osiris, Isis y Horus. En la antigua Persia, los protagonistas son Mitra, Ormuz y Ahrimán. La Trimurti de la India es bien conocida: Brahma, Vishnú y Shiva. Para los celtas (que usaban el *triskel* o «espiral de tres puntas» como símbolo divino), la principal tríada la constituían

Teutates (o Tutatis), Esus y Taranis. Los únicos tres caballeros del rey Arturo que encuentran el Grial son Galahad, Perceval (o Parsifal) y Boores. Entre los nórdicos, los tres dioses que impulsan el drama mitológico son Odín (o Wotan), Thor y Loki. En la mitología mediterránea existen diversos personajes y lugares que giran en torno al tres: las tres fauces del can Cerbero, las tres Gracias, las tres Manzanas de Oro del Jardín de las Hespérides, las tres cabezas de Gerión (el primer rey mítico de España), etc. En el cristianismo, por último, tenemos al Padre, el Hijo y el Espíritu Santo.

En Numerología, el uno es un número esencial porque inicia la numeración, porque es el primero de la lista de números primos y porque en sí mismo engendra íntegramente su propia repetición. El dos completa al anterior, representando el principio binario y también, desde el punto de vista humano, la esencia femenina, aunque más que a la mujer simboliza la pareja. El tres es el fruto de los dos anteriores y es importante por ello y por sus propias características ya que, como escribió Platón, «resulta imposible combinar bien dos cosas entre sí si no existe una tercera, pues se necesita un nexo que una a ambas».

En la masonería, el tres se representa de varias formas. Además de los tres grados clásicos de Aprendiz, Compañero y Maestro, tenemos las Tres Grandes Luces que iluminan el camino del masón: la Escuadra, el Compás y el Libro (entendiendo como tal al libro por excelencia, es decir, la Biblia, aunque según las creencias de los componentes de la logia se puede sustituir por cualquier otro de origen sagrado). Según su ceremonial, el

Libro «dirige y gobierna» su fe, la escuadra «regula» sus acciones y el compás «traza los límites que no se deben transgredir». También están las Tres Grandes Verdades, que algunas ramas masónicas consideran como auténticas revelaciones desde los planos superiores aunque son ideas que se encuentran en otras tradiciones mistéricas. La primera de ellas afirma que el espíritu del hombre es inmortal y por tanto su crecimiento no tiene fin. La segunda es que el principio divino que nos concede la vida habita en cada uno y, aunque no se le puede ver ni oír, los que están deseosos de percibirlo y trabajan sí consiguen captarlo. Y la tercera es que cada hombre es su único y absoluto juez, el único que se premia o castiga a sí mismo en función de su comportamiento.

Los antiguos rituales masónicos de iniciación contienen también las Tres Preguntas para el candidato, que debe contestar tras meditar profundamente en ellas. La primera: «¿Qué le debe el hombre a Dios?» La segunda: «¿Qué se debe el hombre a sí mismo?» La tercera: «¿Qué les debe el hombre a los demás (a sus semejantes)?» El elemento común de todas las preguntas es el hombre, pero resulta evidente que se refiere al ya iniciado, capaz de asumir su responsabilidad y su destino.

Palabra perdida. El equivalente al Santo Grial para la masonería y un constante quebradero de cabeza para la fraternidad, pues sin ella su camino parece pese a todo incompleto. Según las propias fuentes masónicas, se trataría del nombre real del GAU, lo cual implica el poder que alberga. Simbólicamente, se perdió con el asesinato de Hiram y desde entonces cada masón no hace sino tratar de reencontrarlo. Parece muy relacionado con el conocido como Secreto Masónico.

Algunos autores afirman que el gran secreto de la fraternidad es que no esconde secretos de importancia, sino que se limita a mantener una parafernalia propia de otros tiempos con la que contentar a cierto tipo de personas amantes del ritual y lo bastante soberbias como para apartarse de los demás y reunirse con otras gentes por el simple placer de sentirse superiores. Se trata de una explicación obviamente simplista.

Los conspiranoicos opinan que el principal secreto, en poder exclusivo de los más altos grados de la masonería, radica en su intención de hacerse con el gobierno de todo el mundo a través de su hábil infiltración en los grupos de poder nacionales e internacionales, incluso a través de una perversa alianza con Satán.

Algunos investigadores afirman que los secretos a los que se hace referencia son de índole cabalística en relación con la Gematría para la creación de palabras y frases cuya simple entonación proporcionaría un poder mágico.

Los ocultistas consideran que la masonería perdió el secreto (y la Palabra) al pasar de la Operatividad a la Especulación y que ese secreto no era otro que el de la explicación de nuestra existencia: quiénes somos, por qué estamos en esta vida y, sobre todo, qué y cómo debemos hacer con ella. Lo que implica una práctica y, con ella, una comprensión profunda, que se pierde automáticamente cuando el iniciado se limita a filosofar como un mero vagabundo mental sin ser capaz de aplicar los conceptos teóricos que se supone que ha aprendido. Los rituales y ceremonias tal y como fueron escritos originalmente en tiempos inmemoriales ofrecían pistas y claves para ayudar en la comprensión de ese secreto, pero las «actualizaciones» de los textos y sus sucesivas mutilaciones por distintos motivos, junto con el embotamiento en el entendimiento de los hombres modernos respecto a la claridad de ideas de nuestros antepasados, condujeron al actual estado de confusión y oscuridad.

Según el francés Fabre du Bosquet, que conoció la masonería de su época, el siglo XVIII, ya entonces «a medida que las logias modernas se alejan de su origen, se alejan también del verdadero sentido [...] de ciertas palabras [...] que ya no significan nada y que han venido a convertirse en sus propios secretos».

Planchas grabadas. Los textos masónicos no se escriben en libros ni se redactan en manuscritos sino que se «graban en planchas». Es, por supuesto, una expresión simbólica. Durante las reuniones rituales, los miembros de la logia pueden preparar una «pieza de arquitectura» o, lo que es lo mismo, explicar oralmente sus «planchas», que son disertaciones sobre los diversos temas que se estén tratando. Según algunos especialistas, podemos ver en ello otra influencia medieval, ya que se estaría aludiendo a las pizarras empleadas por los albañiles masones para escribir sus secretos o sus instrucciones corrientes.

Sin embargo, este concepto está relacionado también con el judaísmo a través de las planchas grabadas más famosas del Antiguo Testamento: las conocidas como Tablas de la Ley, que el mismo Jehová imprime para Moisés con las reglas de los Diez Mandamientos. Un masón es, según su terminología, un «hombre libre y de buenas costumbres», pero ¿qué entendemos como costumbres «buenas»? Para un árabe invitado en casa de otro, eructar sonoramente después de una comida es una norma obligada de buena educación, pero para un occidental semejante comportamiento equivale justo a lo contrario. Las *costumbres* a las que se refiere esta expresión son sin duda las establecidas por el dios mosaico, que según la tradición las grabó en dos piezas de zafiro. La palabra hebrea *Safir* o «Zafiro» posee la misma raíz que *Sefer* o «Libro» y se aproxima mucho a *Zafon* u «Oculto».

Así pues, cuando el masón graba una plancha está actuando en representación de la divinidad, inspirado por ella y casi de hecho poseído por la misma, ya que sólo puede expresarse de esta manera en el interior de la logia. Una plancha trazada hace referencia a los dibujos que decoran la asamblea masónica según el grado en el que se esté trabajando, que emplea simbolismos distintos. La plancha de los trabajos es el documento que recoge lo acontecido durante el desarrollo de una reunión masónica. Y una plancha de quite es aquella que certifica la baja de un masón en la logia.

Ropa masónica. La vestimenta utilizada en el ceremonial masónico es, por fuerza, diferente de la que sus miembros emplean cotidianamente, ya que el lugar en que se desarrollan los rituales no puede ser hollado por usos y costumbres comunes al resto de la Humanidad. De ahí los trajes característicos con sus sombreros de copa, además de las medallas y distintivos de su rango.

El día de su iniciación, al candidato se le entregan dos pares de guantes blancos. Uno es para él y el otro para «la mujer que más estima». Podría interpretarse que se trata de su esposa o su compañera física, pero desde el punto de vista cabalístico se trata del aspecto femenino de la divinidad. El color blanco, tal y como hemos visto antes, hace referencia a la pureza del trabajo que deberá afrontar a partir de ese momento, así como a la esencia misma de ese trabajo: nadie debe iniciarse por mera curiosidad o para pasar el rato con otros interesados en costumbres bizarras, sino para tener acceso a un conocimiento que le permita afrontar desafíos que el hombre común no está preparado siquiera para imaginar. Hay además en los guantes una nueva referencia a la leyenda de Hiram, ya que los guantes blancos y limpios certifican que su portador no ha participado en el asesinato del legendario arquitecto.

Uno de los símbolos masónicos más conocidos, por lo llamativo, es el mandil o delantal, pieza de cuero similar a las que utilizaban los masones medievales para su trabajo físico pero que en este caso representa el trabajo interno del iniciado consigo mismo. Y si el primero está al alcance de todos los hombres y es fuente de riqueza pero también de fatiga, dolor y preocupaciones, el segundo sólo es accesible para «aquel que sabe» y que, al portar su mandil, no sólo se beneficia de las virtudes y recompensas espirituales, sino que demuestra que está haciendo «lo que se debe hacer». Algunos autores opinan que el mandil es para el masón el equivalente del cuerpo físico y material para el hombre corriente. En todo caso, su particular constitución tiene también un significado específico: desplegado, ofrece la forma de un triángulo sobre un cuadrado, una imagen muy similar a la del obelisco y que según diversos expertos simboliza la unión de la piedra cúbica (el ser humano que trabaja en sí mismo) y la piedra triangular (la divinidad).

Los mandiles masónicos incluyen tres colores básicos: blanco, azul y rojo, que suelen figurar en las banderas y enseñas de los países fundados por la masonería o en los que ella ha adquirido una fuerza predominante, aunque su explicación oficial no incluya los argumentos masónicos. Es el caso de la bandera de Estados Unidos (que además incluye la estrella de cinco puntas para simbolizar cada uno de los estados que lo componen) o el de Francia (donde los tres colores se reparten a partes iguales, evocando el contradictorio lema masónico de «Igualdad, Libertad y Fraternidad»). El blanco es el color de los aprendices como representación de la inocencia y pureza con la que comienzan su ascenso por las jerarquías de la organización, aunque, con independencia de los grados, todos los delantales conservan algún fragmento de este color para recordar al masón que, por alto que llegue en la escala iniciática, siempre será un aprendiz.

Compañero

...si revelara algún secreto de mi grado de Compañero, siquiera a los Aprendices... que me abran el pecho y arranquen el corazón y mi cuerpo sea arrojado a los cuervos...

La ciudad que nació del hombre

El 28 de octubre de 1886 y en presencia del entonces presidente norteamericano Grover Cleveland se inauguró al sur del barrio neoyorquino de Manhattan, junto a la desembocadura del río Hudson y en la antigua isla de Bedloe, rebautizada en 1956 como «de la Libertad», una de las esculturas más populares y visitadas del planeta: *Libertad iluminando al mundo* o, para los amigos, simplemente *Miss Liberty*. La Estatua de la Libertad es hoy el monumento más conocido de Estados Unidos.

Hasta seiscientos invitados escogidos acompañaron a Cleveland en una ceremonia que fue seguida de lejos por miles de ciudadanos. Entre ellos figuraba el vicepresidente del Senado Frédéric Desmons en representación de Francia, así como el diplomático y empresario Ferdinand de Lesseps, impulsor de los canales de Suez y Panamá, junto con otros muchos francmasones. Si examinamos la lista de personas implicadas en la confección e instalación de esta obra colosal, presentada oficialmente como un regalo de Francia a Estados Unidos para conmemorar el primer centenario de su independencia (aunque por diversos problemas fue entregada con diez años de retraso), nos percataremos de que fue más bien un regalo de los masones franceses a los masones norteamericanos.

El político y jurista francés Édouard René Lefebvre de Laboulaye fue quien concretó el regalo de París a Washington para recordar así de forma especialmente notoria la alianza entre ambos lados del Atlántico desde la época de la Revolución. Para conseguir los fondos necesarios que permitieran culminar el monumento se emplearon todo tipo de medios durante varios años: desde el Ayuntamiento de París hasta el Consejo General pasando por la Cámara de Comercio y el Gran Oriente de Francia, todos recaudaron dinero a través de impuestos, exposiciones, loterías..., e influyeron constante y favorablemente en la opinión pública publicando sucesivos artículos de prensa.

Erigida a partir de la idea original del escultor galo Frédéric Auguste Bartholdi y con su estructura interna diseñada por el ingeniero Gustave Eiffel, el mismo de la famosa torre parisina, casi cuarenta años más tarde fue declarada monumento nacional del país y, en 1984, incluida por la Unesco en su catálogo de piezas Patrimonio de la Humanidad.

El aspecto general de *Miss Liberty* recuerda inevitablemente al de aquel otro gran monumento en el que sin duda se inspiró Bartholdi para su creación: el Coloso de Rodas, una de las Siete Maravillas del Mundo Antiguo, construido en un tamaño similar a la estatua neoyorquina por el griego Cares de Lindos en el siglo III a. J.C. para el puerto de la isla de Rodas y que representaba al dios solar Helios. De hecho, la poetisa judeonorteamericana Emma Lazarus escribió un soneto en su honor titulado *El nuevo coloso*, parte del cual fue añadido a la estatua en una placa grabada en 1903.

Al igual que la obra griega, la norteamericana está tocada con una corona de siete picos (si bien en los bocetos originales Bartholdi consideró emplear un gorro frigio, símbolo masónico de la libertad) que representan los rayos solares, aunque oficialmente se supone que simbolizan a los siete mares y también a los siete continentes (contando como tales al Polo Norte y al Polo Sur junto a los cinco que se citan habitualmente), y sostiene en alto una antorcha encendida en su mano derecha.

La diferencia principal con la pieza de Rodas es que no se trata de un dios masculino sino de uno femenino, Libertad, que está vestida con una especie de amplia toga y que en su mano izquierda posee una tabla en la que figura, grabada en números romanos, la fecha de la firma de la Declaración de Independencia de Estados Unidos. Esta tabla representa la Ley o, según algunos autores, dado el carácter masónico del conjunto, probablemente es una referencia a la Biblia. A los pies de la estatua hay unas cadenas rotas, que justifican el nombre de la escultura y que se supone que están ahí para recordar que el país nació tras liberarse del dominio británico, aunque también podrían sugerir otro tipo de libertades.

La ciclópea estructura se orienta hacia el este o, lo que es lo mismo, hacia Europa..., pero también hacia el lugar por donde sale el sol desde la otra orilla del Atlántico, hacia el oriente.

Construyendo un país

La palabra *masonería* despierta en Europa y especialmente en países como España todo tipo de sospechas e incertidumbres, pero en Estados Unidos es una institución tan corriente como la Coca-Cola o Mickey Mouse. De hecho, existe hasta un apellido anglosajón bastante obvio, popularizado por un famoso actor británico: James Mason, al que vimos en infinidad de películas como *Rommel, el zorro del desierto*, *20.000 leguas de viaje submarino* o *El veredicto*.

Dejando aparte el hecho de que la imagen norteamericana más reproducida del mundo sea una estatua de claro sabor masónico como la de la Libertad, cualquiera que se tome la molestia de recorrer con tranquilidad este inmenso país se percatará de que la mayor parte de sus ciudades, no importa que se trate de grandes urbes industriales o de pequeños villorrios pueblerinos, cuentan con uno o varios edificios singulares (a menudo en la zona centro y a menudo de aspecto neoclásico) en los que se reúnen las logias masónicas locales. A ellas pertenecen desde el comerciante de ultramarinos hasta el jefe de bomberos, pasando por el reverendo y el *sheriff* y, por supuesto, el alcalde.

La mayoría de estos edificios no muestran claramente en la fachada el nombre del grupo que los utiliza ni su actividad concreta pero sí motivos decorativos característicos como la escuadra y el compás o placas con nombres extravagantes. Si uno tiene la oportunidad de preguntar a algún vecino, éste le comentará que la organización que emplea el edificio se dedica normalmente a actividades fraternales y de beneficencia, pero que no se puede visitar sin un permiso expreso.

La evidente influencia masónica en la fundación de Estados Unidos y en la labor de sus principales dirigentes propició una buena acogida por parte de la población general que no pertenecía a la orden. Durante el siglo XIX, declararse masón no sólo daba prestigio y brillo social sino que suponía una forma de entrar en contacto con los elementos política y económicamente más poderosos, motivo por el cual muchos intentaron ingresar en la organización. Ante la avalancha de peticiones, tantas de ellas motivadas por el interés en progresar socialmente antes que en descorrer el velo de los antiguos misterios, las logias decidían quién entraba y quién no y lo hacían en función de sus propias necesidades.

Para satisfacer la demanda de los numerosos decepcionados por su rechazo, nacieron en aquella época algunas fraternidades paralelas que permitían agrupar y consolar a los que no habían logrado el acceso y que de paso podían servir como semillero de futuros miembros: la conocida como Paramasonería. Este tipo de grupos, del estilo de los clubes rotarios (aunque precisamente los rotarios suelen ser grupos compuestos por personajes muy bien situados, muchos de ellos ya masones, el ejemplo sirve para establecer una rápida ilustración), siguen siendo muy populares en Estados Unidos e incluso aparecen en las series de dibujos animados. ¡Hasta Pedro Picapiedra y su amigo Pablo Mármol pertenecen a uno de ellos y asisten a sus reuniones tocados con unos característicos gorros de piel!

Sin embargo, en 1826 la buena fama de la organización saltó por los aires a raíz de la publicación del libro *Ilustraciones sobre la masonería* redactado por un tal William Morgan, masón durante treinta años según su texto, pero que había decidido abandonar la orden por motivos personales que no quedaban muy claros. Morgan revelaba rituales y prácticas de la francmasonería violando de esta manera los temibles juramentos a los que había debido someterse en el momento de su iniciación... Y empezaron a sucederle cosas «raras».

Primero fue detenido por la policía, que le reclamó ilegalmente el pago de deudas que en aquel momento no habían vencido. Tras aclarar su situación, fue liberado, pero al llegar a su casa descubrió que había sido registrada de arriba abajo. Más tarde, un grupo de forasteros trató de incendiar la imprenta donde había sido confeccionado su libro y varias amenazas contra su persona aparecieron publicadas en la prensa. Finalmente, unos días más tarde fue secuestrado y nadie volvió a verle nunca más.

Algunos meses después apareció un cadáver flotando en el lago Ontario: fue reconocido como el de Morgan. Aunque un tribunal aseguró luego que en realidad el cuerpo no pertenecía al desaparecido sino a otro hombre de apellido Monroe ahogado semanas atrás, muchas personas interpretaron lo ocurrido como una brutal venganza masónica por la revelación de los secretos, de acuerdo con las advertencias contenidas en los rituales de iniciación («... bajo la pena de que me sea arrancada la lengua a través del mentón y de ser enterrado bajo las olas, allá donde ningún hombre lo sabrá...»), y al no hacerse público el estado en el que se encontraba cuando apareció. Los nervios se dispararon y grupos de descontrolados tomaron las logias al asalto acusándolas de conspirar contra las libertades tan duramente ganadas, entre las cuales una de las más preciosas en Estados Unidos es la de la libre expresión de todas las opiniones y creencias.

A día de hoy se ignora qué ocurrió exactamente con Morgan, aunque la leyenda quiere que, a pesar de su avanzada edad, el hombre se reconvirtiera profesionalmente en un pirata bajo el nombre de Guilien Ganmore y, tras ser atrapado por las autoridades españolas, fuera ahorcado en La Habana doce años después. Poco antes de su ejecución, habría confesado al sacerdote ser el autor del polémico libro..., pero todo esto está por demostrar.

Dos años después de la publicación de *Ilustraciones sobre la masonería* se organizó en Nueva York un congreso antimasónico que planteó la posibilidad de «purificar» de masones el mismísimo gobierno estadounidense. Entre los ponentes más llamativos figuraba el que había sido sexto presidente, John Quincy Adams, un político peculiar que defendió la abolición de la esclavitud y la equiparación de derechos de los negros, además de impulsar medidas en favor de los indios nativos norteamericanos, y que tras perder los comicios para su reelección como presidente ante Andrew Jackson continuó en política activa hasta el fin de sus días. Tras su paso por la Casa Blanca, Adams conocía los entresijos del poder y había adquirido una animadversión creciente hacia la masonería, que, según sus palabras, no constituía sino una «fuente de error y de culpa que ha de ser desecada para siempre». Por si quedaba alguna duda, en 1834 se presentaría al cargo de gobernador del Estado de Massachusetts por el Partido Antimasónico, aunque fue derrotado por John Davis.

Con este ambiente, todos aquellos que hasta entonces habían presumido de su pertenencia a una logia optaron por guardar absoluta discreción y esperar a que amainara el temporal. Durante varios decenios, la masonería siguió creciendo, aunque con mayor lentitud, y trabajando en silencio, pues sus dirigentes habían aprendido que resultaba más inteligente dedicarse a sus actividades sin publicitarse en exceso. Sólo promocionaron en público las iniciativas vinculadas a proyectos en beneficio de la comunidad, muchas de ellas relacionadas con la educación, a fin de recuperar su imagen e ir construyendo un «colchón» de simpatías y comprensión entre los profanos.

En la actualidad, la orden tampoco realiza propaganda formal ni recluta a sus miembros de manera masiva a través de llamamientos populares. Funciona el boca a boca y, por lo general, el nuevo miembro se apoya en los familiares o amigos que ya pertenecen a ella. Lo cual no impide que se esfuerce en extender su influencia en todas las profesiones posibles: militares, abogados, médicos, actores, comerciantes, funcionarios, profesores..., y hasta sacerdotes. Durante los últimos años del siglo XIX y primeros del XX, puso especial interés en captar a importantes prohombres no ya de la política y la economía sino también de las empresas editoriales y los medios de comunicación, a fin de evitar un nuevo «Caso Morgan». Si sus contactos en este campo no lograban evitar la publicación de críticas, justificadas o no, contra su organización, al menos estarían advertidos de cuándo y dónde aparecerían y podrían contrarrestarlas.

A partir del siglo XX, las puertas de las logias se abrieron también para personas vetadas hasta entonces, como las mujeres (para las cuales se crearon logias específicas, nunca mixtas), los ateos, los homosexuales, los minusválidos y los negros. Aunque en este último caso es cierto que ya funcionaban desde hacía tiempo algunas logias sólo para hombres de esta raza, si bien al margen de la legalidad masónica, como en el caso de Prince Hall.

La masonería disfrutó de una nueva ola de simpatía popular que la rehabilitó casi completamente ante la opinión pública con el comienzo de la segunda guerra mundial. Cuando Adolf Hitler llegó al poder en Alemania, prohibió inmediatamente la actividad de todo tipo de sociedades secretas (menos las que le habían ayudado a él a llegar al poder, que fueron reabsorbidas en los complejos organigramas del Tercer Reich y siempre permanecieron ocultas al conocimiento público: sólo en los últimos años ha trascendido alguna información acerca de ellas) y en especial de la masonería, vinculada en la propaganda nazi con el sionismo desde el primer momento. Muchos de sus miembros, alemanes o de cualquier otra nacionalidad bajo control alemán (como los republicanos españoles huidos tras la victoria de Franco en la guerra civil de 1936-1939), terminaron en un campo de concentración. Todo aquel que fuera enemigo de Hitler se convirtió automáticamente en amigo de los Aliados. Y en especial en el Reino Unido, donde el poder de la masonería llevaba instalado varios siglos más que en América. Muchos ciudadanos profanos, que habían desconfiado tradicionalmente de los masones, abrieron su corazón a la orden, ya que todos los brazos eran pocos para enfrentarse al poder nazi. Si los «hijos de la viuda» deseaban reunirse a solas para contarse sus secretos, que lo hicieran, mientras siguieran trabajando como un apoyo firme para ganar la guerra.

Diversos estudios calculan que actualmente uno de cada diez norteamericanos es masón y que cerca del 75 por ciento de los masones que existen en el mundo son de esta nacionalidad. Con estos mimbres, se puede decir realmente que la masonería es una de las columnas que vertebran y construyen la actualmente considerada como primera potencia mundial. Por ello, en nuestro siglo XXI ha ido creciendo una nueva ola de sospechas sobre su actividad, impulsadas en gran parte por autores e investigadores del propio Estados Unidos, cuya opinión es que los masones han acumulado ya demasiado poder teniendo en cuenta que su organización está al margen del control público.

La Nueva Roma

Ya durante la guerra de la Independencia, los principales dirigentes de la revolución americana se plantearon la cuestión de construir una capital acorde con el gran futuro que esperaban edificar para la nueva nación. Una vez libres del dominio británico, en 1776, varias ciudades ostentaron provisionalmente la capitalidad mientras George Washington y sus principales colaboradores, todos ellos masones, estudiaban las posibilidades.

Por supuesto, eran conscientes de que todas las grandes ciudades de Europa, y en especial sus capitales, se habían construido en torno a dos elementos clave: un río (no sólo por cuestiones de abastecimiento) y un lugar sagrado, por lo general asociado al mismo. Si escarbamos en los orígenes de estas urbes veremos que los más antiguos templos cristianos se superponen sobre los de los cultos allí instalados previamente durante el Imperio romano, y éstos a su vez aprovecharon los emplazamientos más primitivos de adoración a los dioses, escogidos de acuerdo con determinadas características, como su poder telúrico.

Un ejemplo muy claro es el de la basílica de San Clemente, en Roma, donde podemos admirar tres monumentos en uno. En el nivel de superficie, una iglesia del siglo XII con elementos interesantes como bellos frescos y mosaicos que incluyen una representación de la Cruz como el Árbol de la Vida. Si descendemos al nivel inferior encontraremos otra iglesia diferente, del siglo IV, que nos depara una gran sorpresa: una estela giratoria de piedra con una alabanza a Jesús en uno de sus lados y otra a Mitra en el lado opuesto. En un primer momento se podría pensar que los cristianos la empleaban para disimular su culto y evitar persecuciones, pero sucedía exactamente al revés: esta iglesia fue utilizada por seguidores mitraicos que, cuando el cristianismo se convirtió en religión de Estado, sufrieron todo tipo de ataques para erradicar su culto. Así que, según quién estaba presente en la iglesia, se ofrecía a la vista una de las caras de la estela. ¿Y por qué se empleaba una iglesia cristiana para rendir culto a Mitra? La respuesta la encontraremos un nivel más abajo, el tercero, donde las excavaciones arqueológicas dejaron al descubierto los restos de un templo anterior dedicado a este dios y construido en torno a una fuente subterránea que a día de hoy todavía mana, fresca y sugerente.

En el Nuevo Mundo no existían lugares de poder ni antiguos templos construidos sobre ellos. O tal vez sí, quizá en los salvajes territorios hacia el oeste, todavía por explorar..., pero los líderes de la nueva nación no podían esperar a que fuesen descubiertos y conquistados. En consecuencia, decidieron construir una capital nueva de acuerdo con sus conocimientos masónicos. Después de todo, el masón es el albañil, el constructor, por lo que ¿qué mayor gloria para él que la edificación de la principal ciudad que estaba destinada a convertirse en el nuevo imperio del mundo, al igual que lo había sido el romano en la Antigüedad? De hecho, entre los nombres barajados para la ciudad, los de Roma o Nueva Roma obtuvieron bastante apoyo. E incluso se pensó rebautizar el Potomac, nombre dado por los indios algonquinos y que ha sido traducido como «río de gansos», o «río» sin más, como Nuevo Tíber. Ya la ciudad más importante fundada en la costa este por los colonos holandeses había sido denominada Nueva Amsterdam en honor a aquella de la que provenían, y los británicos la habían rebautizado, al adquirirla, como Nueva York en recuerdo de la ciudad inglesa.

Es una vieja costumbre que se ha repetido a lo largo de los siglos la de denominar nuevas ciudades, países o territorios diversos con el nombre de otros más antiguos. El propio nombre de Roma no es original de la capital italiana sino que fue copiado de una de las ciudades ubicadas en el norte de la península Ibérica donde, tal y como apuntan los textos de diversos autores de la antigüedad mediterránea, se desarrolló una gran civilización que sería arrasada a sangre y fuego por las legiones romanas y suplantada por urbes erigidas a exclusiva gloria de su imperio. En esa civilización cantábrica ya se contenían los nombres empleados por culturas posteriores, en el Mediterráneo primero y luego en el resto del mundo. El filólogo y prehistoriador Jorge M.ª Ribero Meneses lo explica con detalle en sus libros, como *América, confundida con la Atlántida por Colón.*

Al final, el nombre de Nueva Roma se desestimó por varios motivos, entre los cuales no fue el menos importante el hecho de que aquélla iba a ser la capital erigida por la masonería y en consecuencia no podía tener el mismo nombre que el de la ciudad cuyos misterios descubre Robert Langdon en *Ángeles y demonios* y donde reinaba uno de los tradicionales enemigos de la organización: el papado. La Ciudad del Vaticano, como Estado, no nació hasta 1929, gracias a los Pactos de Letrán. Hasta entonces, Roma entera era la capital de los Estados Papales (entre paréntesis, el Vaticano se llama así por el monte del mismo nombre sobre el cual está enclavado y que viene del latín *Vaticinium* o «Predicción»: el trono del papa se levanta hoy sobre lo que hace más de dos mil años fue un oráculo etrusco).

En su lugar se escogió el nombre provisional de Ciudad Federal del Distrito de Columbia. Esta denominación fue elegida en referencia a Christopher Columbus, es decir, el nombre en inglés de Cristóbal Colón, empleado a veces de forma poética como sinónimo de Estados Unidos. El hecho de que se organizara bajo la forma de un distrito federal subrayaba la diferencia entre la capital (que era ensalzada convirtiéndola en una especie de ciudad-Estado como la vieja Atenas) y los distintos estados de la unión. Tanto la ciudad como el distrito se ubican a orillas del río Potomac, rodeados por Virginia al oeste y Maryland al norte, el este y el sur.

La nueva urbe sería levantada de la nada: una ciudad planificada o de nueva planta. Esto es, construida en un terreno previamente no urbanizado, muy escasamente poblado, con un propósito determinado y de acuerdo con unos planes urbanísticos globales. Washington no es la única capital del mundo edificada así. Tenemos otros ejemplos como Brasilia (la capital de Brasil), Islamabad (la de Pakistán) o Nueva Delhi (y de ahí lo de «nueva», en la India). Sin embargo, a diferencia de estas otras, la capital norteamericana sería desde el principio diseñada de acuerdo con una planta masónica que se vería reflejada en determinados puntos urbanos muy concretos.

Para garantizar la aplicación de estos planes, se requirió el concurso del arquitecto parisino y francmasón Pierre Charles L'Enfant (de apellido ciertamente prometedor, como el primer verso del himno masónico posteriormente adoptado como el oficial de Francia, *La Marsellesa*, que arranca con un enérgico *«Allons enfants de la Patrie...»*), que sería el encargado del diseño general y de la dirección de su ejecución. Este hombre había llegado a las colonias norteamericanas como ingeniero militar con el general francmasón francés Lafayette y luchó bajo las órdenes del general Washington durante buena parte de la guerra de la Independencia. Su experiencia como arquitecto incluía el Federal Hall de Nueva York, primer capitolio de Estados Unidos, ubicado en pleno Wall Street y donde George Washington fue investido como presidente en 1789; un edificio destruido en el siglo XIX y reemplazado por el que hoy todavía ocupa su lugar. Sintiéndose muy identificado con su proyecto de nación, acabó por nacionalizarse estadounidense e incluso cambiando su nombre de pila por el de Peter.

A requerimiento de su antiguo comandante en jefe, el franconorteamericano comenzó a dibujar los planos de la futura capital en el año 1791, aunque el trabajo resultó tan ambicioso que no pudo ser terminado antes de su fallecimiento. Además, L'Enfant tuvo problemas con los comisionados del Distrito de Columbia y, tras caer en desgracia, acabó muriendo en la pobreza, hasta el punto de ser enterrado en la granja de un amigo en el vecino condado de Maryland. Años después de su muerte su memoria fue recuperada y glorificada y sus restos exhumados para ser enterrados con todos los honores en el cementerio de Arlington.

Así que la nueva capital tenía río, tenía planta y tenía arquitecto..., pero le seguía faltando el lugar sagrado. La cuestión pesaba mucho desde el punto de vista simbólico y no se podía dejar sin resolver. Al final, sus fundadores decidieron crear sus propios lugares sagrados empleando para ello al hombre que les había unido en la lucha contra los británicos: el propio George Washington, su indomable general y primer presidente, que sería semidivinizado para cumplir el papel de creador de asentamientos que en Europa habían asumido personajes legendarios como Herakles/Hércules.

El hombre que se convirtió en ciudad

Hay gentes famosas, algunas de ellas con razón, que toman su nombre prestado de las ciudades que les vieron nacer a ellos o a sus familiares o en las que viven o a las que simplemente aman. Tal es el caso del filósofo e historiador judeobritánico Isaiah *Berlin*, el escritor y periodista español Juan *Madrid* o la diletante y millonaria norteamericana *Paris* Hilton. Sin embargo, y siempre que obviemos la mitología (al fin y al cabo, la ciudad de París puede deber su nombre al famoso príncipe troyano en lugar de a Isis), sólo ha existido un gran personaje histórico capaz de dar su nombre a una ciudad y además a una de las más importantes del mundo: George Washington.

Washington es, además, uno de los masones más conocidos de todos los tiempos y, por ello, uno de los responsables del gran prestigio que esta organización cobró desde el primer momento en la nación de la cual fue uno de sus Padres Fundadores. Son numerosas las anécdotas en torno a su figura que destacan sus valores humanos y los relacionan con su pertenencia a la orden.

Así, durante la guerra de la Independencia de Estados

Unidos, el 46 Regimiento del ejército británico mantuvo un enfrentamiento con las tropas rebeldes conducidas en aquel momento por el propio Washington. La suerte de las armas favoreció a los continentales y el mando inglés se vio forzado a retirarse, al comprobar que su posición era indefendible. Durante aquel choque, los norteamericanos se apoderaron de un cuantioso botín, incluyendo una valiosa cantidad de armamento y municiones, pero también de un conjunto de extraños objetos que muchos de los rebeldes no terminaban de reconocer. Eran los muebles, insignias y demás objetos masónicos utilizados por la logia militar del regimiento inglés. Todo ello fue trasladado ante la presencia del general Washington para que decidiera qué se hacía con ello: si se destruía o se repartía entre los rebeldes.

Cuando el comandante en jefe de los continentales reconoció aquellos elementos, ordenó su devolución inmediata. Una guardia de honor con bandera blanca de parlamento se encargó de trasladarlo todo hasta el campo donde los soldados ingleses reagrupaban sus fuerzas y, una vez allí, reintegrarlo formalmente a los militares masónicos responsables. Después, la batalla continuaría.

Sólo los profanos se extrañaron en aquel momento ante la reacción de su jefe, pero tras el final de la guerra lo entenderían cuando se hiciera pública y notoria su pertenencia a la masonería, ese «abrigo lleno de fe, la más dulce esperanza de que la república será por largos siglos un santuario para los hermanos y una logia para todas las virtudes civiles», según sus propias palabras.

El hombre

Conocemos el siglo XVIII como el de las Luces y también el de la Ilustración, por los avances intelectuales, racionalistas, empíricos y liberales que afectaron a la política, la ciencia y el arte, en especial en Francia y el Reino Unido; pero aquélla fue también una época convulsa con importantes conflictos bélicos. Uno de ellos es la guerra de los Siete Años, término empleado para agrupar una serie de enfrentamientos internacionales que se desarrollaron entre 1756 y 1763 en diversos escenarios del mundo entre dos coaliciones. Por un lado, la compuesta por Prusia y Hannover junto con el Reino Unido, sus colonias americanas y su aliada Portugal y, por otro lado, la encabezada por Austria, Sajonia, Suecia, Rusia, Francia y España (nuestro país se sumó al conflicto en sus últimos dos años).

La parte que nos interesa de este gran choque, que en realidad podría haber sido bautizado como la verdadera primera guerra mundial dado la extensión de los territorios implicados y la magnitud de lo que estaba en juego, es la conocida como guerra franco-india, la que se desarrolló en América del Norte (las primeras escaramuzas sucedieron un par de años antes del inicio oficial de la guerra) y que supuso el cuarto conflicto colonial entre británicos y franceses, enfrascados ambos en la expansión de sus respectivos imperios. En este caso, los galos contaban además con el apoyo de varias tribus de indios nativos.

Francia llevó la iniciativa durante la mayor parte del enfrentamiento, pero el Reino Unido logró cambiar las tornas en los últimos años ganando batallas clave que le permitieron sentarse como vencedora a la hora de firmar la paz en el Tratado de París de 1763. Con este documento, Londres se apoderó de Canadá y de los territorios al este del Misisipi y al oeste de los Apalaches, además de otras plazas francesas en América y África. España también se vio obligada a entregar a los británicos la Florida y la isla de Menorca (que no volvería a ser española hasta casi cuarenta años después), aunque a cambio recibió de Francia el territorio de La Luisiana con su capital Nueva Orleans incluida y recuperó el pleno control sobre Cuba y Filipinas, donde se habían instalado tropas británicas.

Este tratado subrayó la decadencia francesa como potencia colonial en América pero, sobre todo, la consolidación del Imperio británico como el más importante y extenso del mundo tanto en tierra como en mar. Para unos y para otros, el coste económico fue elevado. Vencedores y vencidos aplicaron fuertes subidas de impuestos a sus ciudadanos a fin de rellenar las depauperadas arcas de los respectivos Estados. En el caso de los británicos, la mayor parte de las subidas fueron aplicadas a los colonos, lo que generó el caldo de cultivo que acabaría estallando con el incidente de la fiesta del té en Boston. Y no sólo eso: muchos de los colonos americanos habían sido reclutados a la fuerza para participar en la guerra contra los franceses y, al término de ésta, regresaron a su casa como veteranos experimentados a los que, pocos años más tarde, no les temblaría el pulso a la hora de volver a coger el fusil para enfrentarse a sus antiguos camaradas de armas.

Entre ellos figuraba un joven oficial británico llamado George Washington, que participó en uno de los incidentes que desató formalmente la guerra franco-india. Había sido enviado por el gobernador de Virginia a la región de Ohio para defender los intereses de la expansión británica frente a la francesa. Viajando con un grupo de colonos para construir una carretera que facilitara el transporte de tropas habida cuenta de las crecientes tensiones en la zona entre Londres y París, se encontró por el camino con Tagacharison, uno de los líderes indios aliados de los británicos. El nativo le advirtió de que los franceses habían levantado un nuevo fuerte cerca de allí, desde el cual se había puesto en marcha una columna armada que pronto se les echaría encima.

En realidad, la misión de aquella columna era puramente diplomática: su objetivo era proteger al señor de Jumonville, que viajaba como parlamentario para exigir a las autoridades inglesas que abandonaran los territorios franceses de la zona y evitar así un futuro choque bélico. Washington, que ignoraba el cometido de la misión, creyó que la columna pretendía atacarles y decidió adelantarse y tomarles por sorpresa, lo que convirtió la operación en un completo éxito. Capturado el parlamentario francés, éste protestó enérgicamente por el ataque e intentó explicar al oficial británico la naturaleza de su misión, pero Tagacharison, que debía de tener alguna cuenta pendiente personal, le asestó un golpe en la cabeza con su *tomahawk* mientras hablaba con Washington y le mató. La guerra estaba servida.

Antes de entrar en combate en sucesivas acciones, el entonces militar británico encontraría algún momento para recordar su infancia en la plantación de Popes Creek, en el río Potomac, en el mismo Estado de Virginia al cual su abuelo John Washington había llegado como inmigrante a mediados del siglo XVII, así como en Fredericksburg, donde pasó muchos años bajo la tutela de su medio hermano Lawrence, ya que su padre murió siendo él un niño. Fue Lawrence quien heredó la granja de Little Hunting Creek, que fue posteriormente renombrada como Mount Vernon y que tras el fallecimiento de su pariente fue adquirida por Washington para constituir en ella su refugio personal.

La muerte de su padre le privó de la educación que habían recibido sus hermanos y le forzó a integrarse con rapidez en el mercado laboral como agrimensor. Pronto demostró su valía y empezó a ganar dinero, que reinvirtió comprando tierra. La posterior muerte de Lawrence condujo a su nombramiento como mayor en la milicia de Virginia.

El 4 de noviembre de 1752, con apenas veinte años de edad, fue conducido a la cámara de la reflexión de la logia masónica de Fredericksburg, para meditar sobre la decisión que había tomado de unirse a esta sociedad secreta de la que tanto y tan bien le habían hablado algunos de sus conocidos. Todavía hoy se conserva, y se muestra, en el museo de la logia aún activa, el libro de actas que registra la siguiente escueta anotación: «Esta noche el señor George Washington ha sido iniciado como Aprendiz.»

El militar

Su carrera en el triple grado formal de la masonería fue meteórica, ya que el 3 de marzo de 1753 ascendió a Compañero y el 4 de agosto, cuando aún no había transcurrido un año de su iniciación, a Maestro. A partir de ese momento dejó de participar de forma activa en su logia y sólo asistió a unas pocas reuniones más, para volcarse en los graves acontecimientos políticos que se sucedieron en los años siguientes, si bien se mantuvo en contacto constante, por carta o incluso personalmente, con varios miembros de la orden. Sólo una vez alcanzada la presidencia de Estados Unidos recuperó su plena actividad masónica.

Para los interesados en el detalle, Michael R. Poll editó, bajo el título de *Of George Washington. A collection of masonic papers* (*Acerca de George Washington. Una colección de documentos masónicos*), una antología de textos masónicos entre los cuales se incluye uno firmado por Carl Claudy y titulado *Facts about George Washington, Master Mason* (*Hechos sobre George Washington, Maestro Masón*) que recoge su historia masónica completa desde su iniciación hasta su muerte, además de las reglas que regían su logia de Fredericksburg. Por este texto sabemos por ejemplo que las reuniones eran el primer viernes de cada mes, a las seis de la tarde entre marzo y septiembre y una hora antes durante el resto del año, o que cada miembro debía pagar tres chelines cada tres meses como cuota regular sin tener en cuenta gastos extraordinarios en épocas como la navideña.

Una de las anécdotas más repetidas de su leyenda y que suele relacionarse con el masón que llevaba dentro, aunque él mismo todavía no lo supiera, nos retrotrae a su juventud, cuando taló sin permiso un cerezo que pertenecía a su padre. Éste, irritado, preguntó quién era el responsable de lo ocurrido y él contestó de inmediato con una frase hoy famosa: «No puedo mentir: fui yo, padre.» Se dice que su progenitor quedó tan impresionado con su honradez que no le castigó. La expresión pasó al acervo popular como muestra de su nobleza natural y, por extensión, la de todos los Padres Fundadores de la Nación.

Para el ciudadano medio de ese país, la mentira sigue siendo el peor defecto de un político, incluso más que la corrupción o el nepotismo. Por ello suele compararse este suceso con otra frase también muy popular: la que empleó el también presidente norteamericano y también masón George Bush padre cuando, durante la Convención Nacional Republicana que le proclamó candidato a la presidencia en las elecciones de 1988 y refiriéndose a la presión fiscal que soportaban entonces los estadounidenses, lanzó una arriesgada promesa electoral: «Lean mis labios: no más impuestos.» El impacto mediático que tuvo este mensaje fue considerable y sin duda le permitió recabar parte de los sufragios necesarios para obtener el ansiado triunfo electoral. Sin embargo, una vez en la presidencia, Bush se vio obligado a elevar los impuestos para reducir el enorme déficit público heredado de la Administración Reagan. En la siguiente campaña electoral de 1992, muchos de los que le habían votado le pasaron factura y se inclinaron por el candidato rival, Bill Clinton (por cierto, otro masón), quien acabaría ganando los comicios y sustituyéndole en la Casa Blanca.

Volviendo a Washington, en 1774 fue elegido delegado de Virginia para el Primer Congreso Continental y al año siguiente se presentó en el Segundo Congreso vistiendo su uniforme militar y dejando claro que estaba preparado para la guerra contra Inglaterra. Su serena decisión, sumada a su experiencia militar y personalidad sobria y, por qué no, su impresionante porte físico (medía casi un metro noventa de altura, muy por encima de la media de sus contemporáneos) convencieron a los indecisos y el 14 de junio de 1775, el Congreso creó oficialmente el Ejército Continental para, al día siguiente, nombrarle comandante en jefe.

La guerra no comenzó bien para los rebeldes. La diferencia entre el poderoso y entrenado ejército británico, conocido popularmente como «los casacas rojas» por el nada discreto color de sus uniformes, y el «grupo de amigos» que integraba buena parte de las milicias independentistas condujo inicialmente a una serie de derrotas consecutivas que hizo temer lo peor respecto al futuro de la revolución americana.

Sin embargo, los continentales aguantaron gracias al liderazgo de su jefe y al apoyo general de la población, que facilitaba la guerra «al estilo indio» con constantes escaramuzas y evitando los choques directos y ordenados como hacían los ejércitos europeos de la época. Además, los colonos se movían en un terreno que conocían y aprovechaban mucho mejor que las unidades realistas. Éstas se vieron mal pertrechadas y desmoralizadas por la hostilidad de la población civil y por encontrarse a miles de kilómetros de sus casas al otro lado del Atlántico. Por si fuera poco, sus mandos militares en general afrontaron el reto con despreocupación porque no consideraban aquello una guerra propiamente dicha sino una rebelión protagonizada por «turbas de ladrones y mendigos».

Esta actitud emanaba de las clases dominantes y de la misma Corona, que no podía concebir que alguien deseara separarse de la grandeza del imperio y confiaba ciegamente en su poder político y militar como superpotencia europea en aquel momento. El 4 de julio de 1776, se firmó la Declaración de Independencia de Estados Unidos, redactada por Thomas Jefferson y que contenía la justificación política de la rebelión, ya que las Trece Colonias «son y por derecho deben ser Estados libres y soberanos». Este documento contiene algunos de los argumentos políticos más brillantes en la historia de la democracia («Todos los hombres nacen iguales y poseen ciertos derechos inalienables, entre ellos la vida, la libertad y la búsqueda de la felicidad», «Los gobiernos sólo pueden gobernar con el consentimiento de los gobernados», «Cualquier gobierno puede y debe ser disuelto cuando deja de proteger los derechos del pueblo»), cuyo espíritu impregnó la posterior Constitución de Estados Unidos y que terminaron por convertirla no sólo en la más antigua hoy en vigor, sino en el modelo de muchas otras a lo largo y ancho del planeta. Se cuenta que ese mismo 4 de julio, el rey de Inglaterra Jorge III, que llevaba un diario acerca de su propio reinado, se limitó a anotar la frase «Hoy no ha ocurrido nada importante». A pesar de esta ironía del destino, en su descargo recordaremos que aún no existían el teléfono, la televisión ni tampoco Internet, por lo que resultaba poco menos que imposible que se hubiera enterado de lo que estaba ocurriendo tan lejos de su palacio.

La Declaración de Independencia, por cierto, se basó en la Declaración de Derechos del Estado de Virginia, considerada el primer documento moderno de derechos humanos, que detallaba los derechos específicos de los ciudadanos. Su autor fue el mismo que impulsó las primeras diez enmiendas de la nueva Constitución: un estadista llamado George... Mason.

De vuelta en los campos de batalla, la noche de Navidad de 1776, Washington lideró un contraataque maestro cruzando por sorpresa el río Delaware y capturando a las tropas mercenarias del Estado federado alemán de Hesse estacionadas en la zona, que combatían junto a las británicas. Este triunfo y el de otro asalto inesperado en Princeton levantaron la moral de los continentales, que empezaron a creer que podrían lograr sus objetivos.

Los británicos retomaron la iniciativa enseguida, pero su estrategia general se derrumbó cuando los «casacas rojas» del general John Burgoyne se rindieron en la batalla de Saratoga, al norte del Estado de Nueva York. Fue la victoria más sonada de los continentales y sirvió como estupenda propaganda de guerra para llamar la atención, al otro lado del Atlántico, de Francia y España. Ambos países europeos habían perdido territorios ante Inglaterra con la firma del Tratado de París y vieron aquí la oportunidad de vengarse.

Los franceses enviaron tropas de tierra y su poderosa marina de guerra mientras los españoles suministraban armas, municiones y dinero, aunque terminaron declarando también la guerra a Inglaterra (más que en apoyar la revolución americana, pensaban sobre todo en sus propios intereses: en el caso español, la recuperación de Gibraltar, Menorca y diversas posesiones americanas). Más tarde, Holanda se unió a la coalición francoespañola buscando satisfacer sus propias ambiciones coloniales y mercantiles. Aunque a día de hoy a muchos norteamericanos les cuesta reconocerlo, es muy probable que la independencia jamás se hubiera consumado sin esta importante ayuda internacional.

En 1781, la batalla de Yorktown, en la que el propio Washington dirigió un ejército franconorteamericano de 16.000 hombres, aplastó la última resistencia de 8.000 británicos. Poco después, en plena crisis política del gobierno de Londres y con un monarca cuyo estado mental se deterioraba de manera progresiva por culpa de la porfiria, las autoridades británicas, incapaces de responder a todos los frentes abiertos, proponían la paz a los rebeldes. El Tratado de Versalles firmado dos años más tarde reconoció definitivamente la independencia de sus antiguas colonias y Washington y los demás líderes de la revolución americana fueron aclamados como héroes.

El masón

Durante el otoño de 1770, George Washington viajó al valle de Ohio, donde recibió a un jefe indio que había solicitado de manera insistente entrevistarse con él. El por entonces oficial británico no le conocía y se prestó a hablar con su interlocutor por mera curiosidad. El indio se presentó con sumo respeto y le reveló que quería verle en persona para cerciorarse de que era el mismo George Washington que había luchado en aquella misma zona quince años antes, en el curso de la guerra franco-india bajo el mando del general Edward Braddock. Después de recibir su confirmación, observó al futuro presidente de Estados Unidos con sorpresa y veneración y le contó una extraña historia.

El indio pertenecía a una de las tribus que, aliadas con los franceses, habían luchado contra los británicos durante esa guerra. En una de aquellas escaramuzas, la unidad dirigida por Braddock y en la que también figuraba Washington cayó en una emboscada preparada por los franceses y en la que éstos habían sido apoyados por un grupo de indios entre los cuales se encontraba este jefe. Los ingleses eran mucho más numerosos, pero la combinación de sorpresa y aprovechamiento del terreno por parte de franceses e indios (lección que Washington aprendería para aplicarla años más tarde durante la guerra de Independencia) les costó muy cara, ya que sufrieron numerosas bajas. Entre ellas, la de su comandante, que resultó herido de gravedad y moriría pocos días después.

Los tiradores franceses solían apuntar especialmente a los jefes británicos pues eran conscientes de que mucha de la eficacia de los «casacas rojas» se basaba en la férrea disciplina impuesta por la mezcla de temor y admiración que sus soldados sentían por ellos. Privados de sus oficiales en plena batalla, los ingleses solían caer en el caos organizativo y era más fácil derrotarlos. Por ese motivo, Washington también fue objetivo principal a batir.

Y, en efecto, sólo cuando los ingleses se pusieron a salvo tras una precipitada retirada con el malherido Braddock, Washington se percató de que había perdido dos caballos en combate y de que su uniforme mostraba cuatro agujeros de bala..., pero él no había sido herido a pesar de haber recibido una auténtica lluvia de proyectiles enemigos. Aquel jefe indio terminó la conversación expresando sus conclusiones de que Washington estaba protegido por alguna divinidad y que su destino debía de ser realmente importante como para haber sobrevivido a semejante ataque, lo que le dejó muy pensativo y, sin duda, recordando cuanto había aprendido tras su iniciación masónica.

No fue éste el único hecho extraño en su experiencia militar. En 1859, un anciano llamado Anthony Sherman, que había servido bajo su mando, reveló otro pintoresco suceso que, según sus recuerdos, se desarrolló durante la campaña militar de Valley Forge en 1777, en uno de los períodos difíciles para las tropas rebeldes por el empuje de los realistas.

Según Sherman, Washington había decidido retirarse a descansar a su tienda, pero pocos minutos después salió de ella con el rostro pálido y ligeros temblores y contó un relato asombroso. Apenas acababa de sentarse cuando se le había manifestado un ser de aspecto femenino vestido con «un traje de luz» que había extendido ante él una especie de pantalla en la que deseaba mostrarle lo que ocurriría con la nueva nación norteamericana durante los siglos sucesivos. Ella le habló de tres grandes pruebas o peligros para Estados Unidos.

El primero era la propia guerra que se estaba librando

en aquel momento contra Inglaterra y que en la pantalla fue representada como «una nube oscura» entre Europa y América, aunque según la maravillosa mujer etérea la victoria acabaría cayendo del lado americano. El segundo peligro se mostró como otra nube oscura que, saliendo de África en dirección hacia América, amenazaba la estabilidad y la unidad del país, aunque él ya no tendría que afrontar semejante prueba, que quedaría como reto para sus sucesores. En ese momento Washington fue incapaz de interpretar esta advertencia (tampoco lo hizo Sherman cuando la reveló públicamente), pero los exégetas de estas predicciones interpretan que se refería al problema de la esclavitud africana que acabó desencadenando la guerra de Secesión de 1861 a 1865 entre el Norte y el Sur. El tercer peligro mostraba no una sino tres nubes negras que, procedentes de Europa, África y Asia, se unían para atacar a Estados Unidos. Y detrás de esas nubes, aparecieron multitud de hombres armados «bajo una luz roja oscura». Cuando todo parecía perdido para los norteamericanos, una luz intensa, «como de mil soles», brillaba sobre la escena y daba paso a numerosos «espíritus blancos» que acababan salvándoles una vez más. Se ha traducido esta tercera parte de la visión como un resumen de la segunda guerra mundial, en la que Estados Unidos luchó contra Alemania e Italia en Europa y África y contra Japón en Asia, incluyendo el detalle de la bomba atómica (los «mil soles») y el peligro manifestado poco después durante la guerra fría de los ejércitos comunistas (iluminados por el color «rojo oscuro»). Tras contemplar aquellos acontecimientos, la presencia femenina, la pantalla y las visiones desaparecieron y, según Sherman, Washington concluyó:

«Me levanté de mi asiento con la sensación de que por algún motivo se me había mostrado el nacimiento, crecimiento y destino de esta nación.»

Lo cierto es que, tras aquella experiencia, el general obtuvo una serie de éxitos consecutivos que acabaron propiciando el éxito de la revolución y, tras el final de la guerra, su encumbramiento político en las primeras elecciones presidenciales de 1789 al ser elegido de forma unánime (es el único presidente estadounidense que ha logrado un apoyo unánime en toda la historia del país, tanto en esta ocasión como en su reelección en 1792) por el Colegio Electoral. Según el mentado Michael R. Poll, su popularidad «pudo haberle conducido a coronarse como el primer rey de América, o como el primer Gran Maestro de todas las logias masónicas de Estados Unidos..., pero prefirió convertirse en el primer presidente masónico de los Estados Unidos de América. Un Maestro Masón que sirvió a su país y a la Fraternidad».

Algo se puede afirmar sin lugar a dudas, y es que Washington, a pesar de sus cargos, fue posiblemente el político más honrado del que jamás han disfrutado los norteamericanos. El primer Parlamento nacional reunido en el Congreso votó una propuesta para abonarle un sueldo de 25.000 dólares que, para 1789, era una suma considerable, y él lo rechazó porque poseía una posición económica personal desahogada y se consideraba a sí mismo un servidor público. Además, tras su segundo y exitoso mandato (igual que el primero) rechazó una tercera elección que hubiera ganado sin oposición porque estaba convencido de que un político que verdaderamente quisiera trabajar por el bien de sus conciudadanos no podía permitirse disfrutar tanto tiempo de los honores de semejante cargo sin caer en la tentación de perpetuarse como un dictador.

De esta forma instituyó el precedente de un máximo de dos mandatos para un presidente de Estados Unidos, norma que fue incluida mucho tiempo después de manera oficial en la Constitución a través de la Enmienda 22, después de que otro presidente masón (seguramente el más influyente en la historia norteamericana tras Washington), Franklin Delano Roosevelt, sí cayera en esa tentación y encadenara cuatro mandatos consecutivos, el último de los cuales no pudo finalizar porque un cáncer cerebral terminó antes con su vida.

El 4 de marzo de 1797, John Adams asumió la responsabilidad de la presidencia convirtiéndose de este modo en el segundo presidente de Estados Unidos, mientras Washington se retiraba a su residencia particular de Mount Vernon. Pocos meses antes, el veterano líder había advertido a su país, en un discurso que sonó a despedida, de las amenazas a las que debería enfrentarse antes de cristalizar por completo como la gran nación que él deseaba que llegara a ser. Washington no llegaría a ver amanecer el siglo XIX: falleció el 14 de diciembre de 1799. Abigail Adams, la esposa de su sucesor, le describió con un maravilloso epitafio: «Educado pero con dignidad, afable sin familiaridad, distante sin arrogancia, sereno sin austeridad, modesto, sabio y bueno.» La noticia de la muerte del más grande hombre que había pisado América trastornó a sus contemporáneos, que guardaron varios meses de luto en su memoria.

En los años veinte del siglo XX, más de dos millones

de masones aportarían donaciones para financiar la construcción en la cercana Alexandria, Virginia, del George Washington Masonic Memorial (Monumento Masónico a George Washington): un edificio que recuerda las imágenes del viejo faro de la Alejandría egipcia en el que sus constructores dicen que está inspirado, al que se accede a través de un pronaos dotado de *seis* columnas y que en su jardín delantero luce una gigantesca composición de la escuadra y el compás con una enorme *G* (de *God* o «Dios», aunque también en este caso podría ser de *George*). Es un auténtico y fascinante museo no sobre el masón George Washington sino sobre la masonería misma, con una deslumbrante colección de imágenes y objetos de la hermandad.

Después de Washington

George Washington tenía una visión un tanto idílica de la política, basada en un espíritu de sacrificio y un paternalismo muy de su época que, por desgracia, no estaban demasiado extendidos. Muchos de sus colaboradores esperaban ansiosamente que se retirara de la primera fila para medrar en la escala de poder y perpetuarse allí en la medida de lo posible.

El general y dos veces presidente no pertenecía a un partido político concreto y en varias ocasiones se mostró contrario a su constitución pues consideraba (con razón, teniendo en cuenta la experiencia acumulada desde su época hasta entonces) que la falta de control sobre las formaciones políticas amenazaba a la democracia, que podía degenerar por su culpa en una partitocracia donde no importara el mérito personal de los líderes que tuviera la nación en sus manos sino los intereses financieros, personales o de cualquier otro tipo que anidaran en la estructura de este tipo de organizaciones.

Luchar para liberar un país, por mucha sangre que se derrame en el proceso, siempre es más sencillo que consolidarlo, estabilizarlo y normalizarlo una vez lograda la independencia. De ello era consciente su secretario del tesoro, abogado, economista, soldado bajo su mando y amigo íntimo, Alexander Hamilton, quien estaba convencido, pese a la opinión de su jefe, de la necesidad de instaurar un sistema de partidos para permitir la viabilidad del país. Por ello fundó el Partido Federal de Estados Unidos: la primera organización política de este tipo en el Nuevo Mundo.

El secretario de Estado, abogado y gran hacendado sureño Thomas Jefferson, principal rival político de Hamilton, también estaba de acuerdo con él en la importancia de los partidos..., pero en poco más. Por eso creó el Partido Republicano-Demócrata, popularmente conocido como «los jeffersonianos» y cuyas grandes líneas de acción se oponían a las de los partidarios de Hamilton. Es de esta formación de la que surgiría más adelante el Partido Demócrata que hoy conocemos, mientras que el Partido Republicano actual no nacería hasta 1854, aunque adoptando su nombre en homenaje precisamente a la organización de Jefferson.

Tanto Hamilton como Jefferson contaron con aliados en la masonería (cada uno de sus partidos contó con presencia de miembros de la orden), aunque los principales apoyos a todos los niveles los recibió este último, quien logró suceder a Adams como tercer presidente norteamericano. En cuanto a Hamilton, murió en un extraño duelo a pistola con Aaron Burr, vicepresidente de Jefferson y posteriormente acusado de traición y conspiración..., pero ésa es otra historia.

Los templos de Washington

El sello del Distrito de Columbia, donde fue construida la capital de Estados Unidos, es una nueva muestra del poder masónico que alentaba todo el proceso. Allí podemos admirar a un hombre elevado (¿divinizado?) en un sitial y vestido con los colores masónicos: azul, blanco y rojo. A su lado aparece una mujer muy similar a *Miss Liberty*, con la diferencia de que no porta una antorcha, junto con otros símbolos interesantes como el águila imperial y una representación del Capitolio. No menos curiosa es su bandera oficial con dos rayas rojas separadas por una blanca y tres estrellas de cinco puntas encima: ¿son los escalones del templo para acceder a los tres grados oficiales de la masonería?

Los sellos de los distintos estados de la unión son, para el tema que nos ocupa, una fuente interesante de sorpresas, como puede apreciar cualquiera que se tome su tiempo para examinarlos uno por uno. Una de las imágenes más repetidas es la misma diosa Libertad que vemos en el Distrito de Columbia y que se muestra de distintas maneras. Por ejemplo, en el sello de Arkansas se la ve como una especie de Virgen María rodeada por trece estrellas y presidiendo el resto de símbolos (una águila, un ángel y una espada), mientras que en el sello de California se ha transformado directamente en la diosa Atenea/Minerva con su casco, lanza y escudo (en el que además se adivina una imagen de la diosa Diana). Representaciones de esta característica deidad figuran también, bajo diversos diseños y colores, en las representaciones oficiales de Carolina del Norte, Carolina del Sur, Florida, Wyoming (aquí, entre dos columnas), Oklahoma, Idaho, Hawái...

En el sello de Virginia aparece de nuevo como Atenea/Minerva (con un rey muerto a sus pies...; ¿cuántos ciudadanos de este estado se habrán parado a ver con calma el violento símbolo que les representa?) junto al lema *Sic semper tyrannis* («Así siempre [terminan o deben terminar] los tiranos»). Se da la circunstancia de que uno de los apodos de Virginia es el de *Viejo Dominio*, en recuerdo al título que el rey Carlos II de Inglaterra le concedió durante la época de la Restauración por mantenerse fiel a la Corona durante la revolución inglesa a mediados del siglo XVII. En semejante circunstancia, resulta sarcástico que este estado reciba también el nombre de *Madre de Presidentes*, puesto que allí nacieron ocho, incluyendo a Washington y Jefferson.

En el sello de Nueva Jersey, nuestra diosa se desdobla en dos: Libertad y Prosperidad, la primera con el gorro frigio, propio de los revolucionarios masónicos, y la segunda con una cornucopia. También como si se tratara de dos columnas, estas imágenes flanquean un escudo en el que hallamos tres arados. Y lo mismo sucede en el sello del estado de Nueva York, donde de nuevo aparece a la izquierda la Libertad con el gorro frigio y a la derecha transmutada como representación de la Justicia. Por encima de ellas se proyecta un claro mensaje con el águila imperial dominando todo el globo terráqueo y el lema *Excelsior* («Siempre por encima»). Como masónica curiosidad, cabe señalar que la ciudad de Nueva York tiene su propio escudo distinto del estado del mismo nombre. En él, las dos mujeres han sido sustituidas por un colono y un indio que también se sitúan como columnas flanqueando el escudo central. El colono sostiene nada menos que una plomada, pero lo más peculiar de este escudo es el molino de viento que alude a la fundación holandesa de la ciudad, ya que las aspas están diseñadas de tal forma que simulan una esvástica. Los dos castores y los dos toneles de harina situados entre ellas acentúan el efecto.

Otros sellos no representan a la diosa pero sí las labores agrícolas patrocinadas por ella. En cuanto al águila imperial, también se repite como encarnación de Estados Unidos, mientras que la estrella de cinco puntas casi siempre aparece representando a cada uno de los estados. Igualmente encontramos el sol naciente (el águila es, por cierto, conocida como *el ave solar*), en referencia a la luz de la divinidad que protege el territorio y que a veces muestra los trece rayos. Este número, junto con el tres, el cinco y el seis, aparecen por todas partes. Otro signo característico son las parejas: dos personas, casi siempre hombres, llegando a un acuerdo entre ellas como símbolo de unión fraternal o bien flanqueando otros símbolos.

Muchos sellos poseen lemas sugerentes y compuestos por tres palabras. Por destacar algunos de ellos podemos hablar de los de Kansas, Kentucky y Connecticut. En el primer caso se trata de una hermosa sentencia latina original de Séneca aunque muy empleada en el trabajo del ocultismo y públicamente usada por prominentes masones como Goethe: *Ad astra per aspera* («A las estrellas por el camino más difícil»). En el segundo caso, junto a la representación de un abrazo fraternal vemos el famoso llamamiento: *United we stand, divided we fall* o, lo que es lo mismo, «Unidos, permaneceremos en pie; divididos, caeremos». Y en el tercer caso, el mismo lema figura en el escudo y la bandera: *Qui trastulit sustinet* («El que nos transplantó, nos sostiene»). La frase se refiere a la imagen de tres viñas (la viña es una representación bíblica del hombre), cada una de las cuales contiene siete elementos divididos en tres racimos de uvas y cuatro hojas de parra.

Signos masónicos muy claros los vemos por ejemplo en el sello de Maine, presidido por una estrella radiante de cinco puntas con el escueto lema *Dirigo*; es decir, «Yo dirijo» (y ese «yo» se puede interpretar de muchas formas). En el de Luisiana, tanto la bandera como el sello adoptan sin tapujos el símbolo del grado dieciocho del Rito Escocés: un pelícano alimentando a sus polluelos (tres, de nuevo) junto al lema *Union, Justice and Confidence* («Unión, Justicia y Confianza»). En el de Georgia vemos directamente un templo masón, con su guardián armado situado entre tres columnas que ostentan la leyenda *Sabiduría, Justicia y Moderación* y sobre las que un techo semicircular enmarca el nombre de *Constitución*. En el de Texas, el famoso «estado de la estrella solitaria», hay como es obvio una sola estrella de cinco puntas, pero laureada con dos ramas de colores distintos (como los escaques blancos y negros de la masonería): la de la izquierda ofrece seis frutos y la de la derecha, tres. Otro nombre de Texas es el del «estado de las seis banderas», ya que allí ondearon las banderas nacionales de España, México, la Flor de Lis de Francia, la República de Texas, los Estados Unidos de América y los Estados Confederados de América.

Lo del estado de Colorado ya es para nota, porque el Ojo que Todo lo Ve del triángulo masónico irradia desde las alturas sobre un *fasces* o «haz de lictores» (antiguo símbolo de poder del Imperio romano, actualizado durante el régimen fascista de Mussolini) envuelto en los tres colores masónicos, junto a un escudo en el que figuran tres montañas altas y nevadas (una vez más, los tres grados..., el sello de Montana también dibuja tres montañas) junto con un diseño muy similar al de la hoz y el martillo del régimen comunista, aunque en este caso la primera ha sido sustituida por un pico. El diseño, todo un ejemplo de sincretismo político, data de 1876 y cuenta además con una franja roja con seis estrellas de cinco puntas. Para rematar el conjunto, la leyenda *Nil sine numine* («Nada [es posible] sin [el concurso de] la divinidad»).

Hemos dejado para el final el sello con el contenido más masónico de todos: el del estado de Washington que, como no podía ser de otra manera, muestra el rostro del primer presidente. De hecho, es lo único que aparece en él. Se trata de una copia de la famosa imagen que pintó el retratista norteamericano Gilbert Stuart y que fue incluida en el billete de dólar. Aquí aparece sobre fondo azul, color predominante en las banderas de los Estados.

Washington, el dios

Como hemos visto en un capítulo anterior, los fundadores de la capital norteamericana se encontraron con un problema serio, desde el punto de vista simbólico, al carecer de lugares sagrados sobre los cuales asentar los cimientos de la ciudad. La única forma de cumplir entonces con las antiguas ceremonias para proteger y consolidar la urbe en otros planos más allá del físico consistía en crear esos lugares: si no había templos, se construirían. Para ello emplearon dos estrategias.

En primer lugar, la apoteosis de George Washington. Es decir, su transformación en dios o, en este caso, en el arquetipo del gran héroe semidivino que lleva consigo la civilización con la que eleva a los humanos, sacrificándose luego por ellos al enfrentarse al Mal y vencerlo, aunque perezca en el combate. En segundo lugar y una vez bendecido el terreno por los trabajos del héroe, el trazado a escala gigantesca de ciertas formas sagradas. De esta manera, sólo los dioses podrían verlas desde las alturas..., aunque les bastaría con inclinarse sobre un plano.

La apoteosis fue fácil de conseguir teniendo en cuenta que la materia prima era buena. Por lo que sabemos, Washington no sólo fue un ciudadano muy sociable, un brillante general y un hábil político de físico poderoso sino, en general, una buena persona. Resultaba fácil idealizarle ocultando sus errores y sus defectos y exagerando sus virtudes y sus logros. Su posterior decisión personal de retirarse tras dos mandatos para ir a morir tranquilamente en su propia casa fue un auténtico golpe de efecto, un broche de oro para la carrera de aquel hombre tranquilo que demostraba estar en paz consigo mismo y con el mundo, una cualidad digna de admiración que además resulta infrecuente entre los ciudadanos comunes.

Robert Langdon, especialista en simbología en la Universidad de Harvard, es capaz de descubrir los sucesivos secretos que se le van revelando en *El símbolo perdido* porque todavía posee una arma intelectual de la que hoy por desgracia carecemos la inmensa mayoría de las personas: la capacidad de raciocinio y comprensión de signos que sólo un reducido grupo de iniciados conocen y siguen empleando a día de hoy, a pesar de que fueron creados hace miles de años. Por eso está en disposición de entender lo que significan dos obras de arte que confirman «la ascensión a los cielos» del general Washington.

La primera es el espectacular mural del pintor italoamericano Constantino Brumidi que adorna el interior de la cúpula del edificio del Capitolio y que justo con el título de *Apoteosis de Washington* muestra al primer presidente asumiendo el papel de mayestático Zeus/Júpiter, flanqueado a su derecha por la diosa Libertad con el gorro frigio y a su izquierda por la alada diosa Fama, que muestra la palma de la victoria y toca una trompeta en su honor. Las tres figuras forman un círculo que se completa con un conjunto de trece alegres muchachas togadas. Y todos se encuentran un nivel por encima (es decir, se les considera más importantes) de otros dioses, entre los cuales podemos reconocer a Vulcano/Hefestos, Poseidón/Neptuno, Atenea/Minerva y..., Hermes.

Este fresco impresionó sobremanera a los primeros visitantes del Capitolio (y sigue haciéndolo aún hoy a aquellos que saben mirar y entienden lo que hay detrás de él), hasta el punto de ser reproducido en múltiples versiones de tamaño mucho más manejable vendidas y distribuidas por toda la nación. De la noche a la mañana, el antiguo hombre, grande pero sólo un hombre, se había convertido en un santo. En algo mayor aún: en un auténtico dios. La masonería se había jactado de que Washington renunciara en vida a convertirse en el primer rey de América tal y como se lo sugiriera alguno de sus colaboradores, pero en su muerte le habían conducido mucho más lejos de lo que jamás llegaran los más poderosos emperadores y monarcas de Europa. Ni Felipe II de España, ni Luis XVI de Francia, ni Isabel I de Inglaterra soñaron jamás en la cúspide de su poder, cada uno en su época mucho mayor que el que nunca disfrutó el general norteamericano en la suya, ser promocionados de esta forma tras su muerte. Tendríamos que remontarnos al Imperio romano para encontrar un proceso de divinización semejante, y sólo entre los primeros emperadores.

La segunda obra de arte es aún más directa por lo cercana al espectador, así como por los ecos que puede despertar en su memoria colectiva. Después de todo, resulta incómodo contemplar durante mucho tiempo la obra de Brumidi en lo alto de la cúpula. No sucede así con la escultura del norteamericano Horatio Greenough conocida como *Washington Zeus* y en la que el nuevo dios aparece esculpido con un cuerpo hercúleo y a la manera del padre de las divinidades griegas. Sentado en un trono, el nuevo dios ofrece al espectador con su mano izquierda una espada con su vaina y su tahalí mientras con la mano derecha señala hacia el cielo como si le dijera: «Si quieres ser como yo y ascender a lo más alto, deberás seguir mis pasos como guerrero.» Resulta especialmente chocante la comparación de la cabeza, fiel retrato del presidente con su peinado de época, con el resto de la pieza.

Según la versión oficial, el encargo original del Congreso para la estatua de homenaje a Washington fue una representación del presidente en pie, pero Greenough habría decidido «elevarlo» a la categoría de Zeus sentándolo incluso en su trono. Resulta difícil de creer que la iniciativa de una transformación tan radical partiera del propio escultor..., sobre todo cuando sabemos que el primer proyecto para el que hoy conocemos como Monumento a Washington era el de la construcción de un templo de factura griega, en cuya parte superior se habría esculpido un carro tirado por seis caballos. La escultura del general, entonces, sí que habría sido instalada allí de pie, en calidad de auriga, y su mano izquierda sería la encargada de llevar las riendas. En ese caso, la mano derecha señalando al cielo cambiaría su sentido, señalando simplemente el lugar hacia el que marchaba el homenajeado.

El modelo pudo haber sido la Puerta de Brandeburgo en Berlín, obra del arquitecto germano Carl Gotthard Langhans (quien tomó como modelo la vieja puerta de acceso a la Acrópolis de Atenas), y por supuesto la impresionante cuadriga de cinco metros de altura que la corona. Ésta fue esculpida por Johann Gottfried Schadow, quien representó a la Diosa de la Victoria montada en su carro tirado por cuatro caballos rumbo a la vieja capital prusiana. El conjunto fue edificado entre 1788 y 1791 durante el reinado de Federico Guillermo II de Prusia y se hizo conocido en Francia (donde también pudieron verla los embajadores americanos) porque, tras su victoria en la batalla de Jena, Napoleón robó la cuadriga y la llevó a París para exponerla como botín de guerra. La estatua no regresó a Berlín hasta 1814, gracias a la intervención del general prusiano Von Blücher (sin cuya decisiva intervención al frente de las tropas germanas Wellington no hubiera derrotado a Napoleón en Waterloo, aunque los historiadores ingleses lo hayan escondido desde hace casi dos siglos para reservar la gloria de la victoria exclusivamente a su general).

Con todo esto, la conclusión que podemos sacar es que el Congreso se quedó sin fondos suficientes para completar la obra, motivo por el cual Greenough se vio forzado a cambiar el proyecto inicial y reducirlo únicamente a la figura del presidente sentado.

En todo caso, se trata de una obra impresionante de mármol blanco que se instaló en la rotonda del Capitolio para fomentar la apoteosis. Con lo que no contaba nadie era que sus doce toneladas de peso iban a provocar preocupantes grietas en el suelo, motivo por el cual tuvo que ser trasladada apenas dos años después. Se le buscó ubicación en varias zonas del edificio, empezando por el patio oriental, pero al final tuvo que ser trasladada al Museo Nacional de Historia Natural de la Institución Smithsoniana.

El *Federal Triangle*

Con Washington en vías de deificación, los fundadores de la capital le pusieron oficialmente su nombre el 9 de septiembre de 1791 (9+9+1+7+9+1=36=3+6=9), aunque al propio general ni siquiera se le había pasado por la cabeza semejante idea. De hecho, él nunca la llamó de esta forma sino que siguió refiriéndose a ella simplemente como «la Ciudad Federal», tal vez sin sospechar la importancia que adquiriría pasado el tiempo gracias a determinadas edificaciones planeadas con su conocimiento o sin él. Pese a que su casa de Mount Vernon estaba cerca, se sabe que no le gustaba visitar la urbe a no ser que fuera estrictamente necesario.

La segunda estrategia de los fundadores pasaba por el trazado de los dibujos sagrados sobre las calles y plazas de la ciudad que debía albergar no sólo las principales instituciones del poder ejecutivo, legislativo y judicial de la nación sino, mirando hacia el futuro, también las sedes centrales de ciertas organizaciones destinadas a construir el embrión de uno de los viejos ideales masónicos: el gobierno mundial. No es casualidad que encontremos en Washington los principales despachos del Banco Mundial, el Banco Internacional de Desarrollo, el Fondo Monetario Internacional o la Organización de Estados Americanos, por no mencionar los de diversos sindicatos o asociaciones profesionales. Todos estos lugares debían quedar convenientemente protegidos por una malla mágica diseñada con precisión.

Muchas personas a las que se les muestra las extraordinarias «casualidades gráficas» de los planos de la capital se refieren a ellas como «simple azar» o «chifladuras de cuatro locos», porque su nivel de comprensión del pensamiento mágico es tan reducido como el que poseen sobre el alfabeto sumerio. Al no entender lo que significa y cómo se manifiesta, lo desprecian tildándolo de algo propio de mentes ignorantes y supersticiosas, sin percatarse de la forma en la que los símbolos nos afectan en todo momento, en todo lugar y, la mayoría de las veces, de manera inconsciente y por tanto subliminal.

Por lo demás, el hecho de que nosotros creamos o no en algo no determina que ello exista realmente y pueda influir en nosotros. Cuando los primeros científicos que utilizaron el microscopio hicieron público su descubrimiento de la miríada de seres diminutos que nos amenazan en su calidad de agentes patógenos propagadores de todo tipo de infecciones y enfermedades, se convirtieron en el hazmerreír de sus contemporáneos, que calificaron de «manía inútil» su empeño en lavarse las manos antes de una intervención quirúrgica. Pero el hecho evidente era que los enfermos intervenidos por médicos con las manos limpias sobrevivían en mayor proporción que aquéllos operados por colegas menos higiénicos.

No somos muy distintos de nuestros ancestros y, como tantos de ellos, pensamos que lo sabemos todo sobre el mundo que nos rodea, cuando lo cierto es que apenas hemos explorado el islote mental en el que pasamos la mayor parte de nuestra vida, sin reparar en el océano que lo rodea y mucho menos en las costas inexploradas de más allá.

Por ejemplo, un detalle interesante y que no es muy conocido fuera de la Ciudad Federal es que tanto el Distrito de Columbia como la capital propiamente dicha poseen un solo alcalde, pero el Congreso está por encima de él y de su gobierno municipal. Es más, el Distrito tiene derecho a un representante en el Congreso, pero sin derecho a voto. Para comprender mejor este punto, imaginemos que toda la Comunidad de Madrid dependiera del alcalde del Ayuntamiento de Madrid capital (sin gobiernos municipales propios en cada localidad de la región) que sería de esta forma alcalde/presidente..., pero el Congreso de los Diputados fuera la autoridad última a nivel municipal de todo el territorio. Y además, que Madrid tuviera derecho a un diputado en el Congreso, aunque su trabajo sería de mero oyente de los diputados del resto de España.

¿No resulta un poco extraño? Tiene su sentido, no obstante. Este complejo sistema de control se pensó exactamente para eso: asegurar el control de la ciudad y evitar que cayera en manos de un alcalde independiente, alguien ajeno a los intereses de (la *élite* dirigente de) los dos grandes partidos, el Republicano y el Demócrata, encargados de regir los destinos del país alternándose regularmente en la conducción del Congreso.

Volviendo a los planos, desde el primer momento se decidió el empleo del estilo neoclásico para los más importantes edificios, pues así sería más fácil poblar las calles con iconos mágicos en su versión grecorromana o egipcia. Por todas partes encontramos referencias a estas culturas. En un principio el Distrito de Columbia estaba compuesto por cuatro secciones distintas. Una era la ciudad, otra el condado de Washington, otra Georgetown y la última... Alexandria o Alejandría, una nueva referencia a una de las más fascinantes capitales de tiempos pretéritos, sede de la llorada Biblioteca y de una de las Siete Maravillas del Mundo Antiguo: el Faro.

La planificación suplió la falta de recursos del nuevo Estado, por lo que muchos de los lugares que visita o menciona Langdon durante sus investigaciones no se construyeron ni en la época de Washington ni tampoco inmediatamente después de su muerte, pero sí se levantaron a lo largo de los siglos de acuerdo con planes existentes en su época. De hecho, hacia 1860 la capital todavía era una localidad pequeña poblada por unas setenta y cinco mil personas. Un año más tarde comenzó la guerra civil, lo que supuso un importante impulso a su demografía ante la necesidad de reforzar el gobierno federal en todas sus áreas. En la actualidad se calcula que cuenta con unos seiscientas mil residentes.

La primera figura que destaca en la planta de la capital norteamericana es, cómo no, un triángulo. Se trata de una figura familiar a la población local, que la conoce popularmente con el nombre de *Federal Triangle* o «Triángulo Federal» y que se ubica en el área formada por la avenida de la Constitución, la avenida de Pensilvania y la calle 15. En su interior se encuentran varios edificios del gobierno federal, desde el cuartel general del Departamento de Justicia al de Comercio incluyendo el del correo postal o el de los Archivos Nacionales e incluso el Internal Revenue Service o Agencia Nacional de Impuestos (que además de una balanza luce en su escudo otro triángulo con trece estrellas de cinco puntas y una llave).

Los vértices de este triángulo son el Capitolio, la Casa Blanca y el Memorial de Jefferson, y el eje sobre el cual está instalado es la gran avenida conocida como *The National Mall* (el Paseo Nacional). En el lado que forman la Casa Blanca y el Memorial de Jefferson, justo a media distancia de ambos vértices y sin salirnos del *Mall*, encontramos el Monumento a Washington.

Ahora, un paso más allá: si empleamos ese mismo lado como base para establecer otro triángulo en la dirección opuesta, nos encontraremos con el Memorial de Lincoln en el vértice opuesto al del Capitolio. Y si juntamos ambos triángulos, la figura resultante es un rombo: el símbolo clásico de la masonería, formado por la escuadra y el compás.

El preciosista remate de este gigantesco diseño se advierte con facilidad sobre un mapa de la zona. Si nos fijamos con atención, veremos que el primer triángulo con vértice en el Capitolio posee un ángulo agudo perfecto, de unos 45 grados, mientras que el segundo triángulo con vértice en el Memorial de Lincoln es más achatado y gira en torno a la rotonda donde se levanta el homenaje a este popular presidente. ¿Por qué esta aparente falta de simetría en el rombo?

Porque aquellos que dibujaron el símbolo no se limitaron a reflejar el rombo, sino que buscaron el detalle: así, el primer ángulo puede representar la *escuadra*, compuesta por dos trazos rectos, mientras que el segundo sería el *compás* con la rotonda imitando la bisagra.

Figuras geométricas

Uno de los nombres más respetados en Suiza es el de Jean Henri Dunant, un negociante y filántropo masón muy activo en favor de la causa humanitaria que, junto a nuestro ya conocido Frédéric Passy, compartió el primer Premio Nobel de la Paz, que se concedió en 1901. Procedente de una familia calvinista de gran ascendiente en Ginebra y que se había destacado en labores de atención social, Dunant participó en varias organizaciones de este tipo fundándolas o potenciándolas, como la Asociación del Jueves o la sección ginebrina de la Asociación Cristiana de Hombres Jóvenes (la YMCA de sir George Williams). Gracias a él, la Convención de Ginebra adoptó algunos importantes acuerdos de corte humanitario para los conflictos bélicos. Pero el motivo por el cual Dunant es mundialmente conocido es por la creación de la Cruz Roja Internacional.

Por negocios personales, Dunant viajó en 1859 a Solferino, en la región italiana de Lombardía, adonde llegó el mismo día en el que se desarrolló la batalla entre el ejército de Austria y el de la coalición de Francia y el Piamonte-Cerdeña. Fue uno de los choques más importantes dentro del duro proceso que culminaría años después con el parto de una Italia políticamente unida. Al finalizar los combates con la derrota austríaca, quedaron sobre el campo de batalla cerca de 40.000 muertos o heridos gravísimos de uno u otro bando.

Según la leyenda, Dunant quedó tan impresionado por el sufrimiento humano que tenía ante él que se dedicó a organizar a la población civil local, especialmente a las mujeres, para asistir a aquellos soldados por los que aún se pudiera hacer algo. Para ello, adquirió de su bolsillo los elementos necesarios y ayudó a levantar hospitales de campaña, además de pedir la liberación de los médicos del ejército austríaco capturados por los franceses para que también echaran una mano. A todos les alentó al esfuerzo común de solidaridad, con independencia de la nacionalidad de los heridos y bajo el lema (que a estas alturas del libro nos debería sonar) de *Tutti fratelli* («Todos [somos] hermanos»).

Cuando regresó a Ginebra, escribió su famoso libro *Un souvenir de Solferino*, que luego autoeditó y publicó en 1862 y en el que proponía la creación de una organización neutral compuesta por voluntarios (lo que hoy llamaríamos una ONG) dedicada exclusivamente al cuidado y atención de los heridos de guerra in situ. Después distribuyó su texto a numerosos líderes políticos y militares europeos durante una intensa campaña de promoción de sus ideas. El 17 de febrero de 1863 cristalizó el proyecto con la primera reunión del que a partir de entonces se constituyó como Comité Internacional de la Cruz Roja.

La labor solidaria de Dunant se vio empañada por sus

problemas financieros, que llevaron a su empresa a la bancarrota y a él a ser condenado por el Tribunal Mercantil de Ginebra por prácticas engañosas. Expulsado de la dirección de Cruz Roja y de YMCA, desprestigiado y sin dinero, se vio forzado a emigrar a París, aunque aún tuvo tiempo de fundar la Sociedad de Socorro Mutuo y también la Alianza Común para el Orden y la Civilización, defendiendo siempre el pacifismo y el desarme. También fue uno de los primeros personajes europeos que abogó por la creación de un Estado judío en Palestina.

Sus últimos días los pasó en la pequeña localidad suiza de Heiden donde, tras muchos años de existencia azarosa, le llegó el reconocimiento público gracias al Premio Nobel, aunque tampoco faltó allí la polémica porque varios miembros del comité del galardón le consideraban un candidato dudoso: en su opinión las mejoras humanitarias introducidas por movimientos como Cruz Roja tenían el paradójico resultado de hacer la guerra más atractiva al eliminar algunos de sus terribles sufrimientos. El prestigio otorgado con este reconocimiento le valió otros posteriores como el doctorado honoris causa de la Facultad de Medicina de la Universidad de Heidelberg. Murió en 1910, nueve años después de recibir el Nobel, agotado física y mentalmente, sufriendo depresión y manía persecutoria, ya que dejó numerosos acreedores con deudas descomunales.

Poco a poco, el movimiento de Cruz Roja se extendió por el mundo entero, con el concurso y apoyo de diversos grupos y sociedades. En los países musulmanes adoptó el nombre de Media Luna Roja (puesto que para el islam, que no reconoce ninguna otra religión «verdadera», la cruz es un elemento prohibido, como símbolo del cristianismo). En Israel, su ejemplo inspiró la creación del *Magen David Adom* o Estrella de David Roja (puesto que también para el judaísmo, que no reconoce ninguna otra religión «verdadera», la cruz es un elemento prohibido, como símbolo del cristianismo).

En la reunión del 8 de diciembre de 2005, la vigesimonovena conferencia de la Federación Internacional de Sociedades de la Cruz Roja y la Media Luna Roja admitió en su seno a la Estrella de David Roja y a la Media Luna Roja Palestina, como contribución a los esfuerzos para intentar poner fin al eterno conflicto judeopalestino. Pero hizo algo más importante: enmendó los estatutos del movimiento y adoptó un nuevo símbolo común que pudiera utilizarse en cualquier país del mundo sin levantar suspicacias por pertenecer a una u otra religión y que quizá el día de mañana sustituya a todos los demás a nivel mundial. El símbolo elegido, en vigor desde entonces en zonas de conflicto donde estorban los signos religiosos, es el bautizado como Cristal Rojo. Un cristal que tiene forma de... rombo.

Y otro detalle más: según los estudios disponibles, uno de los nombres del grado once, en el Rito de York Americano, dentro del grupo conocido como *Grados de la Caballería*, es precisamente el de Caballero... de la Cruz Roja.

Curiosidades del Capitolio

Las figuras geométricas aparecen a menudo como una auténtica obsesión en las sociedades ocultas de todas las épocas. Tiene su sentido, puesto que se trata de las formas básicas que componen el universo material y, por tanto, el conocimiento y dominio sobre aquéllas implica cierto control sobre éste. Su estudio generó una ciencia específica que además les dio nombre: la geometría, del griego *geo* («tierra») y *metrica* («medida»), que se integró rápidamente en el *corpus* de la matemática.

Básicamente, una figura geométrica no es más que un ente abstracto, un conjunto de puntos que adquieren uno u otro aspecto según se desarrolle en el plano o el espacio. En ese desarrollo aparecen sucesivamente las rectas y las curvas, y con ellas las superficies, los polígonos y demás conceptos. Los antiguos pronto descubrieron sus aplicaciones prácticas tanto en el aspecto físico (en numerosas actividades desde la física a la cartografía pasando por la astronomía o la mecánica y muchas otras) como en el mágico (en el campo del simbolismo, las invocaciones rituales y otros). Gracias a la geometría nacieron muchos instrumentos de trabajo, como por ejemplo la escuadra y el compás.

Los viajeros griegos como Heródoto o Estrabón dejaron constancia en sus fascinantes obras acerca del desarrollo de esta ciencia en el Antiguo Egipto, donde su estudio se reservaba a las clases superiores. Siguiendo esta estela, el también griego Euclides formuló el canon a seguir durante muchos siglos: la conocida como Geometría Euclidiana, que estudia las propiedades del plano y el espacio tridimensional. Hubo que esperar al siglo XIX para ver el nacimiento de la llamada Geometría no Euclidiana, basada en propiedades diferentes en alguno de sus postulados a los que fijara en su día el sabio griego. De esta evolución surgiría más adelante el apoyo teórico para conceptos más vanguardistas como el de la Relatividad General de Einstein o la Teoría de las Cuerdas y, aún más allá, la de las Supercuerdas: un esquema teórico para explicar todas las partículas y fuerzas fundamentales de la naturaleza en una sola hipótesis que define tanto las partículas como los campos físicos en forma de vibraciones de cuerdas supersimétricas que se mueven en un espacio-tiempo de más de cuatro dimensiones.

¿No nos recuerda algo todo esto? Exacto: los principios herméticos que ya advertían, varios milenios atrás, de la naturaleza idéntica de todos los elementos del universo y el hecho de que todos se encuentran en permanente vibración y sometidos a su propio ritmo... Con lo que la ciencia moderna no hace sino llegar, poco a poco y por su propia vía, a las mismas conclusiones que la filosofía mágica ya conocía tanto tiempo atrás.

Ahora bien, las figuras geométricas elementales son el punto, la recta y el plano, porque a partir de ellas se generan las demás. Si se juntan tres puntos, con sus respectivas rectas, sobre un plano obtendremos el triángulo. Y si son cuatro, el rombo. Y ésas son las figuras dibujadas en pleno centro de Washington, sobre cuyos misterios algo hemos aprendido en *El símbolo perdido*.

De los tres puntos que forman el Triángulo Federal,

el primero es el del Capitolio, vértice de la escuadra y una imagen fácilmente reconocible pues la hemos visto en cientos de películas y series de televisión, por no mencionar otros lugares como las fotografías de prensa o el reverso del billete de diez dólares. Diseñado por William Thornton, primer arquitecto de la capital y primer superintendente de la Oficina de Patentes de Estados Unidos, el Capitolio fue erigido en estilo neoclásico, el mismo que impregna la mayor parte de edificios de interés en Washington, y se terminó de construir en 1800. El mismo nombre elegido para designar al Parlamento de facto de Estados Unidos nos da ya que pensar, puesto que es una simple copia del Capitolio original: el de la Antigua Roma que, según recuerda el *Mirabila Romae*, un texto del siglo XII que aún se conserva, «era el centro del mundo pues desde esta colina se gobernaba el Imperio romano».

En su interior se reúnen las dos cámaras del Congreso de Estados Unidos: el Senado, en el ala norte, y la Cámara de Representantes, en el ala sur. Esta última cámara es el equivalente al español Congreso de los Diputados que, en Madrid capital, se reúne en un edificio diferente al empleado por el Senado. El Capitolio es la novena y definitiva sede empleada para reunir al Congreso desde que comenzara la revolución americana. Las anteriores fueron el Salón Carpenters de Filadelfia, el Salón de la Independencia, también en esta ciudad, la Casa de Álvaro Monroy en Baltimore, el Palacio de Justicia en Lancaster y también el de York, el Salón Nassau de Princeton, la Casa Estatal de Annapolis y el Salón Federal del Ayuntamiento de Nueva York.

Si estudiamos los sellos oficiales de los congresistas, nos encontraremos con elementos significativos, al igual que nos sucediera con los de los estados que forman la Unión. Tanto el de la Cámara de Representantes como el del Senado son circulares como los de los estados y, en el primer caso, se trata de una copia idéntica del anverso del Gran Sello de Estados Unidos, que examinaremos con detalle en un capítulo posterior.

En la Cámara de Representantes encontraremos algunas pinturas interesantes, más allá del fresco de Brumidi sobre la *Apoteosis de Washington*. Están dedicadas a personajes históricos conocidos por las leyes que crearon, cada uno en su época, y que fueron clave para el desarrollo de sus respectivos países. Allí aparecen viejos conocidos como George Mason o nuestro hispánico Alfonso X *el Sabio*, junto a nombres de la Antigüedad como el legendario rey Hammurabi de Babilonia o el no menos famoso legislador espartano Licurgo, además de prominentes representantes judíos como Moisés, Maimónides o el mismo rey Salomón, y hasta algunos masones como Napoleón o Jefferson (aunque este último no lo reconoció nunca en público). En la lista hay una figura especialmente llamativa que nos hace dudar sobre el propósito de la misma: se trata de Simón de Montfort, uno de los más brutales señores de la Edad Media, que encabezó la llamada Cruzada Albigense para asesinar y destruir el pacífico y renovador movimiento cristiano del Catarismo, y entre cuyas muchas anécdotas acerca de su crueldad destaca la orden que dio tras conquistar la ciudad de Bram, cuando mandó dejar ciegos a todos sus habitantes menos a uno. A éste le dejó tuerto para que guiara al resto.

En cuanto al sello del Senado, lo más destacable aparte de la repetición de las trece estrellas sobre fondo azul y las trece franjas rojiblancas es el masónico gorro frigio por encima del escudo y los *fasces* o «haces de lictores» por debajo, en una nueva y clara alusión a Washington como heredera de Roma.

Por si quedara alguna duda, la primera piedra de la edificación del Capitolio fue instalada durante una ceremonia masónica el 18 de septiembre de 1793 dirigida por el propio George Washington. Tal y como recuerda una placa de bronce colocada en el interior, doscientos años más tarde, en 1993, una nutrida representación de miembros de la masonería recreó la ceremonia original desarrollando una antigua ceremonia en la que se utilizó maíz, vino y aceite como ofrenda... ¿a quién?

Rituales y sacrificios

Todo el complejo del Capitolio está vigilado por su propia fuerza de seguridad: la llamada Policía Capitolina, oficialmente independiente de la del resto de la ciudad porque se dedica en exclusiva a la vigilancia estrecha de la zona: quién ingresa en ella y quién la abandona. Eso incluye la parte más interesante desde el punto de vista de diseños colosales: los jardines y las calles que cubren la mayor parte de los 274 acres sobre los que se extienden el conjunto de edificaciones que pertenecen al área. Si nos fijamos bien en los planos dibujados por el arquitecto responsable, el norteamericano Frederick Law Olmsted, descubriremos alrededor del edificio principal del Capitolio, en dirección norte/sur, la inquietante presencia de un búho aposentado sobre una pirámide. ¿Por qué un búho?

Esta ave rapaz nocturna es uno de los símbolos más antiguos de la sabiduría y como tal aparece representada en multitud de imágenes relacionadas con la magia, la brujería y la hechicería. Así como el águila imperial es la mascota de Zeus/Júpiter, el búho es la de Atenea/Minerva, la diosa de la sabiduría, que, como hemos visto, aparece abundantemente representada bajo otros nombres en los signos masónicos de Estados Unidos, empezando por la Estatua de la Libertad. Es también el emblema de una de las sociedades «discretas» más inquietantes de Estados Unidos: el *Bohemian Grove Club* o «Club de la Arboleda Bohemia», que cuenta con una peculiar nómina de socios. A él han pertenecido y pertenecen aún hoy infinidad de congresistas y senadores, además de otras gentes de elevado nivel social y económico, y no sólo de Estados Unidos.

Hablamos de personajes como los ex presidentes Dwight Eisenhower, Richard Nixon o Ronald Reagan (ya fallecidos), Jimmy Carter y los dos George Bush (padre e hijo), el malogrado Robert Fitzgerald Kennedy (hermano del presidente JFK y asesinado como él en una turbia conspiración), el omnipresente hombre de todas las Administraciones estadounidenses Henry Kissinger, el director de cine Francis Ford Coppola (quien hace pocos años, en 1998, ofreció un discurso a los miembros del club titulado «Dos repúblicas: Roma y América»), el actor y culturista reconvertido en político Arnold Schwarzenegger (de origen austríaco pero nacionalizado norteamericano), el economista y ex presidente de la Reserva Federal Alan Greenspan (quien fue nombrado para este importante cargo pocas semanas después de asistir a la reunión anual del club)...

Y también de grandes nombres británicos, como el príncipe Felipe de Edimburgo (el marido de la Reina Isabel II), el ex primer ministro John Major, lord Christopher Patten (miembro del Consejo Privado y el último gobernador de la colonia británica de Hong Kong), Andrew Knight (miembro del comité directivo del famoso Club Bilderberg, en cuyo currículum figura desde la pertenencia al Consejo de Gobierno del Real Instituto de Asuntos Internacionales hasta la dirección de la poderosa agencia de noticias Reuters o la edición del importante diario *The Economist*) o lord Peter Levine (el ex asesor personal de Margaret Thatcher, *la Dama de Hierro*, que también fue alcalde de Londres y presidente del Lloyd's, quien ofreció en 1999 un discurso a sus colegas del club con el llamativo título de «Nosotros reinventamos el gobierno antes de que tú lo hicieras»).

Todos los años durante el mes de julio los miembros de este club, todos ellos masculinos, se reúnen durante una o dos semanas a unos ciento veinte kilómetros al norte de San Francisco, en el campamento que poseen en el antiguo bosque de Redwood («Madera Roja»), en una finca privada que pertenece a una empresa del mismo nombre que el club y que según los registros fue fundada en la misma ciudad californiana en 1872. Una finca que, luego encontraremos alguna similitud al respecto, tiene forma de pentágono.

El Parque Nacional de Redwood es uno de los parajes naturales más impresionantes del mundo, sobre todo para los aficionados a las grandes masas forestales, puesto que contiene abundantes secuoyas gigantes (su color rojo es, oficialmente, el que da nombre al bosque) que se elevan hacia el cielo como columnas vivientes de un templo sobrehumano. Pasear por la zona ayuda a comprender la pequeñez de nuestra sobrevalorada escala humana y a sumergirse en un estado específico de veneración hacia la naturaleza, ya que algunos de estos árboles poseen miles de años de antigüedad y sobrepasan el centenar de metros de altura. La niebla, un fenómeno muy corriente en la zona, contribuye a «techar» el bosque y a proporcionar la ilusión de que las secuoyas se elevan, sin fin, hacia el Cielo.

Es en este impresionante escenario natural donde se reúnen los miembros del club y celebran reuniones y comidas campestres..., y algo más. Lo más interesante del encuentro es el ritual que se desarrolla a los pies de un búho gigante de piedra de algo más de trece metros de altura conocido con el nombre de Moloch y situado junto a un lago, que incluye un desfile de antorchas y ataúdes con extrañas danzas e invocaciones, e incluso el sacrificio simulado de un ser humano. Todos los participantes visten túnicas y capuchas especiales para la ocasión. Llama la atención que el enemigo de Robert Langdon en la última novela de Dan Brown se llame *Malak*. Este nombre se traduce en varias lenguas semíticas, incluyendo el hebreo, como «Ángel», aunque es preciso recordar que las vocales no existen en este alfabeto sino que hay que superponerlas a medida que se lee el texto. La raíz de Malak y la de Moloch (y también la de *Melek*, «Rey») es, pues, la misma y podría interpretarse como «Ángel (o Rey o Dios o incluso Demonio) del Sacrificio».

Como es lógico, el acceso no ya a la finca sino al lugar de la ceremonia está estrictamente prohibido sin permiso. Para adherirse a la organización y poder asistir a sus reuniones es necesario un desembolso económico importante (25.000 dólares se pagaban en 2006), aunque la lista de espera es de un mínimo de quince años. Con la recomendación de dos miembros actuales, el tiempo de espera puede reducirse a sólo tres años.

El secreto genera rumores y, a lo largo del tiempo, han ido surgiendo todo tipo de acusaciones conspiranoicas según las cuales los miembros del club utilizan su campamento anual para fijar planes políticos, financieros y económicos a espaldas del resto de la sociedad norteamericana, que luego pondrán en práctica cada uno desde su respectivo despacho. Más grave es la imputación de que en estos encuentros no sólo se producen sacrificios simulados, sino reales, en el marco de rituales que incluyen abusos sexuales, tortura y asesinato de niños. Declaraciones públicas como las de Richard Nixon (existe una fotografía tomada durante una de estas reuniones en 1957 en la que aparece en el bosque junto a otras personas, incluyendo a Ronald Reagan cuando ni uno ni otro eran todavía presidentes), en las que llegó a admitir que no le gustaba asistir a «semejante convención de mariquitas», no ayudan a desmitificar las afirmaciones más alarmantes. Sin embargo, se trata del mismo Nixon que en 1978 afirmó que «si tuviera que elegir el discurso que me proporcionó más placer y satisfacción a lo largo de mi carrera política, sería el que pronuncié en julio de 1967 en la reunión del Bohemian Grove. En aquel entonces este discurso no recibió publicidad alguna, pero en muchos aspectos marcó un hito, el primero, en mi camino hacia la presidencia». Un año después ganó las elecciones presidenciales con el significativo eslogan electoral de *Ley y Orden*.

Ante la proliferación de rumores, en el año 2000 un periodista especialista en teorías de la conspiración y sociedades secretas, Alex Jones, afirmó haberse colado en el bosque en compañía de su compañero y cámara Mike Hanson y haber grabado parte del ritual que tenía lugar junto al búho Moloch. Algunos años más tarde, otra persona infiltrada en las reuniones le facilitó nuevo material. La ceremonia del búho gigante fue incluida en un documental ofrecido por la televisión norteamericana y está hoy disponible en Internet: su contemplación resulta ciertamente inquietante cuando uno recuerda la lista de miembros del club. E igual sucede con otras imágenes disponibles, como las escenas de principios del siglo XX que aparecieron originalmente en la universidad californiana de Berkeley (conocida por su fama de templo del librepensamiento en todos los ámbitos de la investigación). En algunas aparecen miembros del Club Bohemio disfrazados y representando una obra inidentificable pero en la que utilizan pendones con la imagen de un círculo con cuadros blancos y negros. Otras, más violentas, muestran lo que parecen auténticos linchamientos.

La Historia tampoco nos ayuda a serenarnos demasiado cuando conocemos el origen de Moloch o Baal-Moloch, el sanguinario dios semita adorado por fenicios y cartagineses y que reclamaba salvajes sacrificios que nos describen los historiadores antiguos. Las estatuas empleadas para su culto solían ser de bronce y de un tamaño muy similar al del enigmático búho de Redwood, con un interior hueco provisto de distintas cámaras mantenidas al rojo vivo donde iban a parar los holocaustos o sacrificios por el fuego. Los sacerdotes colocaban la ofrenda sobre las manos del ídolo, que luego subían hasta sus fauces mediante un mecanismo que elevaba sus brazos: así se escenificaba la «comida sagrada del dios». Según el tipo de ofrenda, se empleaba una u otra cámara interna, pero la más horrenda de todas era la de seres humanos, en especial niños. Éstos eran atados, cubiertos con capuchas o bien envueltos en telas sujetas con alfileres, y conducidos a la muerte en medio de cánticos y ruidos de tambores para ocultar sus gritos de angustia, acompañados además de incienso y otros perfumes para disimular el olor de carne quemada.

Semejante brutalidad se practicó durante mucho tiempo en numerosos lugares del Mediterráneo, incluso en Tofet, en el valle de la Gehena cerca de Jerusalén. *Toph* en hebreo significa «tambor» y hace referencia al ruido de los empleados durante los sacrificios, mientras que *Gehena*, que en un inicio hacía referencia al lugar donde se vertían y quemaban basuras (y restos de cadáveres sacrificados), acabó identificándose con el concepto judío del Infierno.

Después de lo cual, resulta poco tranquilizador encontrarnos con el búho en los lugares más insospechados de las modernas instituciones norteamericanas como el sello del Club Nacional de Prensa (ubicado por supuesto en Washington, D.C.) o en el billete de un dólar. Para encontrarlo en este último lugar se aconseja usar una lupa sobre el anverso donde aparece la efigie de George Washington y observar la esquina superior derecha del billete: allí está, escondido a la izquierda de la cenefa del número 1..., vigilando.

Suma y sigue

En 1843 arrancó en Nueva York un movimiento político y social que adoptó el nombre de Partido Republicano Americano, aunque se extendió a otros Estados con la denominación de Partido Americano Nativo. Los nativos a los que hacía referencia no eran los primeros pobladores del continente, las tribus indias salvajemente exterminadas a medida que se iban conquistando nuevas y sucesivas fronteras hacia el oeste, sino lo que hoy conocemos con el acrónimo WASP (*White Anglo Saxon Protestant* o «Blancos AngloSajones Protestantes»): es decir, los descendientes de los antiguos colonos británicos en ese momento reconvertidos en orgullosos e independizados norteamericanos. Los «auténticos» norteamericanos. Para que no hubiera dudas al respecto, a los pocos años el partido fue renombrado como Partido Americano, a secas.

Esta organización, de claro carácter ultranacionalista, fue más conocida a nivel popular como los *Know Nothing*, «Los que no saben nada», y surgió como atemorizada reacción ante el masivo desembarco de inmigrantes católicos irlandeses y también algunos alemanes a mediados del siglo XIX, empujados por el hambre y la necesidad en Europa y ante las perspectivas de un futuro mucho mejor en un nuevo continente. Los norteamericanos de ascendencia británica (dejando aparte el hecho de que desde el punto de vista histórico la inmensa mayoría de líderes británicos y buena parte de sus ciudadanos siempre han mirado por encima del hombro a los irlandeses, considerándolos una especie de «raza inferior») temían no sólo que sus nuevos vecinos estuvieran bajo el control directo del entonces papa Pío IX, sino que llegaran dispuestos a combatir la democracia y la libertad cambiando los valores sobre los que se había fundado la nueva nación.

Aficionados como son los estadounidenses a las teorías conspiratorias, enseguida corrió como la pólvora el rumor de que el papa preparaba la invasión de Estados Unidos con el respaldo de los quintacolumnistas católicos ya instalados y dirigidos por un grupo de intrigantes obispos de origen irlandés. Poco después comenzó una ola de atentados contra intereses católicos.

Las normas de funcionamiento interior del Partido Americano (basadas en el silencio) y la creación de una hermandad secreta paralela al partido llamada Orden de la Bandera llena de Estrellas acabaron confiriendo su denominación popular al movimiento, ya que cuando alguno de sus miembros era detenido por participar en algaradas o manifestaciones anticatólicas y se le sometía a interrogatorio, siempre respondía lo mismo: «No sé nada.»

El movimiento ganó poder en las urnas con su triunfo electoral de 1855 en Chicago y Boston, además de hacerse con el control del gobierno en el Estado de Massachusetts. Meses más tarde, también lograron ganar en Salem y otras ciudades de Nueva Inglaterra, y extendieron su influencia en otros Estados como Maine, Indiana, Pensilvania y California, siempre con un discurso en el que prometían acabar con el crimen recurriendo a la dureza que fuera necesaria y por supuesto designando sólo a WASP para los cargos políticos. Hasta en Washington, D.C., su candidato logró ganar al entonces alcalde de la ciudad, del Partido Demócrata, lo que generó una sorprendente reacción de todas las demás formaciones políticas que se unieron en una verdadera alianza anti *Know Nothing*.

La falta de líderes políticos sólidos, la excesiva descentralización del movimiento algunas de cuyas secciones llevaban a cabo en un Estado algo contrario a lo que otras secciones hacían en el Estado vecino, el cansancio del electorado ante la falta de resultados rápidos y la poderosa competencia del recién nacido Partido Republicano (el que sobrevive hasta hoy) terminó por deshacer este movimiento. Hacia 1860 ya había perdido su carácter de potencia nacional y poco a poco acabó diluyéndose.

Uno de los sucesos que restó más popularidad al movimiento fue su pésima gestión, durante los cuatro años en los que la tuvo bajo su control, de la Sociedad para el Monumento Nacional a Washington. La dificultad para obtener los fondos necesarios con que materializar este homenaje público llevó a su dirección a aceptar una propuesta de ciudadanos de Alabama por la cual todo el que quisiera podría donar piedras conmemorativas que pudiesen encajarse en las paredes interiores del obelisco que por entonces se estaba construyendo en honor del primer presidente. Organizaciones profesionales, grandes empresas, gobiernos extranjeros y hasta tribus indias americanas donaron las piedras con las medidas solicitadas. Una de estas piedras conmemorativas, un bloque de mármol, fue enviado por Pío IX como muestra de amistad y respeto hacia Estados Unidos, pero nunca llegó a colocarse porque alguien la robó y, según la mayoría de historiadores, acabó tirándola al fondo del río Potomac.

Siempre se sospechó que ese alguien fueron los *Know Nothing*, que no podían soportar la idea de que una piedra del Vaticano estuviera dentro del obelisco y que decidieron hacerse con el control de la sociedad organizando un fraude electoral para «evitar que en el futuro alguien pueda poner en duda su definición de monumento genuinamente estadounidense». Tras lo ocurrido, el Congreso retiró de inmediato su contribución económica a las obras y el resto de donaciones se redujo a la mínima expresión. A pesar de ello, el movimiento ultranacionalista añadió hasta trece niveles de albañilería que más tarde fueron retirados por su mala calidad.

Si es aficionado al cine, ésta no es, aunque se lo parezca, la primera vez que ha oído hablar de los *Know Nothing*. Martin Scorsese rodó en 2002 la película *Gangs of New York*, en la que aparecía uno de sus líderes neoyorquinos históricos: William Poole (aunque cambiando su apellido al de Cutting) o «Bill *el Carnicero*», interpretado por Daniel Day-Lewis.

Un paseo fálico

Teniendo en cuenta la cantidad de simbología egipcia, grecorromana y de otras culturas antiguas que emplearon los fundadores de la capital y que llevamos acumulada hasta el momento, a nadie le extrañará que el *National Mall*, esa inmensa zona al aire libre que nos ayuda a delimitar el *Federal Triangle* fijando el área comprendida entre el Capitolio y el Monumento a Washington, posea una evidente forma fálica..., exactamente igual que el obelisco que la remata.

Nuestros ancestros, menos agobiados por los condicionamientos modernos, vivían la vida con mayor naturalidad que nosotros. Eso incluye los hoy considerados como dos grandes tabúes por nuestra sociedad occidental: la muerte y el sexo, a los que tanto tememos los puritanos, ignorantes y ocupadísimos ciudadanos contemporáneos, que por desgracia carecemos de formación suficiente y de tiempo real para reflexionar sobre nuestra propia existencia y el sentido de la misma. Ello nos priva de paz interior y nos conduce a un día a día mecánico, incoherente y sin sentido, dominado por la inercia, por culpa del cual consumimos nuestras vidas agobiados y desesperanzados, con la sensación de que nada de lo que hemos hecho ha sido realmente importante, ni siquiera para nosotros mismos.

Por ello nos cuesta entender que las primeras creencias religiosas de las que tenemos noticia se centraran en el sexo, aunque la razón era obvia: si no existieran las relaciones sexuales, la especie no podría reproducirse y nosotros no estaríamos vivos. Los cultos primitivos a las diosas madre no son casuales y el prototipo de mujer *sexy* y atractiva distaba bastante del que la publicidad y las teleseries nos venden hoy. Las mujeres más valoradas eran las más fértiles, independientemente de su aspecto físico, y siguieron siéndolo durante mucho tiempo; baste con contemplar las modelos que empleaban algunos de los grandes de la pintura como Rubens, Tiziano y tantos otros. Los primeros lugares sagrados de los que tenemos noticia los hallamos en cavernas con forma de vulva y en menhires erectos como grandes penes que aspiraran a perforar el cielo. A medida que el arte y la religión evolucionaron, ambos conceptos siguieron muy presentes en la mente y la tradición de nuestros antepasados, por lo que resulta muy común encontrar referencias sexuales en los mitos y en las creencias antiguas.

En ese sentido, un lugar como el *Mall* es consecuencia lógica de la intención de los fundadores de enlazar la grandeza de la nueva capital con la de las capitales de otros imperios que le precedieron en el tiempo. Sobre todo cuando se considera que esta amplia avenida ha sido utilizada en numerosas manifestaciones de todo tipo, cada una de las cuales ha contado con centenares de miles de participantes: desde la Marcha por los Derechos Civiles de Martin Luther King hasta las masivas celebraciones por la victoria de los Redskins en la Liga de Fútbol Americano, pasando por las demostraciones a favor y en contra del aborto o la Marcha de un Millón de Hombres del fundamentalista Louis Farrakhan.

Acaso en la imaginación de los fundadores de la capital el simbolismo hubiera llegado hasta el extremo de aprovechar de alguna forma la energía generada por esas muchedumbres, identificando tal vez a cada uno de los manifestantes con uno de los muchos espermatozoides que fluyeran canalizados por el fálico *Mall* desde el Monumento a Washington hacia arriba para desembocar, frente al Capitolio, junto al húmedo estanque del Monumento al general Grant, vencedor de la guerra civil y presidente a partir de 1869. Un general que ha pasado a la Historia como Ulysses Simpson Grant, aunque su verdadero nombre fue *Hiram* Ulysses Grant. Según declaró en cierta ocasión, la razón de este cambio era evitar que con sus iniciales se formara la palabra *Hug*, literalmente «Abrazo». ¿Masónico?

La herencia de Ra

Obelisco es una palabra que proviene del griego *obeliskos* y es un diminutivo irónico de *obelos*, que significa literalmente «aguja», «lanza» y también «espetón» o «asador». Los primeros griegos que viajaron a Egipto lo bautizaron con este nombre por hacer una gracia (como cuando nosotros nos referimos al océano Atlántico como «el charco»), ya que les recordaba este instrumento pero en un tamaño gigantesco.

Por lo general, el obelisco es un monumento alargado de gran tamaño, con forma de prisma cuadrangular de sección decreciente desde la base hasta la coronación. Los egipcios lo usaron mucho instalándolo (todavía no se sabe cómo, pues se supone que carecían de tecnología lo bastante desarrollada como para mover aquellos monstruos de piedra) en las puertas de sus templos, donde se levantaban a pares (como las columnas de entrada al templo masónico). Solían tallarlo como un monolito, o sea en un solo bloque de piedra, y lo recubrían después con jeroglíficos por sus cuatro caras. Remataban el extremo superior de manera piramidal con una pieza llamada *piramidión* recubierta con *elektron*, una aleación de oro y plata apodada «la carne de los dioses» que reflejaba los rayos del sol y convertía el objeto en una especie de faro visible a bastante distancia.

El más antiguo del que hoy tenemos noticia se remonta unos cinco mil años en el tiempo, a la época de la quinta dinastía, pero se utilizaron durante los distintos períodos de su civilización. El Imperio romano, que saqueó a placer sus provincias, se llevó muchos tesoros de Egipto, empezando por los obeliscos. Hoy existen más obeliscos levantados en Roma que en todo el país del Nilo. En época más moderna, franceses e ingleses hicieron lo mismo.

El más famoso de los obeliscos «trasplantados» ya aparecía en *Ángeles y demonios* de Dan Brown: es el de la plaza de San Pedro del Vaticano que, junto con el conocido como Esquilino y con el del Quirinal, son los únicos tres monumentos de este tipo en Roma que actualmente carecen de jeroglíficos o inscripciones en sus caras. Por ello se desconoce su verdadera antigüedad y quién ordenó su erección.

En el caso del que se halla en el Vaticano, existen dos opiniones mayoritarias. Algunos estudiosos opinan que data del reinado del faraón Amenemhat III y otros creen que es de la época del emperador romano Augusto, que lo habría mandado levantar inicialmente en el Foro Juliano de Alejandría, aunque su sucesor Calígula mandó transportarlo a la capital imperial hacia el año 40 d. J.C. con objeto de colocarlo en el llamado Circo de Calígula o del Vaticano. Allí fue consagrado al sol y a sus predecesores Augusto y Tiberio. A finales del siglo XVI, el papa Sixto V decidió ordenar su traslado para tenerlo justo frente a la basílica de San Pedro. En ese momento se le añadió la cruz que actualmente remata sus más de veinticinco metros de altura. Finalmente, en 1818 le fueron añadidos los cuatro leones (animal solar) de piedra que podemos ver hoy en su base.

En el Antiguo Egipto, el obelisco estaba directamente relacionado con Ra, el dios del sol, y por eso muchos estudiosos creen que representaban rayos solares petrificados. Mas la palabra egipcia para designar a los obeliscos era *techen*, que posee un extraño significado: «que daña el ojo, que hiere el cielo». De donde, a no ser que represente un cohete perteneciente a una maravillosa tecnología hoy completamente olvidada, se pueden colegir dos cosas: su carácter de «rascacielos» probablemente fálico y la luz que despedía el *piramidión* en lo alto.

El obelisco, según las más antiguas escrituras egipcias, también tenía mucho que ver con la mítica *Benben* (palabra que ha sido traducida como «un tipo de piedra dura»), conocida desde los primeros tiempos de los faraones y que estuvo en pie en Heliópolis (literalmente la «Ciudad del dios Sol»), uno de los más importantes centros de la teología y la sabiduría de esta civilización. Benben se guardaba en un edificio específicamente destinado a su protección y recibía un cuidado extraordinario (*tres* hierofantes que «poseían el secreto» se encargaban de su mantenimiento), pues los sacerdotes decían que era el vehículo utilizado en tiempos inmemoriales por el dios Ra para descender desde los Cielos a la Tierra y convertirse así en el primer gobernante de Egipto en beneficio de sus hasta entonces primitivos súbditos. Desde este punto de vista, el obelisco equivale al hogar del dios en nuestro mundo.

Además, Benben estaba relacionada con, o simbolizada por, el llamado «pájaro de la luz» de nombre Benu, que es descrito como «la sagrada ave Fénix, como el sol, asociada con el dios Ra», ya que según el mito esta ave parecida a una águila volaba a Heliópolis cada quinientos años para morir allí, ser quemada en una pira fúnebre y, a continuación, renacer mágicamente de sus cenizas y partir de nuevo hacia el cielo. Algunos jeroglíficos muestran al Fénix sentado sobre un *piramidión*. Con el tiempo, el Fénix se convertiría en símbolo de la inmortalidad para los estudiosos del Hermetismo y la alquimia e incluso se coló en la literatura medieval en torno al Santo Grial. No es extraño que en *El símbolo perdido* aparezca tanto en el anillo de Peter Solomon como tatuado en el pecho de Malak, pues en la masonería su imagen mutó hasta convertirse en el águila bicéfala.

Considerando todo lo anterior y recordando el proceso de divinización de George Washington, ¿acaso debería sorprendernos que el monumento en su honor sea precisamente un gran obelisco blanco construido en mármol, granito y piedra arenisca?

El primer monumento que se planteó en su memoria data de 1783 y, según lo decidido por el entonces Congreso Continental, se trataba de una estatua ecuestre que debería haberse levantado en el mismo lugar donde fuera establecida su residencia fija. Pese a la coincidencia general en los méritos que había acumulado el admirado comandante en jefe para este reconocimiento público, la idea no suscitó demasiado entusiasmo, ni siquiera una vez que el Congreso quedó definitivamente instalado en el Capitolio en Washington, D.C.

Pocos días después de la muerte del ex presidente, los congresistas plantearon una idea diferente: una tumba en el interior del Capitolio. Tampoco salió adelante, entre otros motivos porque la familia no estaba de acuerdo con exhumar y trasladar el cuerpo ya enterrado. En 1833, en plena conmemoración del centésimo aniversario del nacimiento de George Washington, un grupo de ciudadanos impulsó una sociedad específica para promover la creación del monumento de una vez por todas, recogiendo donaciones que en poco tiempo superaron los 28.000 dólares, una gran cantidad para la época, y convocando un concurso para su diseño. Cuando empezó la construcción definitiva, en 1848, el Congreso donó 37 acres de terreno para este proyecto cuya primera piedra se puso el 4 de julio, fiesta nacional, durante una elaborada ceremonia protagonizada por eminentes masones.

El empuje inicial se transformaría en un tortuoso camino que duraría cerca de cuarenta años hasta ver finalizado el monumento. Casi todos los parones se produjeron por falta de fondos, pero también por la aparición de los *Know Nothing*. Finalmente, la última piedra se colocó en diciembre de 1884, aunque el monumento no fue abierto al público hasta casi cuatro años más tarde. Entonces, era el edificio más alto del mundo, aunque fue superado por la Torre Eiffel poco después.

En las cuatro caras de su *piramidión* se incluyeron sendas inscripciones. En las del norte, el sur y el oeste figuran los nombres y las fechas más importantes de la construcción. En la del Este, la que mira al sol naciente, se inscribieron sólo dos palabras en latín: *Laus Deo* («Dios sea loado»). ¿El dios Sol? ¿O el dios Washington?

La cara oculta del tercer presidente

En 1801, Thomas Jefferson sucedió a John Adams y se convirtió así en el tercer presidente de Estados Unidos. Era la culminación de una larga carrera política que había comenzado con la redacción de la Declaración de Independencia en 1776 y que a la sombra de George Washington le llevó a escalar sucesivos peldaños en la nueva Administración. Primero como gobernador del Estado de Virginia, después como secretario de Estado y finalmente como vicepresidente, antes de llegar a lo más alto de la pirámide política.

Abogado y terrateniente gracias a la herencia de sus padres, Jefferson construyó su residencia en Monticello (en italiano, la «montañita»), la única vivienda de Estados Unidos, que con el tiempo ha sido designada Patrimonio de la Humanidad y que apareció reproducida en el reverso de los billetes de dos dólares. Su fama se debe al texto nacido de la comisión de cinco hombres que presidió y dirigió con el encargo exclusivo de redactar la Declaración de Independencia. Utilizando como base las sugerencias de los demás miembros del grupo, así como la Declaración de Derechos de Virginia de Mason y su propio texto propuesto para la Constitución de Virginia entre otros documentos, Jefferson empleó a fondo su capacidad como escritor para alumbrar uno de los más bellos escritos políticos que hoy conocemos.

Durante mucho tiempo se ha especulado sobre la relación de Jefferson con la masonería. Existen diversas pistas que apuntan a la certeza de que el tercer presidente de Estados Unidos fuera, al igual que Washington, Franklin y otros miembros de la aristocracia política que fundaron el país, un miembro de la orden; pero esta condición nunca fue confirmada ni por él ni por la propia masonería en público. Su ideología personal, en todo caso, se aproximaba muy mucho, como demuestra su encendida defensa de las libertades y el individualismo: llegó a argumentar públicamente que el ciudadano norteamericano modelo no podía ser otro que el que establecía su propia empresa y se empleaba a sí mismo, antes que aceptar ponerse a sueldo de otro hombre.

El monumento erigido en su honor acrecienta las sospechas de su pertenencia a la hermandad secreta. Primero, por ocupar uno de los lugares más importantes del *Federal Triangle*, en el ángulo sur y frente al Monumento a Washington. Segundo, por las similitudes de ese monumento, también de estilo neoclásico, con antiguos templos de Roma como el de Hércules (popular y erróneamente conocido como Templo de Vesta, de aspecto redondeado y edificado en el siglo II a. J.C. en honor del aspecto *olivarius* del semidiós, ya que era el patrono de los mercaderes de aceite) o el Panteón de Agripa (así llamado porque el primer templo construido en la zona fue mandado levantar por este amigo y colaborador del emperador Augusto hacia el año 25 a. J.C., si bien el que hoy se puede admirar es la reconstrucción que del mismo realizó el emperador Adriano hacia el 125 d. J.C.). Tercero, porque el presidente norteamericano que impulsó definitivamente su construcción, «animado por un deseo personal», fue el prominente masón Franklin Delano Roosevelt.

John Russell Pope (irónicamente, *Pope* se traduce como «papa», una dignidad que nunca fue del agrado personal de Jefferson) fue el autor del diseño del monumento, inaugurado el *13* de abril de 1943 en el doscientos aniversario de su nacimiento. Unos escalones de mármol y un pórtico de columnas conducen hasta el interior de una cúpula donde se pude admirar la estatua de Rudolph Evans, de *seis* metros de altura, que representa al tercer presidente.

Allí también podemos encontrar diversos fragmentos de sus escritos, bastante significativos, como el de la carta que escribió en septiembre de 1800 a su amigo Benjamin Rush, uno de los firmantes de la Declaración de la Independencia, al que recuerda que «ningún hombre podrá ser obligado a asistir o apoyar el ministerio o la adoración de ninguna religión ni deberá tampoco sufrir por sus opiniones o creencias religiosas, sino que al contrario todos los hombres deben ser libres de profesar y argumentar por la razón sus propias opiniones en materia de religión». O aquella otra que en agosto de 1789 dirigiera a James Madison, con el tiempo su sucesor en la presidencia, en la que asegura que «el comercio entre el amo y el esclavo es despotismo. Nada está más certeramente escrito en el libro del destino que el hecho de que estas gentes deben ser libres. Establecer la ley para educar a todo el mundo: éste es el trabajo del Estado».

Según uno de sus biógrafos, James Parton, Jefferson era un individuo tan fascinante como polifacético y de múltiples talentos, ya que le consideraba «capaz de calcular un eclipse, inspeccionar una finca, anudar una arteria, diseñar un edificio, desarrollar un juicio, domar un caballo, bailar un minueto y tocar el violín».

¿Un dechado de virtudes? ¿Un nuevo Washington?

A Parton se le olvidó añadir un aspecto definitivo de Jefferson incluso hoy poco divulgado: el de simpático hipócrita. Al igual que ha sucedido a lo largo de la Historia en tantos países, especialmente en los regímenes democráticos, los hechos materiales que protagonizó el tercer presidente de Estados Unidos, no fueron tan hermosos como sus brillantes palabras o sus humanitarias ideas teóricas. El «precedente del anarquismo», como llegó a calificarle algún historiador por la importancia de las ideas liberales en su discurso, fue precisamente uno de los hombres que en aquellos tiempos más hizo por estructurar, centralizar y consolidar el nuevo Estado para asegurar su viabilidad.

Y hay algo peor. En el tan imprescindible como demoledor *Guerras, políticos y mentiras* del historiador británico Geoffrey Regan, se revela con toda claridad, en forma de juicio de la Historia, la cara más oscura de este personaje histórico que a día de hoy sigue pugnando por hacerse con la corona universal en la Liga Internacional de Grandes Campeones de las Libertades y los Derechos Humanos. Recordemos las palabras más conocidas de su Declaración de Independencia: «Todos los hombres tienen derecho a la vida, a la libertad y a perseguir la felicidad.» Maravillosas palabras, sin duda... Lástima que ni él mismo ni el resto de los llamados Padres Fundadores las aplicaran a su vida diaria en una sociedad como la norteamericana, que había luchado para evitar que el rey Jorge III de Inglaterra «esclavice a los colonos americanos cargándolos con sus impuestos» cuando nada menos que el 20 por ciento de la población, es decir uno de cada cinco habitantes de las Trece Colonias, *ya* eran esclavos..., negros y propiedad de los colonos ansiosos de «libertad». Siguieron siéndolo después de la independencia. Más de la mitad de los firmantes de la Declaración poseían esclavos y era gracias a ello como sostenían sus plantaciones y sus prósperas economías de terratenientes locales, incluyendo a Jefferson.

La situación no cambió demasiado cuando, algunos decenios más tarde, varios estados del norte empezaron a abolir formalmente la esclavitud en su territorio, ya que la ley les seguía obligando a devolver a sus dueños a los esclavos fugados que hubieran buscado refugio en su territorio. Hubo que esperar casi un siglo, hasta la guerra de Secesión, para que se produjera la emancipación oficial de los esclavos (y otro siglo más, hasta los años sesenta del siglo XX, para que los ciudadanos de raza negra vieran reconocidos todos sus derechos legalmente).

Hasta entonces, los negros no podían ser libres ni votar, aunque, de manera denigrante, cada uno de ellos equivalía a *tres quintas partes de hombre blanco* a la hora de fijar la representación política de los colegios electorales. O lo que es lo mismo: cuantos más esclavos tuvieran los terratenientes locales, más escaños podía obtener su estado en el Congreso, aunque el número real de votantes legales fuera inferior al de los del estado de al lado. El propio Jefferson se benefició de esta infamante componenda para derrotar a John Adams (su gran rival político: curiosamente ambos fallecieron con un intervalo de cuatro horas justo el 4 de julio de 1826, cuando se conmemoraba el cincuenta aniversario de la Declaración de Independencia) en las elecciones que le auparon a la presidencia.

Compárese la situación de los auténticos esclavos negros con la de los colonos americanos «esclavizados» por los impuestos de Jorge III. Impuestos que, por cierto, suponían un chelín por año para el ciudadano medio de las Trece Colonias mientras que, en la propia Inglaterra, un ciudadano con la misma renta soportaba veintiséis chelines...

En 1785, nueve años después de la Declaración, Jefferson escribía en sus *Notas sobre el Estado de Virginia* que «los esclavos negros carecen de autocontrol, reflexión racional y devoción hacia una comunidad mayor», razones por las cuales «no están capacitados para gozar de libertad». Y añadía que «la esclavitud es un valor positivo para los propios esclavos» dado que «los negros son inferiores a los blancos en belleza, en intelecto y en carácter», incluyendo por ello la advertencia de que el mestizaje «no es en absoluto recomendable».

Esto lo escribió el mismo hombre que usó a una de

sus esclavas negras, Sally Hemmings, como amante y con la que tuvo al menos un hijo (siete, según otras fuentes) al que no trató precisamente como tal: cuando estuvo en edad y condiciones de servir, lo empleó como su propio *valet.* Un esclavo más en Monticello.

Blanca como los aprendices

John William Cavendish-Scott-Bentinck, quinto duque de Portland y marqués de Titchfield, miembro de la Cámara de los Lores, fue uno de los aristócratas británicos más extravagantes de su época. Nacido en 1800 y fallecido setenta y nueve años más tarde, dedicó prácticamente veinte años de su vida a la ampliación de su querida mansión de Welbeck Abbey, un antiguo monasterio del siglo XII, en el norte de Nottinghamshire. Lo hizo tanto en la superficie como, y esto es lo interesante, por debajo de ella, donde mandó excavar un sistema de túneles de aproximadamente veinticuatro kilómetros de longitud que conectaba con diversas habitaciones de su palacete, en el que vivía formalmente en absoluta soledad.

Gran introvertido, Cavendish mantuvo una intensa correspondencia con figuras tan importantes de su época como el primer ministro de Inglaterra, Benjamin Disraeli, o lord Palmerston, uno de los políticos más activos de la época en su calidad de ministro de sucesivos gobiernos durante decenios. También se escribía... con sus propios sirvientes. Cada vez que deseaba que se cumpliera una de sus órdenes, la redactaba en un buzón especial instalado en sus habitaciones del que debían recogerlo sus criados para, una vez leída, llevarla a cabo. Ni siquiera la comida le era servida en mano sino que llegaba hasta él a bordo de unos trenes de juguete cuyas vías conectaban con sus habitaciones personales. En su dormitorio, instaló un dosel con grandes puertas alrededor de su enorme cama cuadrada, de manera que era imposible saber si su propietario había dormido allí o no la noche anterior.

En el colmo de su extravagancia, normalmente sólo se aventuraba fuera de su mansión al llegar la noche y aún entonces era precedido por un sirviente que debía caminar cuarenta yardas (algo más de treinta y cinco metros) por delante de él. Si se veía obligado a salir de día, el duque vestía siempre dos abrigos y se cubría la cabeza con un sombrero de talla muy grande, además de llevar abierto un paraguas para esconderse tras él. Si tenía que trasladarse a Londres por negocios, lo hacía con la mayor discreción y, tras su llegada a su residencia en *Harcourt House* (precisamente en Cavendish Square), los sirvientes debían mantenerse alejados de su presencia. Para compensar al servicio, les pagaba con salarios muy generosos y tenía atenciones especiales con ellos como la pista de patinaje que mandó construir para su uso y disfrute. Además, sus obras de caridad eran cuantiosas y conocidas, y las constantes reformas en su propiedad significaban trabajo seguro para cientos de personas. En consecuencia, a la mayoría de sus criados no les importaba servir a un noble de costumbres raras que, a cambio, les trataba mejor de lo normal entre los de su clase.

Sus vecinos intentaron explicar las extrañas manías

del duque atribuyéndolas a una presunta misoginia causada por un desengaño amoroso, a las desagradables marcas dejadas en su piel por la lepra, a su condición de loco de atar pero intocable por su posición social e incluso a su presunta afición a las orgías. Sin embargo, en los retratos que se conservan de él aparece como un hombre en apariencia normal, si bien solía utilizar ropas antiguas, muy pasadas de moda.

Además, su obsesión por retocar Welbeck Abbey venía de lejos: desde que a los veintiún años y tras la muerte de su hermano mayor heredara tanto el título como el inmenso patrimonio de su padre. A lo largo de su vida, Cavendish ocupó, como mucho, media docena de habitaciones en el ala oeste de la gran mansión. El resto estaban desocupadas, vacías, pues mandó retirar todo el mobiliario sin explicar por qué. Pese a ello invirtió una fortuna ampliando su red de pasadizos subterráneos bajo la casa, algunos de ellos de proporciones tan colosales que tres personas a caballo podían recorrerlos cabalgando codo con codo. Precisamente los caballos fueron uno de sus entretenimientos favoritos: tenía un centenar de ellos, cuyos establos se extendían sobre el área equivalente a la de un pueblo de la época.

Miles de lámparas de gas iluminaban por la noche su red de túneles, que empleaba a discreción apareciendo sin avisar en cualquier punto de su propiedad para sorpresa y susto de sus empleados. Allí se refugiaba a menudo, en unas habitaciones de grandes dimensiones y pintadas de rosa, como una biblioteca de cerca de ochenta metros de longitud, un observatorio con techo de cristal o una sala inicialmente concebida para ser una capilla que al final se destinó a salón de baile. Para acceder a ella, incluso instaló un ascensor hidráulico que podía trasladar a una veintena de personas a la superficie. No obstante, Cavendish nunca organizaba bailes en su mansión...

Con el paso de los años, la zona «visible» de Welbeck Abbey se deterioró progresivamente y adquirió así una apariencia digna de un relato de terror, ideal para mantener alejados a posibles intrusos, mientras que la «invisible» conservaba todo el confort y las comodidades del primer momento. Cuando Cavendish falleció, las habitaciones de superficie estaban tan deterioradas que su sucesor y heredero como sexto duque de Portland se vio forzado a derribar y reconstruir buena parte de la residencia. A continuación, este noble convirtió Welbeck Abbey en uno de los centros de moda para la alta sociedad de los últimos años de la época victoriana y los siguientes de la eduardiana, aunque no está claro hasta qué punto utilizó también la «residencia de abajo».

¿Para quién construyó Cavendish en realidad aquel mundo subterráneo? ¿Y cuál fue su uso real? ¿Pertenecía a alguna fraternidad secreta que empleó aquellos salones para sus reuniones y rituales? ¿Siguen utilizándose hoy todavía con ese propósito? En la actualidad, la mansión continúa siendo una residencia privada bajo el control de sus descendientes. Se puede visitar con el permiso de sus propietarios..., pero sólo la zona de superficie.

Una villa veneciana

Robert Langdon se enfrenta en *El símbolo perdido* a la asfixiante sensación de la claustrofobia en sus interminables recorridos por los túneles y los subsótanos de Washington. Al ser ésta una ciudad de nueva planta como todas las norteamericanas, carece en realidad del auténtico laberinto de galerías que poseen otras ciudades europeas, algunas de las cuales se han hecho mundialmente famosas, como es el caso de las catacumbas de Roma (nueva referencia a la antigua capital imperial, para identificarla con su émula moderna) o las de París (que se remontan al siglo XVIII) donde se acumulan interminables kilómetros de pasadizos, muchos de ellos abandonados desde hace siglos y donde no se sabe exactamente qué es lo que hay.

Sin embargo, las construcciones bajo la superficie son muy comunes en la tradición anglosajona, donde las encontramos en toda época y lugar. Desde los *sidhe* de la leyenda celta (donde se refugió la antigua raza de los Tuatha De Danann cuando los humanos tomaron posesión de Irlanda en tiempos míticos) hasta los llamados *agujeros de obispo* (que se multiplicaron en el Reino Unido y sobre todo en Inglaterra durante las persecuciones protestantes contra el clero católico) o los incontables *bunkers* antinucleares en casas y fincas privadas (cuya construcción se puso de moda en Estados Unidos a raíz de la guerra fría). Desde los gigantescos e hipermodernos barrios subterráneos de Canadá (el más famoso es la *Underground City* o

Ville Souterraine —es decir, la «Ciudad Subterránea»— de Montreal, que tiene treinta y dos kilómetros de túneles que conectan siete estaciones de metro, siete grandes hoteles, numerosos centros comerciales con unas dos mil tiendas y decenas de cines además de incontables oficinas en más de cuarenta manzanas de extensión; Toronto posee otro barrio similar conocido genéricamente como el *Path* o «Camino» aunque es algo más pequeño, con «sólo» veintisiete kilómetros excavados bajo tierra, pero incluye acceso a estadios de baloncesto y béisbol) hasta la insana ciudad subterránea de la capital escocesa, Edimburgo (enterrada debajo de numerosas plantas de nueva construcción que fueron construyéndose en vertical una encima de otra y en la que se refugiaron inmigrantes, delincuentes, prostitutas y demás componentes del lumpen incluyendo al conocido criminal Deacon Brodie, que durante el día era un honrado ebanista y durante la noche se transformaba en ladrón y asesino, hasta que fue capturado in fraganti y ajusticiado... con una horca que él mismo había fabricado; según varios críticos literarios fue su vida la que inspiró a Robert Luis Stevenson, cuyo padre poseía muebles manufacturados en el taller de Brodie, para escribir su maravillosa obra maestra *El extraño caso del Doctor Jekyll y Mister Hyde*).

No debe extrañarnos, pues, que Langdon descubra todo tipo de accesos bajo la superficie a lo largo de sus aventuras. No se sabe a ciencia cierta cuántos kilómetros cuadrados han sido excavados en el subsuelo de Washington, pero sin duda son bastantes más de los que en principio podríamos imaginar. Tomemos como ejemplo la propia Casa Blanca. Todos tenemos en la cabeza la imagen del domicilio del Presidente de Estados Unidos, más famoso aún que el Palacio de Buckingham, el del Elíseo y el de La Zarzuela juntos. Sin embargo, no son tantas las personas que están al tanto de que la residencia del presidente estadounidense, la primera dama y el resto de su familia no tiene dos pisos, tal y como se puede apreciar a través de sus verdes jardines, sino al menos *seis*, la mayoría de los cuales se encuentran bajo tierra y sobre los cuales no se facilita información de su contenido.

Igual que sucediera con el Capitolio y el Monumento a Washington, la primera piedra de la Casa Blanca también fue colocada durante una ceremonia masónica, esta vez el *13* de octubre de 1792. Y, volviendo al asunto de la esclavitud, no deja de ser irónico que la excavación de la tierra para colocar los cimientos (y la instalación de los propios cimientos) de la residencia en la que iba a vivir el presidente de «la nación más libre del mundo» fuera un trabajo realizado por... esclavos. Después, las paredes de ladrillo fueron levantadas y enyesadas, y el edificio acondicionado, por inmigrantes mal pagados de origen irlandés e italiano, muchos de ellos desprovistos legalmente de la ciudadanía.

La mansión presidencial fue un proyecto del arquitecto angloirlandés (masón también, para que no queden dudas) James Hoban y fue instalada en el lugar elegido por el propio Washington en compañía de Pierre Charles L'Enfant, el máximo responsable, como ya sabemos, de los peculiares trazados geométricos sobre la planta de la Ciudad Federal.

Hoban, a su vez, dijo haberse inspirado en varios edificios antiguos como el palacio campestre de Villa Capra o Villa La Rotonda, de Andrea Palladio. Este palacete veneciano es un edificio cuadrado completamente simétrico en el interior de una planta de círculo perfecto superpuesto a una cruz y con una cúpula circular justo en el centro. Está provisto de un frontón neoclásico y de abundante decoración relacionada con la mitología griega, además de cuatro *loggias* o galerías italianas con acceso a través de grandes escalinatas externas. Todo el conjunto rota 45 grados respecto a los puntos cardinales para conseguir la misma exposición solar en cada fachada. Esta obra, que data de 1566, fue firmada por Andrea Palladio, un arquitecto que comenzó su carrera como cantero y cuyas lecturas de Vitrubio, Alberti y Serlio inducen a pensar que acabó también en la masonería. De hecho, otra de sus obras venecianas, Villa Cornaro, fue durante el siglo XVIII el centro de reunión de la primera logia italiana fundada por iniciados ingleses. Uno de los retratos más conocidos de Palladio (su maestro Trissino le bautizó así en honor a *Palas* Atenea/Minerva, una vieja conocida en nuestra historia) le muestra con el gesto atento y despierto. En la mano derecha tiene dos objetos: un pergamino con su nombre y la fecha del cuadro, 1876, y... un compás.

La Casita de Chocolate

Cuando Barack Hussein Obama ganó las elecciones presidenciales de 2008, el chiste comenzó a correr por Washington en referencia al color de piel del nuevo presidente: la Casa Blanca se convertía definitivamente en la Casita de Chocolate...

La alusión no es nueva, en realidad. Ya en 1975, la banda de *funk* de George Clinton, Parliament («Parlamento»), había editado su exitoso *Chocolate City* («La Ciudad de Chocolate»), en cuya portada se reproducían, como modelados en un medallón de chocolate, *tres* de los más famosos lugares de la capital: el Capitolio, el Monumento a Washington y el Memorial a Abraham Lincoln. El álbum recogía un apodo cariñoso de la ciudad empleado desde principios de los setenta por las emisoras de radio locales y constituía precisamente un homenaje a los ciudadanos negros de la población, que ya entonces eran mayoría y hoy lo siguen siendo: según el último censo disponible, más del 55 por ciento de los habitantes de Washington son actualmente de origen africano, por algo menos del 32 por ciento de origen europeo, un 8 por ciento de hispanoamericanos (sobre todo salvadoreños y mexicanos), un 3,5 por ciento de asiáticos y el resto, de orígenes diversos.

Siendo él mismo negro, Clinton fantaseaba, en la letra del tema que abría el disco y le daba título, con la creación de un gobierno exclusivamente compuesto por gentes de su raza. Según su canción, debería estar encabezado por el boxeador Mohamed Alí en calidad de presidente de Estados Unidos y contaría con la cantante Aretha Franklin como primera dama, el evangelista Reverendo Ike en el papel de secretario del Tesoro, el actor de comedia Richard Pryor como encargado de Educación y el cantante Stevie Wonder como responsable de Bellas Artes. La letra también homenajeaba a otras «ciudades chocolate» entre las cuales citaba a Nueva York, Los Ángeles, Atlanta y Newark.

Sin duda, el creador de Parliament y de su posterior e igualmente popular grupo Funkadelic fue uno de los entusiasmados votantes del Partido Demócrata en las elecciones presidenciales que el 4 de noviembre de 2008 le dieron la victoria a su candidato, Obama, sobre el del Partido Republicano, John McCain..., a pesar de que, técnicamente y en contra de lo que se repite una y otra vez, el cuadragésimo cuarto presidente de Estados Unidos no es negro, sino mulato, ya que su padre era un hombre negro de origen keniano pero su madre era una mujer blanca nacida en Kansas. Este pequeño detalle que suele obviarse motivó uno de los momentos más incómodos para Obama durante la campaña electoral que le condujo al triunfo electoral.

Sucedió cuando el ex senador por el Estado de Illinois se enteró (si es que no lo sabía ya) por el diario de su capital, el *Chicago Sun Times*, de que a través de la familia de su madre estaba emparentado nada menos que con los dos George Bush (en grado de primo décimo con el padre y de undécimo con el hijo) y también (y con un grado más cercano, el octavo) con el entonces vicepresidente saliente Dick Cheney.

La publicación de esta noticia volvió a poner de nuevo sobre la mesa las críticas hacia la partitocracia hoy imperante en Estados Unidos, donde cada cuatro años se presentan numerosos candidatos a los comicios presidenciales pero en la práctica resulta imposible ganarlos si el candidato no pertenece a una de las dos grandes formaciones políticas que desde 1853 se alternan en el poder: el Partido Demócrata y el Partido Republicano. Para empeorar las cosas, muchas familias de los líderes de ambos rivales están emparentadas entre sí a distintos niveles, con independencia de la escarapela política que muestren en público. Un ejemplo harto conocido es el del matrimonio de Arnold Schwarzenegger con Maria Shriver: mientras él prosperaba políticamente como gobernador de California por el Partido Republicano en las elecciones de 2003 y 2006, ella, como buena sobrina del asesinado presidente John F. Kennedy, seguía trabajando por los intereses del Partido Demócrata.

Por ello Obama recibió muy mal la información del diario de Chicago y recurrió a un particular sentido del humor cuando, ante la insistencia de un periodista de otra publicación, el británico *The Guardian*, respondió con la siguiente frase: «Toda familia tiene una oveja negra.»

La verdad es que la residencia oficial de los presidentes norteamericanos no recibió su característica denominación de Casa Blanca hasta la llegada al poder en 1901 de Theodore Roosevelt. Hasta entonces, había sido conocida simplemente como el Palacio Presidencial o la Mansión Ejecutiva. A lo largo de su existencia sufrió numerosas transformaciones y ampliaciones e incluso un incendio que obligó a reconstruirla tras la muy poco conocida guerra angloamericana de 1812.

Cuando pensamos en los enfrentamientos entre ingleses y norteamericanos solemos acordarnos sólo de la guerra de Independencia, pero hubo un conflicto posterior provocado por Estados Unidos, que aprovechó la complicada situación en Europa en la época napoleónica para golpear por la espalda al Reino Unido. La intención de fondo de la Administración de James Madison (cuarto presidente, posible masón, estrecho colaborador de

Washington y sobre todo de Jefferson y conocido como el Padre de la Constitución por su responsabilidad en su redacción) era apoderarse de las colonias británicas en Canadá e incorporarlas a la Unión. No obstante, tras una pobre ofensiva que apenas sirvió para incendiar los edificios parlamentarios del Alto Canadá (hoy, la ciudad de Toronto), el ejército británico respondió con brillantez y no sólo repelió a las tropas americanas sino que avanzó sin oposición hasta invadir la misma ciudad de Washington mientras sus defensores huían en medio del caos. Madison adquirió entonces el dudoso honor de ser el único presidente de Estados Unidos obligado a huir de la Casa Blanca y de la capital federal.

Los ingleses pudieron haber arrasado la ciudad pero recibieron órdenes del alto mando británico para contenerse y respetar a la población, por lo que se limitaron a quemar el Capitolio y la Casa Blanca junto con algunos edificios públicos en represalia por el incendio del Alto Canadá. Al día siguiente se marcharon tranquilamente. Después se supo que la primera dama, Dolley Madison, no había huido como su marido sino que hasta minutos antes de que llegaran los soldados ingleses había permanecido en la residencia oficial escondiendo documentos del gobierno y valiosos objetos históricos como un retrato de George Washington. Sólo escapó en el último momento y acompañada por un único oficial de la guardia presidencial que quedaba en la casa, con el que se mezcló entre los miles de personas que abandonaban la ciudad para no ser detenida por el enemigo.

Como es obvio, la popularidad de James Madison cayó por los suelos, no sólo por la humillante aunque temporal ocupación de la capital federal, sino por el fuerte contraste de su acobardada actitud personal con la de su valiente esposa.

La incapacidad militar de los norteamericanos y la necesidad de los británicos de no desviar demasiados recursos a este conflicto, implicados como estaban en la última fase de la guerra contra los ejércitos napoleónicos, provocó el estancamiento del frente. Una vez derrotado Napoleón en Waterloo el 18 de junio de 1815, Londres consideró la posibilidad de enviar más tropas al otro lado del Atlántico, pero los británicos estaban hastiados de guerras y no pensaron seriamente en intentar recuperar sus antiguas colonias, así que los dos bandos contendientes firmaron la paz sobre el respeto a las fronteras ya existentes.

Los canadienses aún recuerdan la guerra angloamericana como una victoria ante una agresión injustificada así como una reafirmación de su independencia frente a Estados Unidos, mientras en este país se considera como una reafirmación de la unidad nacional y la muestra de fuerza que necesitaba para desvanecer cualquier posible tentación de la Corona británica de cuestionar la independencia ganada pocos decenios atrás. Sin embargo, la principal industria de relaciones públicas de Estados Unidos (es decir, el cine de Hollywood) no ha producido ni la mitad de la mitad de películas y teleseries sobre el conflicto de 1812 con sus vecinos del norte, en comparación con los numerosos títulos rodados sobre cualquier otra época de la corta historia nacional como la guerra de la Independencia, la de Secesión, la conquista del Lejano Oeste, la segunda guerra mundial o Vietnam.

Llámame *Teddy*

Tras la desolación de la guerra viene el negocio de la reconstrucción y, en Washington, se aprovecharon las ruinas de la mansión presidencial para levantar un edificio más moderno y en mejores condiciones, repintando de blanco sus fachadas. Ya eran blancas desde su inauguración, pero un mantenimiento insuficiente las había ido agrisando con el paso de los años, por lo que la nueva pintura le dio un aspecto brillante y luminoso. Las autoridades federales comprendieron la importancia del símbolo y desde entonces lo cuidaron con mayor esmero. El organismo hoy encargado de conservar su buen estado data de la época de Kennedy y se conoce como Comité para la Preservación de la Casa Blanca.

Fue el vigésimo sexto presidente de Estados Unidos el que decidió promocionar la denominación y el concepto de Casa Blanca, no sólo en su país sino en el exterior, aprovechando la agresiva política internacional que caracterizó su doble mandato: Theodore (*Teodoro*, en griego antiguo, significa «don de Dios») Roosevelt; *Teddy*, para los amigos.

Roosevelt tenía un alto concepto de sí mismo y respondía al prototipo de «tipo duro» que encandila a la opinión pública norteamericana. Mientras se preparaba para un discurso durante la campaña electoral para su reelección presidencial en 1912, sufrió un atentado al ser disparado por un hombre «desequilibrado mentalmente», según las autoridades. Aún con la bala alojada en su pecho y una costilla rota, se deshizo de sus colaboradores, que insistían en trasladarle de inmediato al hospital, y arengó a sus seguidores durante una hora desde el estrado. Allí se hizo popular su frase: «Se necesita algo más que esto para matar a un alce macho.»

Hombre de fuerte personalidad y amante del ejercicio, la caza y la vida al aire libre hasta el punto de que trabajó como *cowboy* durante dos años en Dakota del Norte, su carrera política y en especial su presidencia fueron enérgicas y pródigas en conflictos. De hecho, él fue uno de los primeros en difundir desde su puesto como secretario adjunto de la Armada la falsedad de la responsabilidad española en la voladura del crucero norteamericano *Maine*, anclado en el puerto cubano de La Habana, entonces bajo dominio español (hoy, incluso los historiadores norteamericanos reconocen que España nada tuvo que ver con aquel suceso, pero aún no se atreven a desarrollar las crecientes sospechas de sus colegas a este lado del Atlántico que opinan se trató de un autoatentado para justificar la declaración de guerra), y que desataría un conflicto con el que se extinguió el último resto del imperio colonial hispano en el Caribe, a partir de entonces bajo influencia estadounidense.

Fue durante su presidencia cuando, como parte del pago por la ayuda prestada a los independentistas cubanos, Estados Unidos estableció en 1903 la hoy tristemente famosa base de Guantánamo. Allí ha ondeado la bandera norteamericana desde entonces y ni siquiera el mandatario comunista Fidel Castro durante sus años de mayor fortaleza tras la revolución que triunfó en 1959 fue capaz de recuperar este territorio para la soberanía nacional de Cuba.

A diferencia de sus predecesores, Theodore Roosevelt apostó por un creciente y descarado intervencionismo exterior de Estados Unidos mostrando con claridad su aspiración de convertirlo en una gran potencia capaz de igualar e incluso de superar el poderío de los antiguos países europeos. Una de las fotografías más conocidas de Roosevelt le recuerda en pose desafiante, en uno de los despachos de la Casa Blanca, apoyado sobre un gran globo terráqueo sobre el que proyectaba sus sueños de gloria y extensión de lo que aspiraba a convertir en el imperio (norte) americano desarrollando la famosa Doctrina Monroe (el presidente James Monroe, quinto de la lista, fue iniciado en la logia masónica de Williamsburg, en su Virginia natal, aunque no existe constancia de que pasara del primer grado, el de aprendiz), que se resume en su sentencia: «América para los americanos.»

Interpretando la parte por el todo, Roosevelt aseguraba que si cualquier país bajo la influencia de Estados Unidos amenazaba los derechos o propiedades de ciudadanos o empresas norteamericanas, el gobierno de Washington estaría «obligado» a intervenir directamente; pero no ya en la defensa de sus intereses nacionales, sino en los propios asuntos internos de ese país «desquiciado» para «reordenarlo». Semejante argumento se hizo muy popular entre sus conciudadanos (y sigue siéndolo hoy día) y sirvió como justificante para sus sucesores en la Casa Blanca, la mayoría de los cuales se han creído desde entonces tocados por la gracia divina para liderar al mundo (que en realidad nunca pidió su liderazgo único e incluso se ha hartado de solicitar a Washington que deje de insistir en esta vanidosa pretensión) e intervenir aquí y allá según sus intereses y apetencias en nombre de la democracia, la libertad y otras grandes palabras.

El llamado *Corolario Roosevelt*, que resumía esta filosofía intervencionista, derivó en la llamada *Política del Gran Garrote* con la que no sólo se inmiscuyó en los asuntos españoles y cubanos sino en los dominicanos, los colombianos, los panameños, los filipinos, los rusos, los japoneses, los franceses, los alemanes, los marroquíes..., mientras realizaba constantes demostraciones de su poderío bélico, como la gira mundial a la que envió a buena parte de su Armada, que durante varios meses se lució ante el entusiasmo y la admiración de la población local en numerosos puertos de distintos países.

Pese a todo ello, recibió el Premio Nobel de la Paz (!), justificado por su intermediación en la guerra ruso-japonesa de 1904-1905, lo que suma argumentos a los críticos de este galardón, que recuerdan la muy discutida concesión de muchos de sus reconocimientos. El último ejemplo lo tenemos en el muy reciente y, por el momento, injustificado Premio Nobel de la Paz para Barack Obama, que se convierte así en el tercer presidente de Estados Unidos que lo recibe, tras Roosevelt y Woodrw Wilson.

Incluso retirado formalmente de la vida política, Roosevelt mantuvo hasta el final de sus días numerosas influencias y una gran popularidad pública. Falleció en enero de 1919 mientras dormía en su domicilio particular de Nueva York y, aún en su muerte, conservaba su cartel de indomable, lo que permitió al entonces vicepresidente Thomas Marshall soltar la siguiente fanfarronada: «Por fuerza, la Muerte tenía que llevárselo dormido pues, si Roosevelt hubiera estado despierto, seguro que habrían tenido una dura pelea.»

Cuando levantaron el cadáver del lecho, sus familiares encontraron un libro debajo de su cama; no se sabe exactamente cuál. Según algunas versiones apócrifas, se trataría de un texto masónico puesto que, en efecto, *Teddy* fue otro de los mandatarios de Estados Unidos iniciado en una logia neoyorquina de la hermandad secreta, apenas cinco meses antes de ser nombrado presidente. Se cuenta que la razón íntima por la que impulsó la imagen de la Casa Blanca estaba precisamente relacionada con esta circunstancia, pues él se había convertido en ella en «aprendiz de presidente», igual que los aprendices masónicos se presentaban vestidos con camisa y pantalón blancos tras su iniciación en las logias que frecuentó.

Algunos años más tarde, en 1933, otro importante masón le sucedería en el cargo: su primo Franklin Delano Roosevelt.

Completando el rompecabezas

El Diamante *Hope* («Esperanza») o Diamante Azul, por su tonalidad azul marino, es una de las joyas más populares del mundo. Pesa 42 quilates y medio, poco más de nueve gramos, y tiene un valor estimado no inferior a los doscientos cincuenta millones de dólares. Con ser estos datos suficientes para proporcionarle fama y reconocimiento, su leyenda se basa en la maldición que acarrea y que ha golpeado a sus sucesivos dueños a lo largo de los años.

Según los técnicos de joyería, la gema es un pedazo del conocido Diamante Tavernier Azul, una pieza originalmente de forma *triangular* cuyo nombre se debe al comerciante francés Jean Baptiste Tavernier. Fue él quien la adquirió en 1660 en la India sabiendo que había sido robada de un templo y descartando por supersticiosa la leyenda según la cual la joya había sido tallada por una deidad solar y posteriormente engarzada en una estatua en honor de Sita: la divina esposa de Rama, avatar del mismísimo dios Vishnú (una de las *tres* divinidades que coronan el panteón hindú). Según esa misma leyenda, los dioses, irritados por la codicia de los humanos, habrían lanzado una maldición sobre el diamante que alcanzaría a todo aquel que tuviera tratos con él.

A su regreso en Francia, Tavernier lo vendió al rey Luis XIV, cuya fortuna era probablemente la única dispuesta a pagar la exorbitada suma de 220.000 libras de la época que se dice que abonó por ella. Con semejante cantidad de dinero, el comerciante podría haber terminado su vida con tranquilidad, pero poco después se declaró en quiebra y huyó a Rusia, donde fue hallado muerto de frío y medio devorado por las ratas. Sita empezaba a cobrarse su venganza...

En cuanto al Rey Sol, ordenó al joyero de la corte que tallara y engarzara en oro la gema para crear así una nueva piedra más pequeña y preciosa que fue conocida como el Diamante Azul de la Corona, lo que no evitó que la maldición se extendiera a su familia: todos sus hijos legítimos murieron en su infancia y también su «hija favorita», Francia (que él consideraba no como su reino sino como una parte de sí mismo, de acuerdo con la anécdota según la cual sentenció «El Estado soy yo»), pasó por diversas penalidades. Y es que la otra cara de su deslumbrante reinado rebosante de lujo y poder que siempre se recuerda fue la sucesión de guerras, plagas y epidemias con las que fueron castigados sus súbditos. Eso, por no hablar de la bancarrota a la que condujo al Estado a consecuencia de sus cuantiosos despilfarros, entre otras cosas, en caros caprichos como el propio diamante.

Durante un inventario del tesoro real, la entonces favorita del rey, madame de Montespan (que se llamaba Françoise —Francisca— pero se hacía llamar *Athénaïs* —Atenea), se encaprichó de la joya y se dedicó a lucirla.

La mujer, que había dado muchas horas de compañía y siete hijos ilícitos al monarca (nunca fueron reconocidos como miembros de la Casa Real pero su padre les compensó otorgándoles sendos títulos nobiliarios) cayó en desgracia y fue sustituida en la cama del rey por la institutriz que ella misma había escogido para sus hijos. Acabó olvidada por todos en París, lejos de la suntuosa corte de Versalles.

Finalmente, el propio Luis XIV murió víctima de la gangrena cuando estaba a punto de cumplir los setenta y siete años de edad y poco tiempo después de llevar el Diamante Azul de la Corona en una recepción diplomática. Le sucedió en el trono su bisnieto Luis, duque de Anjou, que reinó como Luis XV. Conocedor de la fama que iba adquiriendo el diamante, ordenó conservarlo en un cofre y guardarlo sin más, lo que no evitó que durante su reinado los franceses sufrieran nuevas guerras, pestes y hambrunas además de la aniquilación de su flota, la pérdida de colonias y el comienzo de un déficit fiscal que duraría casi un siglo.

Su sucesor, Luis XVI, lo pasó aún peor. Regaló el diamante a su esposa María Antonieta, que se enamoró de la joya y la llevaba a todas partes... Pocos años más tarde la guillotina segaba su blanco cuello y también el de su marido, como el de tantos otros, y ponía punto final a la era del absolutismo en Francia. La princesa de Lamballe, amiga de la reina y a la que María Antonieta prestara la joya para algunas fiestas, corrió la misma suerte.

Poco antes de su asesinato, mientras los reyes estaban en prisión, unos ladrones robaron el diamante, pero su posesión desató una pelea y corrió la sangre entre ellos. El superviviente lo llevó a Londres para venderlo pero fue encarcelado y su rastro se perdió, aunque hay algunas versiones que siguen contando tragedias acerca de sus sucesivos poseedores. En 1812 reapareció en manos de un traficante llamado Daniel Eliason, que al parecer lo cortó de nuevo y lo vendió a la Corona británica. El rey Jorge IV lo incrustó en su corona para que brillara durante su lujosa ceremonia de acceso al trono de Inglaterra. Rumores de la época afirman que enloqueció por culpa del diamante y la verdad es que al poco tiempo de la coronación se recluyó en el castillo de Windsor, de donde no saldría hasta su muerte ocho años más tarde. De inmediato, la piedra preciosa fue desincrustada de la corona y vendida a un rico comerciante de joyas: sir Henry Philip Hope.

Este peculiar personaje no quiso correr riesgos y puso el diamante en manos de un grupo de supuestos rosacruces a los que encargó organizar un ritual mágico que lo «desinfectara» energéticamente. Cuando la joya estuvo totalmente «limpia», le dio su nombre, con el cual pasaría a la Historia. El ritual funcionó, al menos con Hope, que no sufrió ninguna gran desgracia atribuible a la temida gema. Sin embargo, cuando él falleció y la joya pasó a sus siguientes poseedores, la maldición se reactivó y muchos se suicidaron o fueron asesinados poco después de hacerse con su propiedad. Entre ellos, el noble príncipe ruso Iván Kanitowski y el rey de Turquía Abdul Hamid II. Otros propietarios como el director del *Washington Post* (el diario más antiguo e importante del Distrito de Columbia) Ned McLean no murieron pero sufrieron graves desgracias; en su caso, llevó el diario a la ruina y perdió su control mientras su mujer enfermaba gravemente, un hijo moría en un accidente y una hija de sobredosis, todo lo cual le llevó a terminar sus días en un sanatorio víctima de la depresión.

Tras este impresionante historial, el comerciante de joyas Harry Winston adquirió el Diamante Hope y acabó donándolo en 1958 al Museo Nacional de Historia Natural del Instituto Smithsoniano. ¿Por qué a este museo precisamente? Nunca explicó con claridad sus razones. Tampoco llevó la joya en mano, sino que la envió, a pesar de su elevado valor económico, por correo ordinario dentro de un sobre de papel de estraza. Desde entonces se puede admirar allí y es una de las piezas más visitadas de la colección.

Curiosamente, los diamantes conforman uno de los palos de la baraja francesa/americana. Simbolizan el comercio y se representan con forma de... rombos rojos.

Todos al cole

El Instituto Smithsoniano se encuentra a mano izquierda del *National Mall* según se sube desde el Monumento a Washington hasta el Capitolio, y es allí donde trabaja Katherine Solomon en *El símbolo perdido*. El Castillo es el apodo con el que se conoce la sede de esta institución tan peculiar que debe su nombre al científico británico James Smithson y que cuenta con una veintena de museos y una decena de centros de investigación además de publicar un par de revistas, sin olvidar su propio pequeño ejército de seguridad, igual que el Capitolio. Su emblema cs un sol amarillo sobre fondo azul.

Personaje singular y bastante reservado en lo relativo a su vida privada, Smithson fue hijo ilegítimo del cuarto barón de Stanwick y, con sólo veintidós años, fue elegido miembro de la Royal Society del Reino Unido, que como hemos visto albergó a numerosos masones. Se desconoce si él llegó a iniciarse, aunque debió de tener oportunidades sobradas para ello, teniendo en cuenta el historial de esta institución presidida en su día por sir Isaac Newton, quien actualmente es muy popular por sus trabajos científicos en campos variados (la ley de gravitación universal, las bases de la mecánica clásica, diversos e importantes estudios sobre la naturaleza de la luz, el desarrollo del cálculo matemático...) aunque a lo largo de su vida dedicó mucho más tiempo y más interés personal a los estudios alquímicos y rosacruces. De hecho, escribió más sobre estos asuntos que sobre ciencia «oficial» pura y dura, con títulos como *The Vegetation of Metals* (*La vegetación de los metales*), *Index Chemicus* (*Índice de materias químicas*) y *Praxis* (*Práctica*).

Como quiera que en su época estudiar y escribir sobre todas estas cosas generaba penas de cárcel, Newton ideó para firmarlos un particular anagrama a partir de la traducción de su nombre al latín. De esta manera *Isaacus Neuutonus* se convirtió en *Ieova Sanctus Unus* («Jehová es el único sagrado»), un mensaje que todos los lectores de *El símbolo perdido* reconocerán de inmediato. Feroz antivaticanista, Newton pensaba que el mismo Moisés se había dedicado a la alquimia y consideraba que los defensores de la doctrina de la Trinidad estaban cometiendo un fraude contra las Sagradas Escrituras. Para él, la Iglesia de Roma era la verdadera y disimulada Bestia del Apocalipsis.

Otro ilustre presidente de la Royal Society fue el científico Christopher Wren, alabado por el propio Newton como uno de los hombres más brillantes que había conocido, si bien su gran popularidad se debe sobre todo a su labor como arquitecto real, sobre todo tras su importante trabajo de reconstrucción de Londres después del terrible incendio que arrasó la capital británica en año tan significativo como 1666. Durante *tres* días las llamas quemaron la ciudad medieval dentro de la vieja muralla romana y llegaron a amenazar el distrito de Westminster e incluso el palacio de Whitehall del rey Carlos II. Entre los más de 13.000 edificios destruidos por el fuego figuraba la catedral de San Pablo. Wren recibió el encargo de reconstruirla y lo hizo con estilo renacentista e inspirándose en la basílica de San Pedro, con lo que se convirtió en la única de este tipo en toda Inglaterra. Otros diseños suyos fueron los del observatorio de Greenwich, Marlborough House y el hospital de Chelsea. Para los masones, su importancia radica en que según la tradición él fue el último Gran Maestro de la francmasonería operativa en Inglaterra: uno de sus retratos más característicos nos lo muestra sujetando un compás sobre el plano de un templo.

Y un tercer personaje de importancia fue el aristócrata Robert Boyle, un apasionado científico y químico que llegó a conocer a Galileo Galilei, desarrolló la conocida como Ley de Boyle-Mariotte y formó parte, junto con Wren y probablemente Newton, del «núcleo duro» del Invisible College o «Colegio Invisible», que agrupaba a eminentes investigadores dedicados a lo que metafóricamente se conocía como Nueva Filosofía, reuniéndose con cierta frecuencia en Londres y en Oxford.

El concepto de Colegio Invisible es bastante ambiguo y esconde una doble realidad. La socióloga Diana Crane, que en los años setenta del siglo xx estudió los patrones de comportamiento y comunicación entre los científicos comprobó que el número de expertos que trabajan en una línea determinada es muy pequeño, porque hace falta un elevado nivel de especialización si se quiere ir más allá de lo establecido para la comunidad general. Por eso, los científicos que trabajan en un asunto concreto suelen conocerse y tratarse regularmente aunque vivan en países muy alejados unos de otros: conocen los trabajos respectivos y se intercambian información sobre sus progresos e incluso borradores y versiones previas de sus descubrimientos, antes de hacerlos públicos a través de las revistas especializadas y llegar desde ahí a los titulares de los medios de comunicación. Es obvio que no debe de haber muchas personas en el mundo que se dediquen al estudio exclusivo de un tipo concreto de araña del Amazonas o de una determinada variante de un defecto ocular específico.

En consecuencia, Crane definió como colegio invisible a «la comunidad informal de científicos que trabajan en el mismo tema e intercambia información sobre él», actuando además como «red de comunicación e intercambio y como foro de educación y socialización de los nuevos científicos que comienzan su trabajo» en esta misma línea concreta.

De esta manera, la ciencia se apoderaba una vez más de un término utilizado durante milenios por la magia porque, en efecto, ésa es la otra cara, y más antigua, de esta combinación de palabras.

Son numerosos los maestros ocultistas que han hablado acerca de la existencia de un Colegio Invisible encargado de guiar a la Humanidad a través de los tiempos y que responde literalmente a su definición. Es *colegio* porque en él se enseña a los seres humanos cuál es el camino correcto de la evolución y el verdadero progreso espiritual, y es *invisible* porque su enseñanza se lleva a cabo en otros planos diferentes al físico y comúnmente conocidos bajo el concepto de *astral*. Para tener acceso a ese plano, es preciso desarrollar ciertas capacidades de orden psíquico además de purificar la propia existencia física luchando conscientemente por desarrollar unas virtudes concretas.

Según estos maestros ocultistas, el Colegio Invisible está abierto para todos los seres humanos con un verdadero afán de superación interior y una de sus principales enseñanzas es acerca de la guerra oculta que conforma la Historia y que enfrenta a sus iniciados (disimulados en nuestra sociedad como personas corrientes, o no, pero defensores íntimos y no sólo de palabra de los más altos conceptos como la dignidad humana, la justicia social, la soberanía individual y otros) contra los del «Otro Lado» (han recibido muchos nombres, pero se les reconoce porque se trata de personas que basan su proyecto vital en la ambición más egoísta, el poder sobre los demás y la riqueza material, sea a través de la tiranía política o financiera, la guerra de conquista, la fanática imposición de preceptos religiosos o el simple crimen; ellos sirven, de manera más o menos consciente, a un poder realmente oscuro). En esta guerra, las cosas nunca son lo que parecen por lo que, según las fuentes ocultas, personajes a los que históricamente valoramos como «buenos» por sus aportaciones al acervo humano en cualquier sentido fueron en realidad agentes del Otro Lado que contribuyeron a la decadencia de nuestra especie, mientras que otros que en la actualidad nos son descritos como «malos» trabajaron desde el silencio personal, y pese a la descalificación de sus contemporáneos o de sus actuales descendientes, en el lado correcto de la balanza.

Newton, Wren y Boyle conocían sin duda ambas aplicaciones de la expresión Colegio Invisible, aunque quién sabe, después de todo, el lado de la balanza en el que se pesaron.

Un fantasma en la Casa Blanca

Según la opinión de numerosas encuestas y de la mayoría de los historiadores modernos, el mejor presidente de Estados Unidos ha sido Abraham Lincoln. Tal vez no haya sido el mejor, pero sí uno de los más populares y, desde luego, con un perfil muy característico que le hacía único.

Entre las anécdotas de su juventud figura una bien curiosa. Mientras vivía en California, fue contratado por un comerciante llamado James Bond para trasladar una almadía repleta de géneros río abajo hasta Nuevo México. Durante el viaje fueron atacados por una banda de negros fugados que se dedicaban a la delincuencia y cuyo asalto rechazaron. En aquel momento, Lincoln no podía saber que él pasaría a la historia precisamente por ser el presidente que aboliera la esclavitud en su propio país.

Tras servir como capitán en el ejército de Estados

Unidos y combatir en 1832 contra los indios en la conocida como guerra de Halcón Negro (una serie de enfrentamientos con diversas tribus cuyo jefe tenía ese nombre), comenzó su carrera política como representante del estado de Illinois y con el tiempo se convirtió en uno de los fundadores del actual Partido Republicano. Sus grandes dotes de oratoria, su particular personalidad y su inteligencia le auparon enseguida a lo más alto de la formación política y, en las elecciones de 1860, a la presidencia de Estados Unidos. Obsesionado con mantener la unión de su país, el desencadenamiento de la guerra civil, que se desató como todas por cuestiones meramente económicas y financieras, fue un pesado lastre para su conciencia. Por un lado necesitaba una victoria rápida y lo más contundente posible, pero por otro lado no deseaba ver arrasados ni humillados a los estados del Sur, que debían mantenerse dentro de la Unión para permitir la viabilidad de toda la nación.

Un aspecto oscuro de Lincoln del que no suele hablarse a menudo es que durante la guerra recibió del Congreso una serie de poderes especiales de los que hasta entonces no había gozado ningún presidente anterior, como el manejo de fondos sin control parlamentario y la suspensión del hábeas corpus, lo que le permitió detener sin orden judicial a sus rivales políticos o a los miembros de grupos pacifistas, además de censurar la prensa. Varios parientes y colaboradores suyos aprovecharon la falta de control del Congreso para vender armamento a sus propios enemigos confederados en un negocio doblemente inmoral.

En su vida personal, su matrimonio con la temperamental pero culta y fiel Mary Todd le confirió estabilidad y una mayor confianza en sí mismo, además de cuatro hijos varones. Dos de ellos murieron muy pequeños y un tercero falleció algunos años después que su padre, al que sólo uno sobrevivió largamente: Robert.

La pérdida de los niños atrajo a su esposa hacia una corriente esotérica entonces muy de moda tanto en Europa como en América: el espiritismo. Según el coronel Simon F. Kase, pronto el propio Lincoln se sintió también muy interesado por sus doctrinas y, al menos desde 1860, se convirtió en asiduo asistente a las sesiones de la médium Nettie Colburn Maynard. En cierta ocasión, llegó a hablar con ella durante más de una hora exclusivamente sobre el problema de la esclavitud y las consecuencias de su abolición. En opinión de Colburn Maynard y según «la revelación de los espíritus», la guerra civil norteamericana no finalizaría hasta que todos los esclavos alcanzaran la libertad. Pocas semanas después de esta conversación, el 22 de septiembre de 1862, Lincoln daba el visto bueno a la ley que abolía oficialmente la esclavitud en Estados Unidos.

Otro de los psíquicos con los que el presidente tuvo ocasión de charlar fue el popularísimo Daniel Douglas Home, un médium y espiritista escocés que asombró a media Europa, incluyendo a la corte de Napoleón III, con sus dotes de levitación, telepatía y otros fenómenos parapsicológicos. Un año antes del asesinato de Lincoln, Douglas Home le advirtió de que había tenido un oscuro presentimiento sobre su futuro ya que le veía cayendo desde una silla después de haber sido disparado a bocajarro en medio de una muchedumbre. Así sucedió el 14 de abril de 1865 en el Teatro Ford de Washington, adonde el presidente había ido con su esposa para asistir a una representación de la entonces popular comedia musical *Our american cousin* (*Nuestro primo americano*). Fue tiroteado en la cabeza por John Wilkes Booth, un simpatizante de la causa confederada convencido de que la guerra civil no había terminado a pesar de que el ejército sudista de Robert E. Lee se había rendido pocos días antes del magnicidio.

El propio Lincoln había tenido un sueño premonitorio a menos de un mes del suceso, que relató a Mary. En él se veía a sí mismo desplazándose por la Casa Blanca, atraído por los lloros y quejidos que surgían de una de sus salas, donde se reunía una gran multitud. Al entrar en la habitación, veía a varios militares haciendo guardia a un cadáver y, al preguntar a uno de los soldados, éste respondía escuetamente: «El presidente ha sido asesinado.» No fue la única premonición de este tipo. Horas antes de ser asesinado, Lincoln aún tuvo los arrestos de afirmar a sus colaboradores, durante la última reunión del gabinete que presidió, que «algo extraordinario ocurrirá en breve», ya que durante los últimos días se le había repetido otro sueño en el que se veía a sí mismo navegando sin timón a través de un río enorme que, aquella jornada, se confirmó que no era otro que el Estigia, el temido río del Hades que separa a los vivos de los muertos.

No obstante, Lincoln no cruzó la *línea* por completo, al menos si hay que creer a los numerosos testigos que afirman haber visto su espectro pululando por la Casa Blanca. Expertos como Christopher K. Coleman relatan los casos más llamativos, que son abundantes: desde los del presidente Theodore Roosevelt y la esposa del presidente Calvin Coolidge, que afirmaron, cada uno a sus respectivos colaboradores, haberse encontrado con su fantasma, hasta los del también presidente Franklin Delano Roosevelt y su esposa Eleonor, que reconocieron haberlo visto en distintas habitaciones. Una de las criadas de este matrimonio, Mary Evan, también protagonizó uno de esos encuentros precisamente en el llamado Dormitorio Lincoln, donde se le apareció sentado en la cama y poniéndose sus botas. Otro presidente, Harry Truman, conocía la leyenda y, aunque dijo no haber visto a Lincoln, sí contó que en cierta ocasión alguien golpeó con fuerza la puerta de su habitación. Al levantarse y abrir, no vio a nadie en el pasillo, pero escuchó con claridad los pasos de alguien *invisible* que se alejaba. También algunos visitantes ocasionales de la residencia presidencial pudieron verle, como el primer ministro británico Winston Churchill, que en 1941 se alojó en el mismo Dormitorio Lincoln y, tras la experiencia, a la mañana siguiente pidió encarecidamente que le trasladaran a otra habitación. Poco tiempo después, la reina Guillermina de Holanda pasó unos días invitada en la Casa Blanca y, al igual que con Truman, alguien llamó a la puerta de su habitación. Cuando la abrió, se encontró frente a frente con la imagen de Lincoln y se desmayó. Durante la presidencia de Ronald Reagan, su hija Maureen descansaba con su marido en el mismo Dormitorio Lincoln cuando le despertó un ruido y, al levantarse, también vio al fantasma caminando por la habitación y desapareciendo. *Rex,* el perro de Reagan, se negaba a entrar en ese cuarto y en ocasiones se ponía a ladrar como loco en algún otro donde en apariencia no había nadie.

Abraham Lincoln también estuvo muy interesado por la masonería, pero no hay constancia de que hubiera sido iniciado. Algunas fuentes masónicas afirman que su solicitud de ingreso fue aceptada pero que retrasó el momento de la iniciación ante las preocupaciones de la guerra y fue asesinado poco antes de poder experimentarla. Sin embargo, no deja de ser llamativa la presencia de masones en su funeral y entierro, además del hecho de que el monumento en su honor se erige frente al Capitolio, en la «bisagra del compás» que forma el segundo triángulo del rombo masónico cuyos otros dos vértices son la Casa Blanca y el Monumento a Jefferson.

El Memorial de Lincoln se levanta dentro de una rotonda ajardinada que, vista desde arriba, recuerda poderosamente, aunque en un tamaño más pequeño, la cabeza del búho que se puede distinguir en los jardines alrededor del Capitolio. En el centro de esa rotonda encontramos lo que parece un auténtico templo griego de estilo dórico construido con piedra caliza y mármol que cuenta con treinta y seis columnas de diez metros de altura y cuya imagen adorna el reverso de los billetes de cinco dólares (el anverso tiene el retrato del propio presidente), así como una de las caras de la moneda de un centavo.

En su interior, hallaremos la gran escultura de Daniel Chester French, que se levanta a *seis* metros de altura y tiene además *seis* metros de anchura, en la que Lincoln aparece sentado sobre una especie de trono, meditabundo y mirando hacia el obelisco de Washington. Sobre ella figura la siguiente leyenda en inglés: «En este templo, igual que en los corazones de las gentes por las que él salvó la Unión, la memoria de Abraham Lincoln está por siempre consagrada.» No deja de ser curiosa la expresión «memoria consagrada», que en la versión inglesa emplea la forma verbal *enshrined*, porque la masonería creó cinco años después de la muerte de Lincoln una hermandad menor y paralela, muy conocida por sus hospitales infantiles, cuyo nombre es Antigua Orden Árabe de los Nobles del Relicario Místico, aunque todo el mundo la conoce como los *Shriners*.

La estatua posee una enigmática leyenda pues las manos del presidente aparecen sobre los reposabrazos del trono: una está abierta y forma una *A*, mientras que la otra está cerrada y forma una *L*. Muchos han interpretado esto como un guiño del escultor que quiso así subrayar las iniciales de su nombre, *A*braham *L*incoln, aunque las autoridades encargadas de la conservación del monumento califican semejante conclusión de «leyenda urbana».

También hay quien opina que las letras significan otra cosa: *A* de *Apprentice* y *L* de *Lodge*... *Aprendiz de Logia*.

El gigante que despertó

Aún podemos encontrar algunos sitios interesantes en el centro de Washington. Por ejemplo, el Memorial a Franklin Delano Roosevelt, uno de los masones más importantes en alcanzar la Casa Blanca y sobre el cual contaremos algo más en un capítulo posterior. En cuanto al monumento en su honor, se encuentra junto al de Jefferson al lado de la conocida como Cuenca Tidal, una ensenada adyacente al Potomac. Se trata de cuatro espacios al aire libre, uno por cada uno de sus mandatos, con varias cataratas artificiales y diversas esculturas, entre las que figura la que está basada en una de las fotografías más conocidas del presidente, sentado en una silla de ruedas. Otra es una estatua de bronce de su mujer Eleanor ante el emblema de la ONU, organización a la que dedicó muchas horas de trabajo.

Cerca de la Casa Blanca, enfrente de su ala oeste y al lado del parque Lafayette para ser exactos, encontramos la *Blair House* o «Casa Blair», residencia oficial para los invitados del presidente de Estados Unidos. Inicialmente fue el domicilio particular de Joseph Lovell, alto cargo sanitario en calidad de primer Cirujano General de Estados Unidos, pero fue adquirida en 1836 por uno de los más influyentes consejeros del presidente Andrew Jackson: el editor de prensa Francis Preston Blair, quien le dio su nombre. Casi un siglo después, la Administración Roosevelt adquirió la vivienda para alojar sobre todo a los jefes de Estado extranjeros pero también a otros invitados especiales. Debió de ser una experiencia divertida para el entonces primer ministro británico Tony Blair dormir en esta residencia que llevaba su propio apellido en las múltiples ocasiones en las que viajó a Washington para fijar y desarrollar las estrategias conjuntas de ambos países en la que conocemos como *era Bush*. En este edificio durmieron también varios presidentes norteamericanos el día anterior a jurar su cargo, o tal vez pasaran la noche «velando armas».

En la esquina de la calle 14 con la avenida de Pensilvania está la antigua Western Plaza o «plaza del Oeste», hoy rebautizada como Freedom Plaza o «plaza de la Libertad» en honor de Martin Luther King. Muy cerca se encuentra el hotel Willard, donde escribió su popular discurso antirracista titulado «Tengo un sueño». En 1988 se enterró allí una «cápsula del tiempo» que contiene una Biblia, un traje y otros objetos personales del líder negro con la intención de desenterrarlas un siglo más tarde. Pero lo más interesante de la plaza es la reproducción a gran tamaño que se construyó en 1980 de parte de los planos originales del arquitecto Pierre Charles L'Enfant para la planta de la ciudad de Washington. Robert Langdon y Katherine Solomon tienen ocasión de recorrerla en *El símbolo perdido* igual que lo hacen cada día innumerables turistas. La maqueta muestra la mitad del triángulo derecho del gran rombo masónico que hemos descrito en las últimas páginas: una figura isósceles enmarcada por el Capitolio, el Monumento a Washington y la Casa Blanca, junto con el *Mall*. La reproducción está escoltada, al oeste, por una gran fuente y, al este, por una estatua ecuestre de Casimir Pulaski: un aristócrata polaco apodado «el padre de la caballería americana» que, recomendado por Franklin y Lafayette, combatió junto a George Washington, al que salvó la vida en una ocasión, y llegó a ser general en el ejército continental antes de morir de las heridas de metralla recibidas durante el asedio de Savannah.

Vimos en un capítulo anterior que el 18 de septiembre de 1993 un abundante grupo de masones festejó los doscientos años de la colocación de la primera piedra del Capitolio recreando el ritual masónico que dirigió el propio George Washington, según se puede ver en un conocido grabado a color de la época en el que el primer presidente aparece con su mandil, su collar, una escuadra y un compás, junto a la estructura de *tres* postes de madera que sujetan el bloque en el fondo de una zanja. Alrededor de la trinchera se ve a un numeroso público, incluyendo a algunos masones que muestran también sus insignias. A la derecha del cuadro, otros tres miembros de la hermandad interpretan un papel similar al de los Reyes Magos (aunque en este caso son todos blancos y van bien afeitados) portando cada uno de ellos un elemento comestible; de izquierda a derecha: maíz, vino y aceite.

Diarios de la época como el *Columbian Mirror* publicaron la información dejando bien claro que «el presidente (Washington), ayudado por el Gran Maestro P.T. (sic) y tres Maestros Adoradores... depositó el plato y lo dejó sobre la Piedra Angular del Capitolio de los Estados Unidos de América, sobre el cual depositó Maíz, Vino y Aceite (todas las mayúsculas, en el original)».

¿Por qué esos *tres* elementos, exactamente?

Chris Pinto rodó en 2007 un polémico documental llamado *Riddles in Stone* (*Enigmas en piedra*) en el que llegaba a una conclusión sorprendente. En su opinión, el dios al que se alude en los rituales más importantes de la masonería (aunque en teoría puede ser cualquiera) no es como creen numerosos investigadores el mismo que el dios judío, Jehová, sino Baal.

No se conoce mucho sobre Baal, aparte de que su nombre significa «amo» o «señor» y que era una divinidad adorada por diversos pueblos mediterráneos y de Asia Menor, como los fenicios, los cartagineses, los filisteos e incluso los israelitas en cierta época. Los profetas hebreos clamaron contra él, y en el Antiguo Testamento se encuentran referencias contra este «falso dios»... Al examinar la ceremonia masónica de colocación de la primera piedra no sólo en el Capitolio, sino en el Monumento a Washington, el Instituto Smithsoniano, el Salón de la Independencia de Filadelfia y el Salón de la Constitución, entre otros edificios, Pinto indica que en todas ellas se empleó el mismo ritual con maíz, vino y aceite. Según algunos autores masónicos, éstos son los símbolos de la abundancia, la frescura y la alegría. Pero en los textos veterotestamentarios encontramos que el culto a Baal se desarrollaba con ofrendas de trigo, vino y aceite. La conclusión de Pinto es obvia. El único elemento diferente en el Nuevo Mundo sería el tipo de cereal, adoptando uno característico del continente americano.

Además, el maíz aparece reflejado en numerosas esculturas y pinturas de la ciudad de Washington. Pinto recuerda que, en hebreo, la palabra para nombrarlo es *Dagan*, la misma que *Dagon* (recordemos la ausencia de vocales en el alfabeto semítico), un antiguo dios pez cuyo hijo era... Baal.

Otro motivo ornamental muy común en los edificios de la capital es la cabeza de un hombre fuerte y barbudo, una de las representaciones de este dios que, como tantos otros de la Antigüedad, moría y resucitaba periódicamente siguiendo el ciclo anual de los cambios de estación. En ese sentido, el documental recordaba la existencia de un misterioso conjunto escultórico llamado *The Awakening* (*El Despertar*), creado por J. Seward Johnson júnior e instalado en Hains Point, muy cerca del gran rombo masónico de Washington. Con sus buenos treinta metros y mil cuatrocientos kilos de peso, las cinco piezas separadas de aluminio que conforman la escultura representan a un gigante sepultado que intenta liberarse de la tierra que lo cubre, como si fuera Baal en el momento de su resurrección. Una cabeza barbuda, un brazo derecho, una mano izquierda, una pierna izquierda y un pie derecho se muestran incrustados en la tierra y separados de manera proporcional para dar la impresión de que el resto del cuerpo se encuentra bajo ella. Y resulta verdaderamente impresionante. Tras pasar veintiocho años en Hains Point, en 2007 la escultura fue vendida al promotor inmobiliario Milton V. Peterson por la nada despreciable cifra de 750.000 dólares y trasladada al National Harbour («Puerto Nacional») en el condado de Prince George en Maryland. Allí Peterson tiene en marcha un descomunal proyecto valorado en cuatro mil millones de dólares que incluye oficinas, hoteles, restaurantes, un centro de convenciones, tiendas y demás, y necesitaba un «gran» aliado para promocionarlo.

En cuanto al dios Baal, ha tenido diversos nombres en las ciudades donde se le rindió culto, y la mayor parte de ellos derivaron en la Edad Media hacia denominaciones diabólicas. Así, Baal Zebub (originalmente, el Señor de las Moscas, que se encargaba de alejarlas mientras curaba las enfermedades) se convirtió en Belcebú.

Una de las encarnaciones más terribles de Baal fue la que adquirió en Cartago con el nombre de... Baal-Moloch.

Maestro

... si cuento los secretos de mi grado de Maestro... que me corten en dos el cuerpo y que me saquen mis intestinos...

Estrellas en el suelo

A propósito de lo que se esconde bajo nuestros pies, en febrero de 2004 un medio de comunicación *online* norteamericano, @lantisTV, logró publicar una fotografía en la que se aprecia una gran excavación a los pies del Capitolio que, oficialmente, estaba destinada a albergar un nuevo centro de visitantes y turistas. Pero si así fuera, alguien debería explicar por qué la instantánea fue bloqueada durante meses por orden de las autoridades y sólo pudo ver la luz tras una exitosa apelación ante una corte judicial federal.

En su información acerca de la imagen, @lantisTV incluía las declaraciones de un «desesperado senador representante de un gran estado (de Estados Unidos) industrial» que requirió el anonimato antes de revelar que «están excavando bajo el National Mall buscando algo, han estado ahí durante años con la excusa de reformar los monumentos o modernizar la seguridad... Déjeme decirle que en estos momentos debe de haber más que ver en Washington, D.C., debajo del Mall que por encima [...]. Creo que es una horrible forma de abusar de los impuestos de los ciudadanos».

Estas declaraciones coincidieron con el estreno de *National Treasure*, película que en España vimos con el título de *La búsqueda* y en Iberoamérica con el de *La leyenda del Tesoro Perdido*, protagonizada por Nicolas Cage, Diane Kruger y John Voight. Ésta es la primera de una serie de películas que se pretende que lleguen a constituir una tetralogía, y bucea en alguno de los misterios de la ciudad de Washington y los Padres Fundadores, fantaseando con la idea del presunto gran tesoro que habrían acumulado los templarios durante siglos y que, tras ser trasladado a América, los masones creadores de Estados Unidos habrían escondido en alguna parte. ¿Es ese «tesoro» lo que buscan las máquinas que perforan el subsuelo de la capital federal? ¿O tiene que ver con la Palabra Perdida que buscan Robert Langdon y Peter Solomon en *El símbolo perdido*?

Dos pentágonos

Al otro lado del río Potomac, en apariencia fuera del entramado simbólico del rombo masónico que incluye los puntos más significativos de la ciudad de Washington (y, de hecho, ubicado ya en otro Estado, en Virginia, en su condado de Arlington), nos encontramos con el mayor edificio de oficinas del mundo. Desde allí se controla formalmente el ejército más poderoso que hoy existe y que cuenta con más de setecientas bases militares en más de sesenta países: es la casa del Departamento de Defensa de Estados Unidos, más conocida como el Pentágono.

Inaugurado a principios de 1943, en la última etapa de la *Era Roosevelt*, no sólo tiene *cinco* lados sino *cinco* pisos con *cinco* pasillos en cada uno de los pisos. Allí trabajan unos veintitrés mil militares y civiles adscritos a Defensa, además de otras tres mil personas de apoyo. Gracias a sus aproximadamente veintiocho kilómetros de pasillos internos y a sus accesos a la plaza al aire libre justo en el centro, fuentes oficiales afirman que se puede llegar caminando a cualquier lugar del edificio en menos de diez minutos. El bar ubicado en esta plaza se llama Café Zona Cero. El apodo se lo ganó durante la guerra fría, cuando el Pentágono estaba considerado como uno de los principales objetivos de los misiles nucleares soviéticos, aunque hoy suena un tanto frívolo tras los brutales atentados del 11-S.

A propósito de esos ataques, aún colea la polémica ante los numerosos puntos débiles de la explicación oficial según la cual uno de los aviones secuestrados el 11 de septiembre de 2001, el boeing 757-200 del vuelo 77 de American Airlines, impactó contra la fachada noroeste del edificio. Las llamadas teorías de la conspiración recuerdan, entre otras muchas cosas:

a) que el propio Departamento de Defensa emitió un comunicado oficial veinte minutos después en el que no se mencionaba ningún avión estrellado pero que sí utilizaba en dos ocasiones el término *ataque* para referirse a lo que estaba ocurriendo;

b) que el agua empleada para apagar los incendios era normal (no tenía el característico color pardusco que le confieren los productos retardantes que se mezclan con ella cuando hay que apagar un fuego con presencia de hidrocarburos como los del combustible del presunto avión);

c) que los restos del gran avión de pasajeros no aparecen por ninguna parte en ninguna de las imágenes tomadas aquel día;

d) que un avión de ese tamaño no pudo chocar a ras de suelo sin tocar el césped, los coches, las farolas o los cables de electricidad de la zona (y que hubiera sido más fácil estrellar el avión encima del Pentágono que contra el mínimo blanco de una de sus fachadas);

e) que los testigos hablan de dos explosiones y del «ruido estridente de un avión de caza» en el momento del ataque;

f) que nunca se ha permitido ver la filmación completa del presunto choque (sólo se distribuyeron *cinco* fotogramas, *seis* meses después, ante la creciente polémica)...

Estos y otros puntos oscuros en el atentado contra el Pentágono y contra el resto de objetivos de aquella extraña y dramática jornada explican que una encuesta elaborada por la CNN en 2006 con participación de cerca de 47.000 personas mostrara que casi el 90 por ciento de los norteamericanos opinan que la Casa Blanca encubre lo que verdaderamente ocurrió.

Ahora bien, si tomamos el Pentágono y «estiramos» los trazos que forman su figura geométrica, nos encontraremos con que cada uno de sus lados acaba desdoblándose en un triángulo, con lo que al final conseguimos una estrella de cinco puntas superpuesta sobre el mapa. Esto es, un pentagrama (en griego significa «que tiene cinco líneas») o pentáculo (puesto que además posee *cinco* ángulos agudos), también conocido como pentalfa (ya que su dibujo incluye *cinco* letras *A* o *Alfa* en griego).

Desde antiguo, el pentagrama es uno de los polígonos más conocidos. Ya Pitágoras observó su relación con la famosa *Proporción Áurea* o *Divina* representada por la letra griega φ (*Fi*, en honor al escultor Fidias), que representa un número irracional algebraico con propiedades muy interesantes, entre ellas que se encuentra en diferentes elementos de la naturaleza como las caracolas o el grosor de las ramas de los árboles. Durante muchos siglos fue aplicado en obras de arquitectura, escultura y pintura. Euclides, al que la tradición masónica exalta como uno de sus predecesores, fue que sepamos el primer matemático que publicó un estudio formal sobre este asunto.

Pero el pentagrama también es harto conocido por la mística y por la magia. Si se dibuja con una punta hacia arriba y dos hacia abajo, representa al ser humano realizado a sí mismo (la cabeza arriba, los brazos extendidos a los lados y las piernas abiertas abajo) y por tanto al Bien, tal cual aparece en el famoso grabado de Leonardo da Vinci incluido en *La Divina Proporción* de Luca Pacioli. Si se dibuja con dos puntas hacia arriba y una hacia abajo —es decir, invertido—, representa a Satanás (en su forma de macho cabrío, con los dos cuernos arriba, las orejas a los lados y el morro abajo) y por tanto al Mal, según se aprecia en numerosos grabados esotéricos.

El pentagrama «bueno» aparece en las banderas oficiales de varios países, como por ejemplo la de Marruecos, en color verde sobre fondo rojo. En Estados Unidos lo hallamos representando a los estados en la *bandera de las barras y estrellas.* Desde ese punto de vista, el Pentágono proyecta un pentagrama «bueno», ya que los planos orientados al norte, tal y como hoy los empleamos, nos muestran dos de sus triángulos abajo y uno arriba. Sin embargo, los constructores antiguos no tomaban el norte como referencia, sino el este, por ser de allí de donde sale el sol. Y si orientamos los planos de esta forma, el pentagrama no sólo pasa a ser «malo» sino que resulta que el atentado del 11-S se produjo precisamente contra la fachada del triángulo inferior allí proyectado.

Aún más, si trazamos una línea recta desde el vértice donde se juntan las fachadas norte y noreste del edificio del Pentágono, llegaremos directa y limpiamente hasta la mismísima Casa Blanca..., que es la punta inferior de un asombroso pentagrama aún más grande, que se proyecta hacia el norte de la residencia oficial del presidente con los vértices de sus triángulos en varias glorietas de la capital: Dupont Circle, Scott Circle, Washington Circle, Mount Vernon Square y Logan Circle. En las *tres* primeras glorietas convergen *seis* de las principales avenidas de Washington. ¿No es demasiada casualidad?

Justo encima de este segundo pentagrama encontramos una dirección curiosa: el 1733 de la calle *Sexta*, conocida por todos los lectores de *El símbolo perdido*.

Un mensaje de la CIA

El mismo Estado de Virginia acoge en Langley los cuarteles de la Agencia Central de Inteligencia: la CIA. En 1990 se instaló a sus puertas una pintoresca «obra de arte» bautizada *Kryptos* («oculto», en griego) a la que Dan Brown ya hizo alguna referencia en *El código Da Vinci.* Se trata de una *S* confeccionada en bronce de cuatro metros de altura sobre la que se ha grabado un extenso mensaje cifrado compuesto por cientos de caracteres, que oculta cuatro mensajes cifrados en una serie que comienza *emufphzlrfaxyus*...

La escultura fue encargada por William Hedgcock Webster, quien, a pesar de su edad (nació el 6 de marzo de 1924), ejerce aún a día de hoy la presidencia del DHS, literalmente el «Departamento de Seguridad de la Patria de Estados Unidos», una de las muchas agencias de control y vigilancia con que cuenta este país. Webster es una leyenda viva en el espionaje norteamericano tras convertirse en la única persona que llegó a la dirección del FBI (Oficina Federal de Investigación), desde 1978 hasta 1987, y de la CIA, desde 1987 hasta 1991.

El autor de *Kryptos* es Jim Sanborn. Su padre trabajó en la biblioteca del Congreso y él ha creado varias obras para instituciones importantes como el MIT (el Instituto de Tecnología de Massachusetts) o la propia CIA, empleando mensajes secretos o distorsiones como las del efecto Coriolis o las reacciones atómicas. Su eslogan: «hacer visible lo invisible».

En cuanto a los mensajes, no se sabe si fue el propio Sanborn el encargado de redactarlos o se limitó a seguir las indicaciones de Webster, pero están escritos en inglés y contienen errores gramaticales intencionados para dificultar su resolución. Desde el momento en el que se instaló *Kryptos*, cientos de personas se pusieron manos a la obra para descifrarlo. Un analista de la propia Central de Inteligencia, David Stein, y un informático de California, Jim Gillogly, fueron los primeros en conseguir resolverlos..., pero sólo tres de los cuatro que contiene la escultura. De todas formas, su resolución no ha hecho más que incrementar el enigma, porque los textos resultantes son ciertamente misteriosos, aunque se supone que relacionados entre sí.

El primero dice: «Entre sombras tenues y la ausencia de la luz yace el matiz de la *iqlusión*.» El error de la palabra *ilusión* estaba incluido a propósito para dificultar la traducción.

El segundo, aún más inquietante, parece extraído de un capítulo de la teleserie «Expediente X» y se traduce: «Era completamente invisible. ¿Cómo es posible? Ellos usaron el campo magnético de la Tierra. La información fue reunida y transmitida bajo tierra a un lugar desconocido. ¿Sabe Langley (la oficina de la CIA) algo de esto? Deberían saberlo. Está enterrado ahí fuera, en alguna parte. ¿Quién sabe el lugar exacto? Sólo WW —se cree que son las iniciales del propio William Webster—, éste fue su último mensaje. Treinta y ocho grados, cincuenta y siete minutos, seis con cinco segundos al Norte, setenta y siete grados, ocho minutos, cuarenta y cuatro segundos al Oeste. Capa dos.»

El tercero y último descifrado hasta el momento suele asociarse con el descubrimiento de la tumba de Tutankhamon, el hijo de Akhenatón, en la misión arqueológica de Howard Carter en 1922, aunque no se menciona nada que indique que se trata de este hallazgo en concreto y hay una misteriosa *Q* que debe representar a un nombre concreto: «Lentamente retiré los restos de los escombros que quedaban en el pasillo encima de la parte baja de la puerta de entrada, que removí con manos temblorosas. Abrí una pequeña brecha en la esquina superior izquierda y, tras ampliar un poco el agujero, pude introducir una vela y mirar con detenimiento. El aire caliente que escapaba de la cámara hizo temblar la llama pero los detalles del interior de la habitación emergieron enseguida entre la niebla. ¿Puede ver algo, Q?»

La resolución del cuarto mensaje mantiene movilizadas a miles de personas que se agrupan en Internet aportando sus ideas y probando claves en grupos específicos creados al efecto para intentar reventar su secreto y ver si aporta algo de luz al conjunto. También hay quien busca nuevos mensajes en otros lugares de las oficinas de la CIA. La cuestión de fondo es si Webster sabe algo importante que por su cargo no puede revelar pero que quiso dejar encriptado en la confianza de que alguien algún día en el futuro pudiera descubrirlo y contarlo al resto de norteamericanos..., o se trata de una gran tomadura de pelo.

Como europeos nos resulta muy chocante que en las mismas puertas de uno de los principales servicios secretos del planeta un ex director se pueda permitir el lujo de andar con estos juegos, mas deberíamos ponernos en la piel de los estadounidenses para comprender su pasión por los acertijos y las adivinanzas simbólicas. No hay más que examinar el billete de dólar, cuyos secretos han sido analizados hasta la extenuación en plena fiebre de la conspiranoia que se ha apoderado del mundo desde el 11-S.

M-A-S-O-N

El hombre que mandó imprimir los símbolos que hoy seguimos viendo en el billete verde fue (precisamente) el trigésimo segundo presidente de Estados Unidos: Franklin Delano Roosevelt, uno de los masones con mayor poder que ha pisado la Casa Blanca y que además se perpetuó en la presidencia durante cuatro insólitos períodos legislativos consecutivos. Sólo la muerte impidió que fuera reelegido para un quinto, al fallecer apenas un mes antes de que terminara la guerra en Europa con la victoria de los Aliados.

La familia de Roosevelt no era de origen británico sino holandés y su verdadero apellido era Van Rosenvelt: sus ancestros ya vivían en Nueva York cuando esta ciudad se llamaba Nueva Amsterdam. Pero en Estados Unidos siempre ha sido sencillo, aún hoy lo es, cambiar de nombre y apellido según los intereses del momento, así que no nos sorprende encontrar a uno de sus antepasados, Isaac Roosevelt, con el apellido ya adaptado al sonido anglosajón, como miembro de la asamblea política que ratificó la Constitución del país.

La ambición política de los Rosenvelt/Roosevelt viene, pues, de lejos, y durante el siglo XVIII se dividió en dos ramas, quizá por acelerar el acceso al poder como si apostaran en la ruleta al mismo tiempo a números rojos y negros: los más conservadores verían triunfar a Theodore, al mando del Partido Republicano, y los (sólo un poco) menos conservadores, a su primo Franklin (que además se había casado con la sobrina del primero, así que todo quedaba en casa) pocos años después, en cabeza del Partido Demócrata.

Si examinamos los árboles genealógicos de los presidentes norteamericanos da la impresión de que una de las condiciones para llegar a tan codiciado puesto es pertenecer a determinadas familias. Un análisis de los doscientos veinticuatro antepasados en las familias de veintiún presidentes dio como resultado a trece miembros de la familia Roosevelt, catorce de la familia Tyler y dieciséis de la familia Coolidge. Y otro más detallado aún (que no incluye las genealogías de los últimos cinco) llegó a la asombrosa conclusión de que el 60 por ciento de aquellos que dirigieron el país desde el Despacho Oval de la Casa Blanca estaban relacionados de una u otra manera con la familia de archimillonarios Astor (un apellido curioso..., sobre todo si tenemos en cuenta que *Astor*eth era el nombre de un poderoso demonio citado en los grimorios medievales; aunque, si nos acercamos en el tiempo, el mitólogo Michael Jordan nos dice en su *Encyclopedia of Gods* o *Enciclopedia de los dioses*, publicada en 1993: «Astaroth era una deidad semítica... Su forma en plural es Astoreth..., en ocasiones asociado con Baal.» ¿Qué ambientador usarán en la Casa Blanca para tapar el olor a azufre?). Con todos estos datos, el psicólogo William Domhoff llega a la conclusión de que «una gran parte de la actual clase dirigente política y financiera de Estados Unidos está vinculada entre sí por matrimonios de conveniencia, exactamente igual que vienen haciendo las casas reales en Europa desde, al menos, la Edad Media».

En 1921, Franklin Delano Roosevelt contrajo la poliomielitis, una infección viral de las fibras nerviosas que afectó a su columna vertebral y le dejó paralizado para siempre de cintura para abajo, aunque podía levantarse y mantenerse en pie con ayuda de muletas. Con una cuidada campaña de imagen y evitando las apariciones en público en la silla de ruedas que utilizaba, logró hacer creer que se estaba recuperando y retomó su carrera política. Tras la salvaje crisis financiera de 1929 conocida como la Gran Depresión, su programa del *New Deal* o «Nuevo Reparto» (de riqueza) convenció a un electorado atemorizado y deseoso de esperanza que le aupó en las urnas hasta convertirle en el primer presidente norteamericano elegido por el Partido Demócrata.

Aunque no hay espacio aquí para extenderse en este punto, hoy existen muy fundadas sospechas de que Roosevelt provocó conscientemente el ataque japonés de Pearl Harbour para tener la excusa perfecta con la que implicar directamente a Estados Unidos en la segunda guerra mundial: un conflicto que hasta entonces la mayoría de los ciudadanos norteamericanos veían lejano y ajeno a sus intereses pero que para sus ambiciones políticas suponía la oportunidad deseada al objeto de convertir su país en una gran superpotencia mundial. Para ello trabajó duramente con una muy activa política diplomática internacional que incluso le llevó a promover la creación de la ONU.

Como masón, apeló a sus raíces para iniciarse en 1911 en la logia Holland de Nueva York y, más tarde, él mismo iniciaría a sus hijos James y Franklin en la logia Architect, también de la Gran Manzana. La anécdota curiosa es que la policía franquista le fichó en un expediente que se conserva aún en el Archivo Nacional por pertenecer a la orden: el dato lo recabó de una información facilitada en un boletín que el Grande Oriente Español editaba desde el exilio de México. Pero lo más importante de su actividad masónica radica en el impulso que dio en Washington a las obras incluidas en el plan original de Pierre Charles L'Enfant y la impresión de la simbología de la orden en el dólar. La moneda se convertiría a partir de su presidencia en una de las armas principales para la conquista del mundo.

Ya vimos que en el billete de un dólar se esconde el pequeño búho del *Bohemian Grove*, pero también podemos apreciar las dos caras del Gran Sello de los Estados Unidos, que gira obsesivamente en torno al número *trece.* El anverso del billete muestra el beatífico rostro del divinizado George Washington y el reverso nos ofrece tres elementos de análisis. Resumiendo:

1. En el centro del billete leemos *In God we trust* («En Dios confiamos») encima de un *ONE* («UNO», en letra y no en número) con una tipografía desproporcionada respecto a la del resto de los textos. No se especifica cuál es el dios en el que se confía aunque se supone, y volvemos a la ambigüedad, que estamos hablando del bíblico, pero ¿de cuál de ellos? ¿Del vengativo y cruel dios veterotestamentario de las batallas o del amoroso y compasivo neotestamentario? Y ¿por qué tiene que ser

alguno de ellos? «Mi dios es el dinero y el mundo mi tumba» es una máxima inscrita en la conocida Casa da Maleta de Barallobre-Fene, en La Coruña, como resumen de la vida de su fundador: un indiano que hizo fortuna en América y para el que, como tantas personas que emigraron al Nuevo Mundo (o que ya estaban allí), lo único importante era asegurarse un buen retiro. No deja de ser peculiar la interpretación que algún conspiranoico hace de *ONE* = *One National Evil* («Un [sólo uno] Demonio Nacional»).

2. Ahora, en una esquina del billete encontramos el águila imperial que aferra una rama de olivo en una garra en señal de paz para los amigos y un manojo de flechas en la otra garra en señal de guerra para los enemigos. La rama de olivo tiene *trece* hojas y *trece* frutos, y las flechas son *trece*. El escudo que lleva en el pecho con los colores masónicos incluye *trece* barras rojas y blancas. *Trece* son las estrellas que forman la Estrella de David sobre la cabeza del águila, como *trece* son las letras de la leyenda que le rodea: *E Pluribus Unum* («Todos somos uno»). Y no nos olvidamos de sus plumas: treinta y dos en el ala derecha (tal es el número de grados ordinarios en el Rito Escocés) y treinta y tres en la izquierda (el mayor grado, realmente extraordinario, que puede alcanzar un francmasón). El águila imperial que vemos hoy en el billete reemplazó en 1841 al *Fénix* (ave masónica) que hasta entonces aparecía en el reverso del sello oficial.

3. En la otra esquina, la *pirámide* que aparece incluye dos leyendas. Abajo dice *Novus Ordo Seclorum* («Nuevo Orden de los Siglos»), que se traduce como

«Nuevo Orden Mundial» y se interpreta como *Gobierno Mundial.* Arriba otro texto afirma: *Annuit coeptis* o «Él (se supone que Dios, aunque ¿tal vez es "Ella" en referencia a Atenea/Minerva? No queda claro) favoreció nuestra empresa», que también tiene *trece* letras. Y hay *trece* niveles de bloques de piedra desde la base hasta la parte superior de la pirámide, desde donde nos observa un *piramidión* particular: un triángulo divino y radiante dentro del cual vigila el Ojo que Todo lo Ve (que por cierto nadie ha explicado nunca si es masculino o femenino). Al pie de la pirámide encontramos la fecha de 1776, oficialmente como recordatorio de la Declaración de Independencia, pero no aparece en números corrientes sino romanos: MDCCLXXVI. Esto ha dado pie a una curiosa lectura, interpretando los números según el valor que les daban los romanos. Es decir: *D* (letra para el número 500) + *C* (para el número 100) = 600; *L* (equivalente a 50) + *X* (a 10) = 60, y *V* (o sea, 5) + *I* (1) = 6. Con lo que resulta que la secuencia nos ofrece nada menos que el 666, número diabólico donde los haya.

Y la traca final: si doblamos el billete y lo observamos al trasluz nos encontraremos con que forma otra estrella de David en cuyo triángulo superior queda inscrito el Ojo que Todo lo Ve mientras el resto de triángulos apuntan a cinco letras que, cuando las juntamos, avisan: M-A-S-O-N.

Necesito una calculadora

Los juegos con números nos pueden deparar grandes sorpresas, porque el *trece* y el *treinta y tres*, números muy vinculados a la masonería, no se limitan a aparecer en el billete de dólar. Numerosos sucesos en torno a la historia contemporánea de Estados Unidos, pero también del resto del mundo, han girado alrededor del número considerado en nuestra cultura como el de la mala suerte y de su capicúa compañero de viaje. Veamos ahora algunos de ellos, a riesgo de acabar verdaderamente paranoicos... Y, antes de hacerlo, confirmamos que no: no existen dos números que se repitan tanto como estos dos en acontecimientos modernos tan determinantes como los que enumeramos a continuación.

El bombardero *Enola Gay* lanzó la primera bomba atómica de la historia contra población civil en su misión número *trece* y en la aciaga fecha del 6 de agosto de 1945. La lanzó sobre Hiroshima, ciudad ubicada muy cerca del paralelo *treinta y tres*, y habían pasado justo *treinta y tres* días desde la celebración de la fiesta nacional de Estados Unidos el 4 de julio. El hombre que ordenó el lanzamiento de la bomba atómica fue Harry Solomon Truman, el presidente número *treinta y tres* de Estados Unidos (que, por cierto, alcanzó el grado *treinta y tres* de la masonería). Aunque hay que reconocer que el primer test nuclear exitoso del Proyecto Manhattan fue la explosión en Alamogordo, Nuevo México..., también en el paralelo *treinta y tres*. Muy cerca de este paralelo se puede ubicar la plaza Dealey de Dallas, donde fue asesinado el presidente JFK (quien recibió heridas mortales en los mismos sitios que Hiram Abiff, según la leyenda: en la espalda, la garganta y la cabeza). JFK y su hermano Robert habían vivido pocos meses atrás una grave crisis política que pudo acabar con un enfrentamiento armado entre Estados Unidos y la URSS: la llamada «crisis de los misiles de Cuba», que duró *trece* días. Fue también un *13* de mayo, en 1914, cuando se produjo la visión de la Virgen de Fátima, y otro *13* de mayo, de 1981, cuando Alí Agqa atentó contra el papa Juan Pablo II y aún el *13* de mayo de 2000 cuando ese mismo papa reveló parcialmente el hasta entonces guardado *tercer* secreto de los pastorcillos portugueses. Juan Pablo II había sucedido a Juan Pablo I, quien murió en sospechosas circunstancias tras *treinta y tres* días de pontificado.

Otro *13* de mayo, en 1941, Josef Stalin dividió Rusia en siete distritos para afrontar la segunda guerra mundial, y el *13* de mayo de 2000 Vladimir Putin reorganizó el país exactamente igual aunque ignoramos para afrontar qué. Si recordamos el accidente de Diana Spencer y Dodi al Fayed (aunque numerosos detalles sugieren que fue algo más que un accidente) nos encontraremos con que el pilar del túnel del Alma contra el que se estrelló era el que hacía el número *trece*. Y en el espacio, hay una frase famosa: «Houston, tenemos un problema» a propósito de la explosión de los tanques de oxígeno que frustró la misión del *Apolo 13* (explosión que sucedió a las *13.13* del *13* de abril de 1970). Incluso en el deporte nos encontramos con el *trece*, y si no que se lo digan al considerado como mejor jugador de baloncesto de todos los tiempos, Michael Jordan, que se retiró tras *trece* grandes temporadas un miércoles de enero de 1999, día *13* por más señas.

Geográficamente, Estados Unidos ha estado dividido en siete diferentes regiones (vaya, como Rusia...), y cada región está representada por un consejo de *trece* miembros. Cualquier ciudadano que se somete a juicio en este país sabe que su destino depende de *trece* personas: doce jurados y un juez (aunque no existe ninguna ley que requiera precisamente doce jurados, lo mismo podrían ser treinta y tres). La ley que puso en marcha la Reserva Federal, esa asamblea de bancos que controla el dólar norteamericano desde entonces, fue aprobada en 19*13*. El logo de las Naciones Unidas representa un mapamundi proyectado sobre una cuadrícula redondeada y rodeada por unas hojas de laurel: la cuadrícula tiene *treinta y tres* secciones.

De vuelta a la Biblia, resulta que hay *trece* nombres para Satanás y que según las profecías allí recogidas se supone que el Anticristo nacerá de la progenie de la *decimotercera* tribu judía, la tribu perdida de Dan. Y lo hará de acuerdo con unas circunstancias y fechas concretas: por cierto, nuestro actual calendario se divide en cuatro períodos de *trece* semanas desde un equinoccio hasta el siguiente solsticio y desde éste hasta el próximo equinoccio.

Éstas son algunas muestras, pero hay muchas más. Por fortuna, este libro no contiene *trece* capítulos.

Masonería a la española

A mediados de octubre de 2004, el diputado del grupo parlamentario de Esquerra Republicana de Catalunya, Joan Tardà, presentó una proposición no de ley en el Congreso de los Diputados para que el Estado compensara o restituyera a las asociaciones masónicas hoy existentes los bienes y el patrimonio histórico incautados a todo el colectivo tras la guerra civil de 1936-1939. Los republicanos exigían además al ejecutivo que dispusiera una cantidad concreta en los Presupuestos Generales del Estado de 2006 que se destinaría a reparaciones e indemnizaciones para aquellas personas que hubieran sido objeto de represión por sus implicaciones, reales o supuestas (muchos de los detenidos e incluso fusilados en aquella época y acusados de su pertenencia a la orden en realidad no lo eran), con la masonería. En la misma propuesta se requería además a la Cámara Baja que reconociera públicamente las aportaciones de esta organización «al progreso del pensamiento social, la causa de la libertad de los individuos y la emancipación de los pueblos».

En su exposición de motivos, Tardà enumeraba casi una decena de leyes y decretos promulgados por el gobierno de Franco desde 1936 que implicaron «una sistemática actuación contra la masonería desde los organismos estatales» y que se mantuvieron en vigor hasta la desaparición del Tribunal de Orden Público, lo que sucedió más de cuarenta años después, en 1977. Además, recordaba que todas las normas aprobadas durante la Transición, y después, para reparar las incautaciones a partidos políticos, sindicatos y agrupaciones sociales leales a la República no habían incluido a los masones.

No es extraño que fuera Esquerra Republicana de Catalunya la formación política encargada de presentar semejante proposición teniendo en cuenta su origen, tan vinculado a la masonería que hasta su bandera cuatribarrada original es triangular. De hecho, en 2004, el gran comendador del Supremo Consejo Masón de España, Francesc Bosch, grado treinta y tres, y el serenísimo gran maestre adjunto de la Gran Logia Simbólica Española, Santiago Castella, junto con el presidente de su distrito catalano-balear, Genís Morillas, encabezaban la delegación masónica que por primera vez participó mostrando signos visibles de su pertenencia a la organización en la ofrenda floral ante la tumba del ex presidente de la Generalitat Lluís Companys. Companys, como su predecesor Francesc Macià, ambos dirigentes de Esquerra Republicana de Catalunya, había sido iniciado en la logia Lealtad número nueve de Barcelona.

Numerosos líderes y figuras del independentismo catalán han militado en las filas de la masonería española, otro motivo por el que esta organización fue especialmente perseguida por el régimen franquista. Políticos como el alcalde de Barcelona y ministro republicano Jaume Aiguadé, médicos como Josep Dencàs, pedagogos como Francesc Ferrer, literatos como Rossend Arús, historiadores como

Víctor Balaguer, economistas como Manuel Serra, abogados como Rafael Closas, comerciantes como Josep Xifré...

Esquerra Republicana se fundó en 1931 uniendo a los diminutos Partido Republicano de Cataluña de Companys, Estado Catalán de Macià y el grupo La Opinión de Joan Lluhí. La nueva organización política necesitaba llamar la atención y se decidió colocar al frente de ella a Macià: un decidido partidario de la «acción directa», incluso con armas si era necesario. Así lo demostraba su historial personal, que incluía ya entonces el intento de formar un grupo terrorista catalán a semejanza del IRA irlandés (llegó a constituir medio centenar de bandas armadas de una decena de personas cada una, precedente de los terroristas Terra Lliure que nacieron en 1978 y fueron disueltos en 1995), la conspiración para asesinar al rey Alfonso XIII en el llamado Complot de Garraf y la frustrada invasión armada del norte de Cataluña desde el Rosellón.

Macià supo organizar y promocionar a Esquerra Republicana de Catalunya y el partido ganó las elecciones catalanas para a continuación traicionar a la Segunda República proclamando por su cuenta y riesgo el Estado catalán en abril de 1931. En aquel momento, las autoridades republicanas lograron frenar las ansias independentistas ofreciendo a cambio el Estatuto de Autonomía. Pero *tres* años más tarde, en 1934 y con el presuntamente más moderado Companys al frente del partido, los independentistas aprovecharon la insurrección socialista impulsada en Asturias por Francisco Largo Caballero para volver a proclamar a Cataluña como una nueva nación sin avisar a nadie. La República se vio obligada a dar un puñetazo en la mesa, por así decirlo: con un importante despliegue militar en Asturias que sofocó con sangre la rebelión y con una rápida intervención en Cataluña que llevó a suspender su autonomía y encarcelar a Companys y sus más directos colaboradores ante su evidente falta de lealtad.

Después estallaría la guerra y, tras la derrota republicana en 1939, los dirigentes de Esquerra Republicana de Catalunya se exiliaron, muchos de ellos en Francia, donde mantuvieron contacto regular con las logias masónicas del sur del país vecino; pero nunca dejaron de ser un quebradero de cabeza para el régimen franquista ya que mantuvieron sus actividades clandestinas hasta la llegada de la democracia. La Generalitat de Cataluña fue restablecida en 1977 por el gobierno de Adolfo Suárez y ello permitió el regreso de numerosos republicanos como Josep Tarradellas que, él sí, hizo gala de gran prudencia y se convirtió en el primer presidente autonómico catalán reconocido como tal tras la muerte de Franco.

Con la llegada de Àngel Colom a su secretaría general en 1989, el Congreso Nacional de Esquerra Republicana de Catalunya fijó como uno de sus objetivos políticos la independencia de los Países Catalanes. Aplicaba así la universalidad masónica de un modo un tanto particular y netamente político, ya que su aspiración, entonces y ahora, es la unificación de todos los territorios en España o fuera de ella donde se habla el catalán o alguna de sus variantes. Esto incluye, además de a Cataluña, a la Comunidad Valenciana (con la que mantiene un fuerte enfrentamiento por la definición del idioma, que en esta última región se considera *valenciano* y no *catalán* a pesar de las similitudes), las Islas Baleares, la zona de Aragón conocida como La Franja de Poniente y hasta la sierra murciana de

El Carche, en los municipios de Jumilla y Yecla. Los Países Catalanes también incluyen según los independentistas republicanos a Andorra, la zona de Pirineos Orientales o Rosellón en Francia y la localidad italiana de Alguero (en catalán, L'Alguer, en la isla de Cerdeña).

Paradojas de la vida: Cataluña jamás fue un Estado ni un Reino, sino un simple condado integrado en la sí históricamente independiente Corona de Aragón, a la que en su día pertenecieron estos territorios.

De la represión franquista a las elecciones generales

Franco dictó la Ley para la Represión de la masonería y el Comunismo el 1 de marzo de 1940. La vinculación de ambas organizaciones se debe a que la mayoría de los masones españoles de la época estaban integrados en partidos de izquierda que, en mayor o menor medida, mantenían contactos con el régimen soviético. Son conocidas las peculiares alianzas del gobierno republicano y la dictadura soviética de Josef Stalin durante la guerra civil, pero ya en octubre de 1925 el propio Francesc Macià había encabezado una delegación política para entrevistarse en Moscú con los dirigentes de la Komintern o Internacional Comunista dirigida desde la capital rusa. Gracias a la mediación del también masón Andreu Nin consiguieron atraerse las simpatías de algunos de los principales líderes soviéticos como León Trotski o Grigori Zinoviev. Sin embargo, Stalin no les hizo demasiado caso.

La reglamentación franquista establecía la composición de un tribunal especial para juzgar a masones y comunistas que estuvo vigente hasta 1964, con penas que incluían la incautación de bienes, la cárcel y la prohibición de ejercer un cargo público. Los archivos de este tribunal forman parte del Archivo General de la Guerra Civil Española ubicado en Salamanca y hoy integrado en el Centro Documental de la Memoria Histórica. En 2005, la exigencia del gobierno tripartito autonómico catalán en el que participaba Esquerra Republicana de Catalunya (atendida por un gobierno socialista falto de mayoría política y necesitado por tanto de apoyo en Cataluña y en el gobierno central) para la devolución de parte de estos archivos causó un gran revuelo político y social en el llamado «expolio de los papeles de Salamanca».

Se ha escrito mucho sobre las razones personales que pudo tener Franco para perseguir específicamente a los masones. En realidad, no necesitaba ninguna excusa para enfrentarse con ellos, teniendo en cuenta que ideológicamente estaban muy lejos de su visión del mundo. No obstante, sí es cierto que existen un par de detalles llamativos: su hermano Ramón había sido iniciado en la orden y él mismo había solicitado su ingreso en la logia Lukus de la localidad hoy marroquí de Larache (entonces bajo control español), pero no fue admitido.

Años después, escribiría una serie de artículos en el diario *Arriba* que posteriormente se publicarían todos juntos con el título genérico de *Masonería*. Los firmó con el irónico seudónimo de Hakin Boor (en referencia a las dos columnas de los templos masónicos, Jakin y Boaz) y aún tuvo el humor negro de organizar «una recepción oficial al autor» para publicitar el texto. La definición de Franco sobre la masonería se resume en la siguiente pregunta de uno de sus artículos: «¿Qué es, en síntesis, la masonería sino una secta secreta que asocia a grupos minoritarios de los países para lograr por el complot, la astucia y la protección extranjera, bajo una disciplina sin límites, apoderarse de la dirección y el mando de las naciones?» Y aún va más allá al afirmar que «Prim, Canalejas, Melquíades Álvarez y Salazar Alonso (los dos primeros, muertos en atentado; el tercero, asesinado por republicanos, y el cuarto, juzgado y ejecutado por republicanos) fueron, entre otros muchos, masones ejecutados por designio expreso de la masonería para vengarse de su rebeldía».

No habían pasado siete años de la muerte de Franco cuando el 6 de noviembre de 1982 fue consagrada en Madrid la Gran Logia de España, la única obediencia regular reconocida en nuestro país, aunque no la única que existe (la tradicional anarquía hispánica afecta también a sus masones, que a día de hoy mantienen un caos organizativo muy «a la española», con la presencia de diversas organizaciones que marchan cada una por su lado, como el Grande Oriente Ibérico, la Gran Logia Ibérica Unida, el Gran Priorato de España...) y que en la actualidad, según sus propias informaciones, cuenta con más de un centenar de logias distribuidas por todo el territorio nacional.

La Gran Logia comenzó a gestarse a partir de los contactos que unos pocos masones catalanes residentes en España habían mantenido con las logias de la vecina Francia. En 1974, un grupo de ellos dirigidos por Luis Salat i Gusils deciden agruparse en la logia Perseverancia, aunque sin depender entonces de ninguna obediencia regular. Más tarde, varios residentes en Gerona fueron iniciados en Toulouse y a partir de 1976 la Gran Logia Nacional Francesa autoriza la admisión de candidatos españoles en Perpignan. Muchos de aquellos que por entonces pasaban la frontera con la excusa de ir a ver la entonces polémica película erótica *El último tango en París*, censurada en España, aprovecharon estos viajes para recabar información o presentar sus candidaturas masónicas. En 1979, Perseverancia fue regularizada y consagrada; junto a otras dos logias catalanas dependientes de Francia y junto a la primera logia constituida en 1980 en Madrid (la Concordia número 257) se crea la Gran Logia de Distrito de España, que entonces contaba con setenta miembros.

En octubre de 1980 el Ministerio de Interior dio el visto bueno a la legalización de la asamblea masónica y, finalmente, dos años más tarde, el gran maestro de la Gran Logia Nacional Francesa, Jean Mons, consagraba la de España, nombrando gran maestro de la misma a Salat y abriendo así el camino a su reconocimiento internacional, que se produjo a lo largo de los años siguientes.

Nueve días antes de la reconstitución formal de la francmasonería en España, el Partido Socialista Obrero Español se convertía, tras las elecciones generales del 28 de octubre de 1982, en la primera formación política de izquierdas que accedía democráticamente al gobierno desde la época de la Segunda República.

Una larga lista

La relación de personajes públicos que, en España, han pertenecido a la masonería es ciertamente impresionante y da cuenta del nivel de los integrantes de las logias en nuestro país, por lo demás muy similar al de otros de nuestro entorno europeo o del americano.

Masones reconocidos han sido importantes dirigentes políticos como Pedro Pablo Abarca de Bolea (el conde de Aranda y mano derecha de Carlos III), Juan Álvarez Mendizábal (el autor de la famosa Desamortización de la Iglesia, alcalde de Madrid y *tres* veces ministro de Hacienda), Manuel Azaña (presidente de la Segunda República y que por cierto no pasó del grado de Aprendiz), Álvaro de Albornoz (diputado, ministro, embajador y colaborador de la Institución Libre de Enseñanza), Manuel Becerra (ministro con Amadeo I de Saboya, con Alfonso XII y durante la Regencia), Santiago Casares Quiroga (fundador de la Federación Republicana Gallega, varias veces ministro y finalmente presidente del Consejo de Ministros durante el período de Azaña), Emilio Castelar (muy famoso orador y presidente del gobierno en la Primera República), Estanislao Figueras (el primer presidente que tuvo la Primera República), Manuel Portela Valladares (fundador del Partido Centrista y presidente del gobierno durante la Segunda República, uno de los pocos masones españoles en alcanzar el grado treinta y tres además de gran maestro en la Gran Logia Simbólica), Práxedes Mateo Sagasta (*cinco* veces presidente del gobierno español y no sólo grado treinta y tres sino Gran Comendador del Supremo Consejo del susodicho grado) o José Moñino y Redondo (conde de Floridablanca, creador del servicio postal y el Observatorio Astronómico entre otros servicios, además de impulsor de la *Pragmática* que expulsó a los jesuitas de España), entre otros muchos más.

Un dato interesante sobre la presencia masónica en la política española es que las propias logias señalan orgullosamente que en las primeras Cortes Republicanas 183 de los

458 diputados que se sentaron en los escaños pertenecían a las logias. Teniendo en cuenta los pocos millares de masones con que contaba España, la consecuencia es que su organización disfrutó de una influencia mucho mayor que la de cualquier partido político u otra asociación existente en nuestro país, por numerosa que fuese su afiliación.

También existe una larga nómina de escritores masones, tanto en la literatura como en el periodismo, que incluye a José de Espronceda (el poeta romántico que tuvo que exiliarse precisamente por su iniciación tanto en la masonería como en la sociedad secreta de Los Numantinos), Vicente Blasco Ibáñez (el autor de clásicos de la literatura española moderna como *Cañas y barro*, *La Araña Negra* o *Los Cuatro Jinetes del Apocalipsis*), Manuel Curros Enríquez (poeta y periodista, uno de los grandes impulsores de las letras gallegas y autor de *Aires da miña terra*), José Echegaray (dramaturgo, miembro de la Real Academia Española de la Lengua y Premio Nobel de Literatura en 1904), Ramón Gómez de la Serna (uno de los introductores de las vanguardias literarias y creador de las greguerías que él mismo definía como «metáfora más humor»), Antonio Machado (considerado como el poeta por excelencia de la Generación del 98 y cuya filosofía vital se refleja en el personaje Juan de Mairena de su *Cancionero apócrifo*), Ángel Saavedra (el Duque de Rivas, cuya obra más conocida es *Don Álvaro o La fuerza del sino*), Félix María Samaniego (famoso poeta y creador de fábulas que se inició en Francia, donde adquirió una importante influencia volteriana, y fundador de la Sociedad Vascongada) o José Ortega y Gasset (el más grande filósofo español del siglo XX, fundador de la *Re-*

vista de Occidente y de la editorial Espasa Calpe, y autor de la clarificadora *España invertebrada*), entre otros.

Llama la atención el elevado número de masones militares, entre los que figuran el general Francisco Javier Castaños (vencedor de las tropas napoleónicas en la batalla de Bailén), los oficiales Luis Daoíz y Pedro Velarde (la célebre pareja de militares que se sacrificaron liderando la defensa del Parque de Artillería de Monteleón en Madrid durante el levantamiento del 2 de mayo contra los invasores napoleónicos), el general Baldomero Espartero (apodado *El Pacificador* tras el conocido Abrazo de Vergara que terminó con las guerras carlistas), el general Juan Prim (que luchó en las campañas carlistas, en Marruecos y México y terminó siendo presidente del Consejo de Ministros durante la Primera República), el general Rafael del Riego (iniciado en Francia tras ser capturado durante la guerra de la Independencia, participó en el levantamiento de Cabezas de San Juan en 1820 y bautizó el himno que lleva su apellido, empleado más tarde durante la Segunda República) o el guerrillero Juan Martín Díaz *el Empecinado* (nombrado luego general por la eficacia de su partida de guerrillas, aunque Fernando VII ordenaría su ejecución).

En realidad, encontramos masones en casi todas las profesiones. Hay pintores como José Casado del Alisal (autor de famosos retratos del siglo XIX y de hechos históricos, como *La campana de Huesca* o *El juramento de las Cortes de Cádiz*), Joaquín Sorolla (destacado impresionista de gran éxito internacional considerado como uno de los pintores españoles más prolíficos con más de dos mil doscientas obras catalogadas, como *Niños en la playa* o los catorce grandes paneles de *Visión de España*) o Juan Gris (seudónimo de José González, fundador del cubismo y uno de los primeros en usar el *collage*).

También científicos e inventores como Juan de la Cierva (piloto e ingeniero aeronáutico y creador del autogiro: precursor del helicóptero), Santiago Ramón y Cajal (médico histólogo fundador del Instituto de Investigaciones Biológicas y Premio Nobel de Medicina en 1906), Narciso Monturiol (creador de *La Fraternidad*, primer diario de nombre masónico e ideología comunista de España, además de director de la Fábrica Nacional de Moneda y Timbre e inventor del ictíneo o *nave-pez*: precursor del submarino) o Isaac Peral (marino e inventor del submarino propiamente dicho con motor eléctrico, cuya idea no fue apoyada en España ante lo cual la llevó a Alemania, que la convertiría en una de sus más exitosas armas durante las dos guerras mundiales).

Hay músicos como Tomás Bretón (violinista, compositor y director de orquesta, uno de los principales impulsores de la ópera española), aventureros como Domingo Badía (alias Alí-Bey, viajero y geógrafo incansable que llegó hasta La Meca) y hasta sacerdotes como Alberto Lista (canónigo de la catedral de Sevilla, además de poeta y conocido enciclopedista).

La ausencia de nombres contemporáneos no quiere decir que hoy día no existan masones conocidos por su labor en sus respectivos campos profesionales como la política, el arte o la literatura, pero las logias guardan celosamente el secreto para no perjudicar su imagen. La mayoría de los nombrados en los párrafos anteriores jamás revelaron su filiación masónica en público en su época y sólo se supo acerca de ella una vez fallecidos.

El símbolo perdido en España

Como sabemos, dos de las principales huellas masónicas de la capital federal de Estados Unidos son el Capitolio y el Monumento a Washington. Pero no constituyen una idea original: podemos encontrar exactamente las mismas firmas arquitectónicas (la cúpula y el obelisco) bien a la vista en los países europeos donde la francmasonería siempre gozó de gran poder: el Reino Unido, Francia e Italia.

En Londres, la orden levantó durante la era victoriana un obelisco escoltado por dos esfinges en Westminster junto al Támesis, cerca del Parlamento, que los londinenses bautizaron como «la aguja de Cleopatra» aunque no tiene nada que ver con la época de la legendaria reina egipcia sino con la del faraón Tutmosis III y proviene de la ciudad de Heliópolis. El obelisco que hacía pareja con éste en la misma ciudad de Egipto fue trasladado a Nueva York. Si examinamos la cúpula de la catedral de San Pablo (diseñada por el arquitecto masón Christopher Wren), veremos que es muy parecida a la del Capitolio de Washington.

En París, el obelisco, en este caso original de Luxor, lo encontramos en la céntrica plaza de la Concordia, el antiguo matadero de los revolucionarios de 1789, y la cúpula aparece en el Panteón, donde yacen enterrados numerosos masones ilustres como François Marie Arouet, alias *Voltaire*, Jean Jacques Rousseau, Víctor Hugo o su propio arquitecto Jacques Germain Soufflot.

En Roma, el obelisco se encuentra en la misma plaza del Vaticano, en el ficticio Estado independiente del mismo nombre, delante de la basílica de San Pedro que, no debería sorprendernos la coincidencia, está rematada con una de las mayores cúpulas del mundo. La capital italiana posee el récord de obeliscos en pie (Egipto tiene ocho), pues allí encontramos doce más el del Vaticano: es decir, *trece*.

Son varios los investigadores que afirman que los obeliscos levantados a lo largo de los últimos doscientos años en diversos países del mundo son la marca de la presencia de una masonería poderosa en los países cuyas capitales los erigen. Por ejemplo, en América, donde fueron alzados sucesivamente y por diversos motivos oficiales en Venezuela, Chile, Honduras, Panamá, Uruguay, República Dominicana, Argentina, México y Colombia. Algunos de estos países tienen varios monumentos de este tipo y el último del que tenemos noticia es el levantado en 2008 en la localidad mexicana de Actopán con ocasión del bicentenario de la independencia del país así como del centenario de la revolución (procesos ambos en los que intervinieron masones).

¿Y en España?

Nuestros propios obeliscos

A pesar de enarbolar la igualdad como uno de sus principales emblemas, la francmasonería es al igual que el resto de sociedades secretas un grupo altamente jerarquizado y de poder centralizado en el que sólo se puede progresar por niveles, con el visto bueno de las instancias superiores y de acuerdo a unas reglas concretas. Y llama la atención que las logias más poderosas se concentren, además de en Estados Unidos, en países que combinan la democracia con una fuerte presencia oficial del cristianismo en la vida pública (incluso en Francia, oficialmente laica, la Iglesia católica conserva una potente influencia ya que siempre ha considerado a nuestro país vecino como su «hija primogénita y bienamada de la Santa Madre Iglesia»).

En España, y a pesar de la interesante lista de masones que hemos repasado en el anterior capítulo, su hermandad nunca ha llegado a tener la misma importancia (aunque es cierto que la presencia de masones en política durante la época de las dos repúblicas llegó a ser espectacular), quizá por las particulares características históricas, geográficas y sociales de nuestro país y de sus gentes, que lo han hecho tan apetitoso para los sedientos de poder como difícilmente gobernable una vez instalados en el mismo. La democracia moderna ha llegado con bastante retraso al solar hispano, donde todavía en demasiados lugares (y en la práctica totalidad de partidos políticos con representación relevante) prima un sentido caciquil de la cosa pública que lastra su desarrollo. Y en cuanto a la presencia de la Iglesia, es cierto que ha sido fuerte (e impuesta *manu militari*) durante la segunda mitad del siglo XX en época franquista, aunque los exámenes sociológicos filtrados en los últimos años acerca de las creencias de los españoles reportan sorpresas: nos hablan de un pueblo en general religioso pero no está tan claro que lo sea en la línea católica, apostólica y romana.

Por recordar sólo un puñado de hechos, fue aquí donde se originó la importante herejía medieval de Prisciliano, donde los templarios fueron mejor acogidos y confortados en toda Europa pese a la condena papal, donde mudamos con una facilidad extraordinaria de creencias (véase el caso de los cristianos que se convirtieron sin problema alguno en musulmanes cuando el islam destruyó el orden visigodo o el de los judíos que se convirtieron en cristianos para no ser expulsados, como simples ejemplos de los muchos que podrían citarse), donde las costumbres y supersticiones de dioses paganos se mantienen a día de hoy enmascarados tras la versión oficial de santos y vírgenes, y donde, en fin, la propia Conferencia Episcopal reconocía públicamente en 2006 que los ciudadanos españoles «sólo se acercan a la iglesia en estas ocasiones: exequias, bautizos, bodas», por lo que concluían que «se hace necesario evangelizar España».

Tal vez podría decirse que a lo largo de los siglos la tradicional anarquía hispánica nos ha arruinado la vida tantas veces como, seguramente sin saberlo, nos la ha salvado, incluso de nosotros mismos.

Sin embargo, también tenemos algunos obeliscos de estilo egipcio en nuestro país, de los cuales los más importantes están curiosamente ubicados en Barcelona y Cádiz, las dos ciudades donde la francmasonería desembarcó con mayor fuerza (gracias a los franceses en Cataluña, y a los ingleses en Andalucía) en la Península.

El obelisco barcelonés se halla en la intersección de la Diagonal con el Paseo de Gracia y se le conoce popularmente como «el lápiz» o «el cinco de oros». En el primer caso, por la evidente semejanza de la forma. Y en el segundo, porque antiguamente existían cuatro farolas rodeando la escultura y desde arriba se parecía a esta carta de la baraja. A los pies de este obelisco podemos ver una mujer que se colocó en 1940 (y que se supone que representa la victoria de Franco en la guerra civil) sustituyendo a la joven desnuda que existía desde 1936 (y que se supone que representaba a la República). En realidad, ambas estatuas podrían tener algo que ver con cierta diosa griega de la sabiduría que ya conocemos. En cuanto al obelisco gaditano, es aún más interesante: se encuentra en pleno centro de la ciudad, en la plaza de San Juan de Dios, donde se instaló en 1954 con el nombre de Monolito del Trimilenario, tiene doce metros (dos veces *seis*) de alto y en la parte superior luce una esfera similar a las que adornaban los talleres de los antiguos astrónomos. Y justo al lado se halla el edificio del *Fénix*.

Quien no tiene obelisco es Madrid... ¿O sí? Pues sí, en la capital española también hay varios obeliscos y en lugares ciertamente curiosos, aunque no parecen de la envergadura suficiente ni están instalados en los lugares adecuados como para llamar la atención como los que brillan en otras capitales europeas. Los más interesantes son la pareja que, al estilo de las entradas en los templos egipcios, podemos contemplar en la Glorieta de *Pirámides*, el que nos sorprende en la plaza de Ortega y Murilla (dedicada al escritor y periodista masón como su hijo, José Ortega y Gasset) y que cuenta también con unas curiosas inscripciones en las cuatro placas a sus pies, incluyendo un «*laus deo*» orientado hacia el este, y el más grande que encontramos en el Monumento a los Caídos por España, en la semiescondida plaza de la Lealtad, junto a la Bolsa. La construcción de este último comenzó en pleno Trienio Liberal durante una de las épocas más tranquilas para la masonería, e inicialmente estaba previsto como homenaje a los caídos durante el 2 de mayo, incluyendo a los masones Daoíz y Velarde. Incluye cuatro peculiares estatuas oficialmente alegóricas a la Constancia, el Valor, la Virtud y el Patriotismo, y en las que podemos ver cosas como un gorro frigio y un escudo con un sol radiante. A sus pies, arde la llama en honor a todos los soldados muertos por la nación.

Templos para el siglo XXI

El siglo XXI ha llegado para quedarse y en esta época en la que el turismo es una de las más importantes fuentes de divisas a nivel mundial no parece que Egipto quiera renunciar a otro de sus viejos y llamativos obeliscos faraónicos para que se instale en Madrid. Tampoco hay demasiadas probabilidades de que el Estado o la Iglesia se embarquen en la construcción de un gran templo político (como el Capitolio) o religioso (como la catedral de San Pablo) para dotar a la capital de España de su cúpula.

Y sin embargo...

Dejando aparte la obligada mención a esas pintorescas agujas que se alzan hacia el cielo madrileño como el llamado Faro de la Moncloa o la torre de comunicaciones Torrespaña popularmente conocida como «el Pirulí», parece que los tiempos modernos requieren obeliscos modernos, como el proyecto que Santiago Calatrava diseñó para la plaza de Castilla en un entorno, éste sí, especialmente llamativo: justo en medio de las Torres Kio, inclinadas una hacia a la otra encima del Paseo de la Castellana en la salida de la capital hacia la A-1, en un conjunto que fue bautizado con el nombre de Puerta de Europa. Estas torres fueron finalizadas en 1996, son los únicos rascacielos inclinados del mundo y como curiosidad el cineasta Álex de la Iglesia las empleó como escenario y punto central en *El día de la Bestia*, que planteaba el nacimiento del Anticristo en Madrid durante las fiestas de Navidad. Precisamente en 2008 las Torres Kio estuvieron acompañadas por uno de los sorprendentes «árboles navideños» que el Ayuntamiento de Madrid instaló en la ciudad con forma de... pirámides luminosas.

Es éste el lugar donde, en el momento de escribir este libro, se ultima la construcción de un gigantesco obelisco móvil de acero y bronce que en su proyecto inicial constaba de ciento veinte metros de altura y que, cuando esté terminado, contará con la cercana escolta de los cuatro monstruos de acero y cristal que aún se conocen como las Torres de la Ciudad Deportiva por estar edificadas sobre el terreno de la antigua ciudad deportiva del Real Madrid. El obelisco ha sido diseñado por Santiago Calatrava y tiene *seis* metros de ancho y doce (dos veces *seis*) anillos espaciados con capacidad para girar alrededor de un tubo central apoyado en una base de hormigón. El propio Calatrava ha reconocido públicamente que la obra «participa de la masculinidad de lo vertical y de la redondez de la feminidad...», igual que otros diseños suyos como el que firmó en 2005 para construir la torre más alta de Estados Unidos, la Fordham Spire de Chicago, de poco más de *seiscientos* metros de altura y muy similar al nuevo e hipertecnológico obelisco madrileño.

Semejante obelisco debería estar acompañado por una cúpula igual de llamativa y estilo muy moderno..., mas resulta difícil encontrar una como la que hemos visto en otras capitales. Ni siquiera parece que valga la de la catedral de la Almudena, demasiado pequeña e instalada en un edificio poco grandioso para la magnificencia requerida, pese a que se encuentra junto al Palacio Real en la plaza de Oriente (así llamada en honor al Gran Oriente de Francia al que pertenecía José I Bonaparte, hermano de Napoleón y breve rey de España; el más conocido popularmente como Pepe Botella fue el principal impulsor del proyecto arquitectónico de mejora de la zona en la que también encontramos el Teatro Real, de planta *hexagonal* irregular y con su aspecto neoclásico rematado por la fachada en *pirámide*).

Hay, no obstante, una gigantesca cúpula construida en los últimos años en Madrid y rodeada por una decoración que nos sonará familiar, pero no se encuentra donde la buscaríamos en un caso como el que nos ocupa. Para entender qué hace en el sitio donde está debemos recordar que la mayoría de los sociólogos, y nuestra propia experiencia, nos han convencido de que nuestra época ya no es la de la exploración, ni la de la conquista, ni la de la revolución: para bien o para mal, vivimos en la Sociedad del Ocio y ¿cuáles son los nuevos templos del ocio, a los que acuden sobre todo los fines de semana (tantos domingos y festivos incluidos...) la inmensa mayoría de los ciudadanos consumidores?

El gabinete de arquitectura de Chapman Taylor Partners fue el encargado de diseñar el mayor y más espectacular centro comercial levantado hasta ahora en España: Plaza Norte 2 o, de acuerdo con el eslogan de su propia publicidad, La Cúpula de Madrid, con más de doscientas tiendas, veinticinco restaurantes, una quincena de salas de cine y casi siete mil aparcamientos. Chapman Taylor Partners, cuya oficinal central se encuentra en la exclusiva zona de Kensington, en Londres, ha trabajado en proyectos diversos, desde la Terminal *3* del aeropuerto londinense de Heathrow hasta un intercambiador subterráneo en Colonia, pero se ha especializado en la construcción de este tipo de nuevos templos contemporáneos a través de las dieciséis oficinas que posee en cuatro continentes. En nuestro país ha firmado proyectos en numerosas provincias (hasta ahora en Sevilla, Las Palmas de Gran Canaria, Valencia, Gerona, Granada, Tenerife, Bilbao, Zaragoza, Alicante y Málaga) además de los de Madrid, entre los que se incluye el enorme Xanadú (cuyo logo incluye una enorme *X* a la manera masónica) y Barcelona, donde su Centro Comercial Gran Vía 2 posee una decoración interior muy similar al de La Cúpula.

Sin embargo, este último centro es realmente llamativo y no sólo por la cúpula de casi cuarenta metros de altura que le da nombre y figura como imagen corporativa del complejo, sino por los obeliscos y los jarrones con forma de urnas confeccionados con lapislázuli, malaquita, ónix y porfirio que adornan sus paseos, con suelos decorados con formas cúbicas y soles que giran alrededor de flores (alguna de ellas, de *seis* pétalos) blancas y negras, grandes escalinatas palaciegas, lámparas de estilo siglo XVII veneciano, columnas de estilo grecorromano, rosetones y triángulos en las fachadas interiores, lámparas en forma de llamas e incluso extraños adornos en una de sus plazas interiores que recuerdan la representación del *Baphomet*. Todo a la vista de todos, aunque la vista de todos está más ocupada en las compras o las comidas que en el examen y comprensión de los signos que les rodean. Como diría Peter Solomon, «los misterios de la francmasonería serían perfectamente visibles para cualquiera en cualquier parte si se vieran desde la perspectiva adecuada».

Una planta masónica para Madrid

La capital de España no es de nueva planta como la de Estados Unidos y por tanto es difícil encontrar grandes combinaciones simbólicas en su urbanismo. Pese a ello conserva algunos interesantes restos de la presencia masónica desde que se abriera en 1728, en el hoy desaparecido hotel de San Bernardo en la calle del mismo nombre, la primera logia impulsada por francmasones británicos fuera de Inglaterra y consagrada por el aventurero duque de Wharton, quien a su muerte fue enterrado en el monasterio de Poblet, en Tarragona. Han pasado bastantes años desde entonces y hoy, según propias fuentes masónicas, se calcula que el número de españoles iniciados en la francmasonería alcanza los cuatro mil.

Para empezar, contamos con numerosos monumentos dedicados a masones, como la estatua ecuestre de Espartero junto al parque del Retiro o el monumento a Emilio Castelar en la glorieta del mismo nombre (donde *tres* figuras femeninas en representación de la Belleza, la Fortaleza y el Conocimiento coronan un alto pedestal a cuyos pies el famoso político iniciado se dirige al pueblo). Las referencias a la orden las hallamos también en las fachadas de diversos edificios como la Escuela de Ingenieros de Caminos o el Ministerio de Agricultura, o en su interior, como los frescos del techo en el Salón de Actos del Ateneo, tradicional centro de reuniones masónicas a lo largo de su existencia. Y por supuesto en el callejero, donde muchas de las calles más importantes llevan el nombre de miembros de la fraternidad, desde Argüelles hasta Cea Bermúdez pasando por Zurbano, Gregorio Marañón, Mesonero Romanos, Goya, Meléndez Valdés y otros.

Otros lugares especiales son el Paseo de las Acacias, un lugar especialmente querido por diversos alcaldes madrileños iniciados en la masonería que plantaron numerosos ejemplares de este árbol que nos retrotrae a la leyenda de Hiram, y el Templo de Debod: no tendremos obelisco egipcio, después de todo, pero sí un auténtico templo, aunque no demasiado antiguo pues data de la época ptolemaica: llegó a España en 1968 (1 + 9 + 6 + 8 = 24 = 2 + 4 = ¡*6*!) en compensación por el apoyo de nuestro país a la operación de la Unesco para salvar los templos nubios, y especialmente Abu Simbel, tras la construcción de la presa de Asuán.

Dos son los lugares de mayores, por lo evidente, influencias masónicas. El primero es el llamado Pasillo Verde Ferroviario que antiguamente estuvo «sembrado» con columnas salomónicas y figuras geométricas platónicas, aunque las primeras desaparecieron víctimas del vandalismo y las segundas están sepultadas por los grafitis. Su estructura se basa en la erección de un obelisco de hierro oxidado sobre un cubo de mármol cada dos plazas. A partir de la segunda, aparece también un monumento con los llamados *Cinco* Cuerpos Platónicos. Las sujeciones de las barandillas son triangulares, con un círculo en su interior, y las escaleras se suceden en secuencias de tres, cinco y siete que coinciden con las edades simbólicas del Aprendiz, el Compañero y el Maestro de la masonería. Más adelante, en el Paseo de la Esperanza, que hace esquina con el de las Acacias y está próximo a la glorieta de Pirámides, existe un parque público con dos pirámides y una fuente también de aspecto piramidal, en cuyos flancos encontramos unos bancos con forma de escuadra.

El segundo lugar es la Puerta del Sur o Parque Enrique Tierno Galván, que posee:

a) una rampa en la que se alternan losas blancas y negras,

b) una gran construcción geométrica calculada para que el primer rayo de sol de los solsticios se proyecte en un lugar específico,

c) una chimenea metálica compuesta por *cinco* cuerpos y con cuarenta y nueve metros de altura (siete veces siete) en cuya parte superior se pueden observar las iniciales *ALGADU* (*AL* *G*ran *A*rquitecto *D*el *U*niverso) separadas por los *tres* puntos masónicos clásicos,

d) un damero similar al empleado en el enlosado de los templos masónicos.

El arquitecto que diseñó la Puerta del Sur y luego se encargó de la gerencia del Pasillo Verde Ferroviario, Manuel Ayllón, publicó en 1993 un revelador libro titulado *El acercamiento profano al arte sagrado* en el que explicaba el significado de su obra inaugurada en junio de 1992. Según Ayllón, la Puerta del Sur se ubica en el punto exacto del cruce de dos ejes: uno terrestre que se obtiene al unir en línea recta el Observatorio Astronómico (lo astral), el cerro Negro (lo oscuro) y el Cerro de los Ángeles (lo celestial) y otro dedicado a Dionisos que es el señalado entre la iglesia de la Cruz (construida sobre las ruinas de otra templaria de la orden de Calatrava), la torre de hierro Laus Deo erigida delante de la estación de Delicias y el teatro al aire libre del Parque Tierno Galván. Es por tanto la representación del justo medio, el número *cinco*, porque ni sube ni baja.

Una línea del metro de Madrid conecta estos lugares: es la *cinco*, claro, con paradas de nombres tan interesantes como Pirámides o Acacias.

La diosa de Madrid

Por si no tuviéramos suficiente, Madrid posee el único gran monumento público dedicado a Lucifer: la Fuente del Ángel Caído, en pleno parque del Retiro, que incluye la espectacular escultura de bronce construida por Ricardo Bellver inspirado por unos versos de *El Paraíso Perdido* de John Milton. La estatua hay que verla al amanecer, cuando los primeros rayos del sol naciente parecen golpear a Lucifer, que titubea sobre su pedestal perdiendo el equilibrio con sus alas desplegadas en un original escorzo, a punto de caer al Infierno. Como no podía ser menos, la altitud topográfica del conjunto es de *666* metros sobre el nivel del mar...

Otro lugar que no conviene olvidar es la plaza de Felipe II, donde el entonces alcalde Enrique Tierno Galván convenció a Salvador Dalí para que diseñara la única plaza que se le conoce al artista catalán, muy interesado en el Hermetismo, la alquimia y otros saberes de la Antigüedad, y con muchos amigos masones, aunque no existen indicios de que él mismo hubiera sido iniciado. En 1985, Dalí presentó su proyecto de monumento, que fue ejecutado de inmediato e incluye un dolmen artificial de granito sostenido por *tres* columnas y una estatua que representa a Isaac Newton con su ley de la gravitación, sobre un enlosado radial característico. Si nos acercamos a la estatua de frente, veremos la gran letra *G* sobre el cubo que le sirve de pedestal. ¿*G* del *GADU*? Casi... *G* de *Gala*, la «diosa» de la inspiración daliniana.

En 2003, el Ayuntamiento de Madrid aprovechó la reconstrucción del cercano Palacio de los Deportes, que ardió tras un incendio por causas poco claras, para poner en marcha una muy polémica reforma que destruyó el concepto original de Dalí y transformó la plaza dotándola con características inquietantes. La reforma arrasó el enlosado preexistente y lo sustituyó por otro con forma de lápidas, de manera que da la impresión de caminar sobre un inmenso y cuadriculado cementerio. Sobre ellas se distribuyeron en forma aparentemente aleatoria una serie de extrañas superficies ajardinadas que emergen en plano inclinado directamente desde el pavimento con vegetación de hoja caduca. Los accesos peatonales al aparcamiento subterráneo de la zona fueron cubiertos por vidrio y transformados así en *tres* extrañas estructuras cúbicas y, en el medio, se instaló un olivo seco de siniestro aspecto vaciado en bronce. En teoría, el olivo incluiría un sistema de tubos para «exudar agua» y acompañar así a una fuente con una figura femenina y desnuda (¿nuestra vieja amiga Atenea/Minerva?) que usaría sus manos como surtidor. A día de hoy, el olivo se levanta reseco y solo en el centro de la plaza. El último detalle es la iluminación: una serie de báculos altos con obvio aspecto de patíbulos..., o de escuadras masónicas.

No obstante, el auténtico corazón mágico de la capital de España es la plaza de Cibeles, la gran Diosa Madre de los frigios asimilada con Rea, la esposa de Cronos/Saturno y por tanto madre de todos los dioses olímpicos empezando por Zeus/Júpiter. Cibeles es la naturaleza en su aspecto más duro e implacable, y su culto incluía la autocastración, como nos muestran los rituales de Atis.

Según investigadores como José Luis S. de Pablos, el rey Carlos III, de simpatías francmasonas, encargó al escultor masón Buenaventura Rodríguez Tizón, más conocido como Ventura Rodríguez, la construcción de cuatro fuentes mitológicas consagradas a los elementos, que se instalarían consecutivamente a lo largo del Eje del Prado. Tres de ellas las conocemos: la de la tierra es la de Cibeles, la del Aire es la de Apolo y la del Agua es la de Neptuno, pero falta la del Fuego, que se desconoce si llegó a ser construida (hay quien cree que la de Apolo es en realidad la del Fuego, por su identificación como deidad solar, por lo que faltaría en realidad la del Aire). Si la intención era respetar el orden habitual por el que se mencionan los elementos, la fuente dedicada al Fuego, si es que llegó a existir, debió de estar en algún punto del actual Paseo de Recoletos o quizá en la hoy plaza de Colón.

La escultura de Cibeles, tirado su carro por dos leones (animales solares) y provista de la llave de la sabiduría, no sólo es un habitual centro de celebraciones deportivas o manifestaciones populares de los madrileños, sino que está rodeada por cuatro edificios característicos vinculados igualmente a los cuatro elementos y en concreto a los cuatro primeros signos zodiacales. Allí encontramos la sede del antiguo Ministerio del Ejército (regido por Marte y con el encendido Aries como representante del Fuego), la sede del Banco de España (vinculada con la Tierra y el materialista Tauro), el antiguo Palacio de Comunicaciones o Correos y desde 2007 nueva sede del Ayuntamiento de Madrid (es la obvia representante del Aire y su ambiguo signo de Géminis) y el antes Palacio de los marqueses de Linares y hoy Casa de las Américas (cuya psicología vinculada a la familia y al pasado conecta con el Agua y su lunático representante Cáncer, además de que durante un tiempo fue la sede de la Compañía Trasmediterránea).

Barcelona, la cocapital (también masónica) de España

Es opinión generalizada en la literatura ocultista que la competencia y rivalidad en todos los sentidos entre Madrid y Barcelona no es nueva sino que existe desde el principio de los tiempos porque ambas ciudades fueron construidas junto a los dos principales enclaves mágico/telúricos de la península Ibérica: la sierra de Guadarrama, donde Felipe II levantó el monasterio de El Escorial y Franco el Valle de los Caídos (ambos monumentos poseen un amplio y sorprendente historial de misterios más allá de los tópicos turísticos o políticos y existe abundante bibliografía sobre ello) en el caso de Madrid, y el macizo de Montserrat (sobre el que también se ha escrito mucho) en el caso de Barcelona. Además, ambas capitales fueron construidas sobre unos importantísimos acuíferos subterráneos que durante siglos alimentaron numerosos pozos y fuentes de sus calles. Así que, desde este punto de vista, estamos de nuevo ante un caso de polaridad: Madrid y Barcelona se necesitan entre sí porque actúan como dos polos de la misma fuerza que, en su roce y tensión permanente, generan en distintos planos el poder que impulsa al conjunto de España. Es como si fueran dos hombres tirando cada uno del extremo de una cuerda para vencerse mutuamente sin conseguirlo jamás. Sobre esa cuerda hemos vivido mucho tiempo todos los españoles aunque en los últimos años otras ciudades reclamen su oportunidad para unirse a la sogatira.

Conociendo este detalle, la francmasonería también ha dejado su huella en la ciudad catalana. Se desconoce la fecha exacta en la que se instaló en la capital condal, pero aún se conservan dos relieves masónicos del siglo XVIII con la escuadra y el compás en las puertas de la antigua Caja de Reclutas en la calle del Comercio. Sí se sabe que los masones del ejército de Napoleón crearon una logia en el Palau Centelles durante la invasión del país y a partir de ahí se desarrollaron otras en distintas calles de la ciudad.

El rastro de la fraternidad se puede seguir a través de las obras de sus hijos, entre los cuales uno de los más relevantes fue el arquitecto Antonio Gaudí. En sus grandes obras como La Sagrada Familia o el Parque Güell podemos contemplar símbolos muy característicos. Entre otros, los siguientes:

1. la *X* masónica que se realiza sobre la base de un hexágono regular que forma el perímetro interior de nuestros conocidos dos triángulos equiláteros entrelazados (*trece* veces la representa en las bóvedas de la cripta de la Colonia Güell);
2. los *tres* grados masónicos de perfección de la materia representados por la piedra bruta, el cubo y la pirámide (se pueden apreciar en la torre Bellesguard o Casa Figueras);
3. el pelícano, símbolo del decimooctavo grado masónico (en el museo de la Sagrada Familia);
4. los atanores alquímicos (uno de ellos nos aguarda en la escalinata de la entrada del Parque Güell).

Por cierto que Gaudí y los hermanos Fontseré, también masones y con los que trabajó al finalizar sus estudios de arquitectura, diseñaron un gigantesco triángulo de catetos iguales colocando los vértices en el atanor citado, en el naranjo de antimonio de los pabellones Güell de Pedralbes y en la plazoleta Aribau en el parque de la Ciudadela. Este triángulo es lo más parecido que encontramos en Barcelona a las obsesiones geométricas del Washington de *El símbolo perdido*, junto con el diseño del Eixample o «Ensanche» planeado por otro destacado masón barcelonés: el ingeniero y político Ildefonso Cerdá, considerado uno de los padres del urbanismo moderno en nuestro país.

Hay otros lugares curiosos como la Casa Xifré y su restaurante Las Siete Puertas, un edificio con relieves masónicos como corresponde a la filiación del hombre que lo mandó construir: Josep Xifré, un indiano que se convirtió en unas de las principales fortunas en la Barcelona del siglo XIX. O como la Villa Olímpica, donde encontramos un remedo colosal de las columnas Jakin y Boaz bajo la forma de las torres gemelas de Mapfre y del Hotel Arts, construidas durante aquel efervescente año de 1992 que, naturalmente, se puede leer 1 + 9 + 9 + 2 = 21 = 2 + 1 = 3.

Algunas claves complementarias

1. *¿Cuántos presidentes de Estados Unidos han sido masones?* Oficialmente, quince de ellos han reconocido su pertenencia a la francmasonería, aunque algunos autores afirman que al menos el 50 por ciento llegaron a pisar las asambleas masónicas. La lista completa de los «seguros» incluye, además de a George Washington, a los siguientes: James Monroe (iniciado en la logia de Williamsburg, en Virginia), Andrew Jackson (en la logia *Harmony* de Nashville, Tennessee), James Konx Polk (en la logia de Columbia, en Tennessee), James Buchanan (en Lancaster, Pensilvania), Andrew Johnson (en Greeneville, Tennessee), James A. Garfield (en la logia Magnolia de Columbus, Ohio), William McKinley (iniciado en la logia Hiram de Winchester, Virginia), Theodore Roosevelt (en la logia Matinecock de Oyster Bay, Nueva York), William Howard Taft (en una asamblea especial en Cincinnati, Ohio), Warren Gamaliel Harding (en Marion, Ohio), Franklin Delano Roosevelt (en la logia Holland de Nueva York), Harry S. Truman (en la logia *Belton* de Grandview, Missouri), Lyndon B. Johnson (en Johnson City, Texas), Gerald R. Ford (en la logia Malta de Grand

Rapids, Michigan). A ellos hay que sumar los nombres de Jimmy Carter, Bill Clinton y los dos George Bush, de cuyos datos de iniciación no disponemos, pero una logia de Nueva York muestra aún hoy la biblia sobre la que juraron su cargo, que pertenece a esa asamblea. Aún más, se sospecha de Thomas Jefferson, James Madison, Abraham Lincoln, Ulysses S. Grant, Calvin Coolidge, Herbert Hoover y Ronald Reagan, aunque no se han hecho públicas pruebas que lo demuestren. Respecto a Barack H. Obama, recientemente se difundieron algunos comentarios de dignidades masónicas según los cuales parece confirmarse que ostenta al menos el grado treinta y dos del Rito Escocés Antiguo y Aceptado dentro de la vertiente masónica «Prince Hall», reservada para hombres de raza negra.

2. *¿Cuál es el saludo masónico de los cinco puntos?* Un saludo ritual entre masones que incluye tocar el pie de uno con el de otro (revela la disposición de ayudarle), la rodilla con la rodilla (anuncia que reza por él), el pecho con el pecho (confirma que guarda los secretos), se coloca una mano a la espalda (muestra que le defenderá si cae, con él presente o si le atacan por detrás) y la boca en el oído (asegura que le aconsejará bien).

3. *¿Puede un católico ser masón?* En teoría, no. El 24 de abril de 1738, apenas veintiún años después de la fundación de la francmasonería, el papa Clemente XII publicó *In eminenti*, la primera encíclica contra la orden a la que diversos pontífices han condenado a partir de entonces acusándola de querer destruir a la Iglesia cató-

lica y todo el orden mundial. En 1980 la Conferencia Episcopal Alemana hizo públicos los contactos mantenidos con líderes francmasones desde 1974 para estudiar la posibilidad de consentir a los católicos el ingreso en sus filas, pero tras unas conversaciones «cordiales, francas y objetivas» llegó a la conclusión de que «en su esencia la masonería no ha cambiado» y por tanto «no es compatible la pertenencia al mismo tiempo» a ambas instituciones. En la práctica, algunas logias cuentan con sacerdotes y hasta con altas dignidades del colegio cardenalicio, como reveló en septiembre de 1978 el periodista italiano Mino Pecorelli, que fue miembro de la logia P2 (en la lista que publicó se incluía entre otros a los cardenales Agostino Casaroli, Leon Joseph Suenens, Jean Villot, Achille Lienart y Ugo Poletti).

4. *¿Existe realmente un ritual religioso de la autocastración?* La diosa Cibeles, esposa del titán Cronos y progenitora de los dioses olímpicos, fue adorada especialmente en lo que hoy conocemos como la Anatolia turca desde al menos el Neolítico. Para iniciarse en su sacerdocio específico, el candidato debía estar dispuesto a ser castrado igual que mitológicamente lo había sido Atis, el hijo y consorte de la diosa. Además, el neófito debía sacrificar varios toros y beber su sangre. En la actualidad no se conocen ritos públicos que exijan la castración de sus participantes pero en muchas partes del mundo sigue siendo muy popular la mutilación sexual como ofrenda a los dioses y además practicándola sobre víctimas inocentes que no pueden protestar u opinar sobre ella, ya que las operaciones suelen llevarse a cabo cuando son

bebés: en los niños, a través de la circuncisión, y en las niñas, a través de la ablación.

5. *¿Los tatuajes confieren poder?* La sangre es el más poderoso de los fluidos mágicos, por lo que muchos rituales importantes exigen su derramamiento. Un tatuaje señala con sangre un símbolo determinado que así confiere o atrae un poder concreto a aquel que ha sacrificado parte de sí mismo (de su sangre y de su piel) para grabarlo en su cuerpo. Históricamente, se ha diferenciado con cierta claridad entre los adornos cutáneos temporales con elementos naturales como la *henna*, de índole estrictamente decorativo, y el tatuaje permanente con la inyección de tinta u otro pigmento bajo la epidermis, que compromete simbólica y mágicamente a la persona tatuada con el objeto allí representado. Los tatuajes vinculaban parejas, consagraban seres humanos a alguna divinidad, conferían salud e incluso se empleaban como marcas penales para señalar a un criminal o a un esclavo. En la actualidad, la mayoría de las personas confunden ambos usos y mezclan la pura vanidad estética o el ir a la moda con signos cuya influencia sobre el subconsciente suelen ignorar aquellos que se los hacen tatuar.

6. *¿Aleister Crowley era un brujo tan malvado como se dice?* Si no lo era, él mismo se encargó de ocultarlo muy bien, pues fue el principal impulsor de su leyenda negra abusando de la magia sexual, probando todas las drogas que encontró, blasfemando y escandalizando por sistema a la sociedad de su época y autodenominándose *La Bestia, Baphomet* y *666*. Hijo de un millonario galés

y heredero de una gran fortuna, se convirtió en uno de los principales ocultistas británicos a caballo entre los siglos XIX y XX. Perteneció a la legendaria *Orden Hermética de la Aurora Dorada* y creó la suya propia (*Astrum Argentum*) cuando fue expulsado por su comportamiento y su ambición desmedida. Participó también en otras sociedades secretas como la *Ordo Templi Orientis*, relacionada con los Illuminati. Autor de más de ochenta libros (algunos de ellos «revelados» por «entidades no humanas» como *El libro de la Ley*, «dictado» por un ser llamado Aiwass que le «anunció» principios como: «Haz lo que tú quieras será toda la Ley»), la verdad es que no aportó ideas nuevas al estudio y práctica de la magia, sino que se limitó a desvelar algunos de los secretos conocidos sólo en ciertos ámbitos. De gran potencia física, practicó el montañismo, el ciclismo, el piragüismo y la caza mayor, y viajó por todo el mundo. Actuó como espía para Alemania en la primera guerra mundial, pero en la segunda fue asesor personal del primer ministro británico Winston Churchill en el «frente mágico» abierto por el gobierno de Londres contra los consejeros ocultistas de Adolf Hitler. Se dice que fue él el inventor del signo *V* de *Victoria* que Churchill popularizaría luego, como forma de contrarrestar el poder mágico de la esvástica.

7. *¿Existe el cuchillo Akedah?* En realidad, *Akedah* o *Akedat Yitzchak* es el nombre hebreo para designar la historia bíblica en la que Abraham se dispone a sacrificar a su hijo Isaac en el monte Moriah (donde más tarde se construiría el Templo de Salomón) por orden expresa de Jehová y siguiendo una costumbre brutal pero corriente

en la época entre los pueblos semíticos (hemos visto el caso de Moloch). Al final, el dios judío envía a uno de sus ángeles para detener a Abraham y le ofrece a cambio un carnero para que proceda al sacrificio pues, una vez iniciado éste, la sangre debe ser derramada de cualquier modo (aunque se pueda sustituir a la víctima, como es el caso). Es harto difícil que el cuchillo empleado por Abraham, si es que no estamos ante una historia puramente mitológica, se haya conservado hasta nuestros días con la certeza de ser exactamente ése, pero si así fuera, seguro que no estaría en el mercado negro sino que habría sido adquirido ya por alguna asociación religiosa judía o por el mismo Estado de Israel, muy celoso de sus reliquias nacionales por el carácter místico de su propia constitución.

Bibliografía

ANGLADA, ALBERTO, *Secretos de la masonería. Intereses masónicos franceses en la España de hoy*, Ediciones del Equilibrio, Barcelona, 2006.

BRUCE-MITFORD, MIRANDA, *El libro ilustrado de signos y símbolos*, Ediciones Blume, Barcelona, 1997.

BUTLIN, MARTIN, *William Blake*, The Tate Gallery, Londres, 1966.

CAILLET, MAURICE, *Yo fui masón*, Libros Libres, Madrid, 2008.

CASINOS, XAVIER, *Quién es quién masónico*, Martínez Roca, Madrid, 2003.

CATTIAUX, LOUIS, *El mensaje reencontrado*, Ed. Sirio, Málaga, 1978.

CIERVA, RICARDO, DE LA *La masonería invisible. Una investigación en internet sobre la masonería moderna*, Editorial Fénix, Madrid, 2002.

CLAVEL, F. T. B., *Historia de la masonería*, Ediciones El Museo Universal, Madrid, 1984.

COOPER, J. C., *Diccionario de símbolos*, Editorial Gustavo Gili, Barcelona, 2000.

FERRER BENIMELLI, JOSÉ ANTONIO, *La masonería*, Alianza Editorial, Madrid, 2005.

GÉRIN-RICARD, L. DE *Historia del ocultismo*, Luis de Caralt Editor, Barcelona, 1967.

GIBSON, CLARE, *Signs and symbols*, Grange Books, Londres (Reino Unido), 1996.

HUTIN, SERGE, *Historia mundial de las sociedades secretas*, Luis de Caralt Editor, Barcelona, 1967.

KIRK MACNULTY, W., *Freemasonry*, Thames and Hudson, Londres, 1991.

KOCH, PAUL H., *La historia oculta del mundo*, Editorial Planeta, Barcelona, 2006.

LACALZADA, JOSÉ MARÍA, *Mujeres en la masonería*, El Clavell, Barcelona, 2006.

LABAN, RENÉ, *Los símbolos masónicos*, Ediciones Obelisco, Barcelona, 2006.

LEADBEATER, C. W., *Historia secreta de la masonería*, Gómez-Gómez Hermanos Editores, México, D.F., 1980.

LEHNER, ERNST, *Symbols, signs and signets*, Dover Publications, Nueva York, 1950.

LÉVI, ÉLIPHAS, *El libro de los esplendores*, EDAF, Madrid, 1985.

LLEDÓ, JOAQUÍN, *La masonería*, Acento Editorial, Madrid, 2001.

MILÁ, ERNESTO, *Gaudí y la masonería. Los pasos perdidos del arquitecto (1870-1882)*, PYRE, Barcelona, 2005.

ORTIZ DE ANDRÉS, MARÍA ASUNCIÓN, *Masonería y democracia en el siglo* XIX*: el Gran Oriente Español y su proyección política y social (1888-1896)*, Universidad Pontificia Comillas, Madrid, 1993.

PILLARD-VERNEUIL, MAURICE, *Diccionario de símbolos,*

emblemas y alegorías, Ediciones Obelisco, Barcelona, 1999.

REGAN, GEOFFREY, *Guerras, políticos y mentiras*, Crítica, Barcelona, 2006.

RIBERO MENESES, JORGE MARÍA, *Trilogía de la Atlántida: 1.- La Atlántida, al fin descubierta. 2.- La Atlántida: la isla en la que nació la Humanidad. 3.- América, confundida con la Atlántida por Colón*, Fundación de Occidente, Santander, 2008.

SALAS SOMMER, DARÍO, *¿Cuánto vale una persona?*, Ediciones Cerro Manquehue, Santiago de Chile, 2009.

SANGUINETTI, JORGE E., *Espiritualidad y masonería*, Kier, Buenos Aires, 2007.

SAUNIER, MARC, *La leyenda de los símbolos filosóficos, religiosos y masónicos*, Edicomunicación, Barcelona, 1989.

SGARRO, ANDREA, *Códigos secretos*, Ediciones Pirámide, Madrid, 1990.

TRES INICIADOS, *El kybalión de Hermes Trismegisto*, EDAF, Madrid, 1988.

VALDELOMAR, MARQUÉS DE, *El Estado y la masonería. Doctrina pontificia vigente*, Editorial Prensa Española, Madrid, 1972.

VÁZQUEZ ALONSO, MARIANO, Y JOAQUÍN CASTAÑER, *El libro de los signos*, Ediciones 29, Barcelona, 1960.

VIDAL, CÉSAR, *Los masones*, Editorial Planeta, Barcelona, 2005.

